公元787年，唐封疆大吏马总集诸子精华，编著成《意林》一书6卷，流传至今
意林：始于公元787年，距今1200余年

一则故事　改变一生

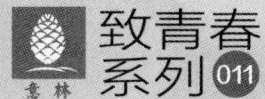

影筱语
YING XIAOYU 著

折星时代 IV

（完结篇）

长江出版社
CHANGJIANGPRESS

版权所有　侵权必究

图书在版编目（CIP）数据

折星时代 . 4, 完结篇 / 影筱语著 .
— 武汉：长江出版社，2019.11
ISBN 978-7-5492-6812-2

Ⅰ . ①折… Ⅱ . ①影… Ⅲ . ①长篇小说—中国—当代
Ⅳ . ① I247.5

中国版本图书馆 CIP 数据核字 (2019) 第 251537 号

折星时代Ⅳ（完结篇）
ZHEXING SHIDAI Ⅳ（WANJIE PIAN）

作　　者	影筱语
出　　版	长江出版社
	（武汉市解放大道1863号）
选题策划	安　雅　张　星
市场发行	长江出版社发行部
网　　址	http://www.cjpress.com.cn
责任编辑	李　恒
特约编辑	宁　阳　张　星
封面设计	胡静梅
封面绘画	BOBO
装帧设计	张云丽　王　宁
印　　刷	河北鹏润印刷有限公司
版　　次	2019年11月第1版
印　　次	2019年11月第1次印刷
开　　本	700mm×1000mm　1/16
印　　张	14
字　　数	265千字
书　　号	ISBN 978-7-5492-6812-2
定　　价	32.80元

版权所有　盗版必究（举报电话：027-82926804）
（如发现印装质量问题，请与印务部联系退换，电话：010—51908584）

Contents
目 录

楔子 *XIEZI* **001**

第一章 *DI-YI ZHANG* **003**
迷路在盛夏

第二章 *DI-ER ZHANG* **019**
星星都是孤独的

第三章 *DI-SAN ZHANG* **039**
阳光碎裂在那一片云里

第四章 *DI-SI ZHANG* **061**
星星落了，花都谢了

第五章 *DI-WU ZHANG* **075**
眷恋掌心温暖的气球

第六章 *DI-LIU ZHANG* **095**
我在你眼前，是最遥远的距离

第七章 *DI-QI ZHANG* **111**
静静等待花开

第八章 *DI-BA ZHANG* **127**
想成为你最需要的人

Contents 目 录

第九章 *DI-JIU ZHANG* **137**
生命中重要的人

第十章 *DI-SHI ZHANG* **145**
亲爱的，我的骄傲愿为你低头

第十一章 *DI-SHIYI ZHANG* **161**
拒绝也是一种成长

第十二章 *DI-SHIER ZHANG* **173**
她的秘密

第十三章 *DI-SHISAN ZHANG* **185**
冬天的第一场雪

第十四章 *DI-SHISI ZHANG* **201**
你是我的终身梦想

尾 声 *WEISHENG* **217**

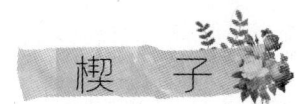

楔 子

"雪糕,我要吃雪糕。"

一只手轻轻地拉着季夏的衣袖,季夏转过头,抬眼看向身旁比她高了足足一个脑袋的游溪,只见他澄澈的目光中透着小小的期待,微微鼓起的腮帮显得他天真无辜,从前他身上的嚣张跋扈再不见一星半点儿。

季夏赶紧将眼中的难过敛去,她仰起头吸气,眨眼的瞬间,眼泪渗出眼角。

见她哭了,游溪眉头一皱,紧张地拽了拽她的衣袖,委屈道:"你别哭,我不吃了。"

季夏"扑哧"一声,哭笑不得。

游溪噘着嘴,歪着脑袋,一脸不明所以。

说起来,游溪变成"小孩子"已有一个月,他失去记忆后,便把季夏当作最亲近的人。看着眼前一米七几的大个子一副天真孩童的模样,季夏还是不太习惯这落差。

不过,"小孩子"游溪确实要比从前的大少爷可爱多了。

将脑子里纷乱的情绪草草收拾,季夏微微一笑:"想吃雪糕是吧?"随即转身往快餐店走去。

游溪点点头,在季夏身后亦步亦趋。

季夏买了两个圆筒雪糕,递给在旁等待的游溪,游溪特别高兴地接过,迫不及待地一口咬下去,嘴上顿时多了一圈白色的"胡子"。

见状,季夏不由得轻笑出声,从包包里掏出纸巾给游溪,提醒他:"别着急,这两个都是你的。喏,嘴巴擦一下。"

"谢谢季夏!"一听说两个雪糕都是他的,游溪乐开了花,他又咬了一口,忽然注意到什么,脑袋一歪,指向季夏身后,"他走了。"

"嗯。"季夏回过头,眼中已看不出悲喜。辜遇正背对着她,推着坐在轮椅上的许多月,一步步远去。

"你不是要找他的吗?"游溪眨巴着眼睛,疑惑道。他在照片上见过辜遇,也见过季夏望着照片时的深情,所以知道方才季夏的失魂落魄是因为马路对面的辜遇。

"没有啊。"季夏撒了谎,自顾迈步往前,可仅仅走了三步,她便又转过身来,快步地朝辜遇离去的方向追过去。

她还是不甘心就这么放弃。

急促的脚步声中,季夏与辜遇的距离在渐渐缩短,她深吸了一口气,刚要开口呼唤辜遇，迎面的秋风却带来了许多月的声音。

"辜遇，你对我好，仅仅是因为我这双腿吗？"

因为这句话，季夏一往无前的脚步突然停下，定定地站在原地。

她与辜遇的距离再次一点点拉开。

辜遇回话的声音很低沉："一个月前，如果不是你，现在坐在轮椅上的人就是我了。该是我问你，多月，你有没有恨过我？"

与辜遇的略带悲伤相比，许多月的声音听起来倒是欢快许多："没有，像小时候那样，我一点儿也不恨你，因为那个人是你。"

季夏一腔的勇气忽然不见了踪迹，她抿紧了唇，小心翼翼地往后退去。

她突然记起沈思滢曾经说过的那句话："阿遇不过是想弥补你而已。"

因为一道伤疤，从前的辜遇可以拿爱情去弥补缺爱的她，如今许多月因他而双腿瘫痪，辜遇又会拿什么去弥补许多月呢？

季夏咬紧牙关，好几次想要抬脚，却终究没有勇气。

她忍不住想，如果她没有错过一个月前季冬的那个求救电话，一切是不是就会不一样？

第一章

迷路在盛夏

01

静谧的午夜，床头柜上嘀嗒作响的闹钟俨然与季夏一般清醒，秒针走动的声音似乎比她的心跳声更清晰。季夏躺在床上，深呼吸，将被子拉高，蒙住了大半张脸，只留一双眼睛露在外面。

台灯还开着，暖黄色的灯光充盈着半个卧室，却没能温暖季夏的心。

许久过去，季夏隐约听见客厅里有人走动，不由得一阵心慌。这套公寓里住着三个人，她的助理小糯在另一个房间，一早就睡下了，并且很少会在半夜时分起来走动，至于许多月……她的脑海中忽然浮现出几个小时前许多月递给她的那一碗掺了玻璃碴的糖水，冷不丁地打了个激灵。

她哆嗦着身子，手从被窝里伸了出来，将放在枕头底下的手机解锁以后，看到微信页面上与幸遇的聊天记录，当即停了动作。

屏幕上，幸遇发来的文字消息仿佛是一条有声的语音消息，一遍遍地在她的脑海里重复播放——

她可是我们最好的朋友，先前我也误会过她，所以我们不能再误会她了。

幸遇的提醒和维护，令想要寻求依靠的季夏却了步。

咬了咬唇，季夏最终将手机放回枕头下，尔后掀开被子，悄然起身。她赤裸着脚踩在地板上，一瞬间森森的凉意蔓延。

她浑身发着颤，但到底没有把拖鞋穿上，因为她怕拖鞋与地面摩擦发出的声响会惊动客厅里的人。

她悄悄打开房门，卧室里暖黄色的光顺着微微张开的门缝，在地上落下一束细长的光。

等季夏将脑袋探出房门的时候，客厅里已经没了声响，她屏住呼吸，不敢立马出去，站在门口踌躇了好一会儿才蹑手蹑脚地朝客厅走去。

不过几步的距离，季夏却感觉好像过去了一个世纪。

客厅里很安静，夏日夜晚的凉风一丝一缕地从阳台方向吹进来，季夏忍不住打了个冷战，赶紧用手捂住口鼻，阻止了一个喷嚏。深吸一口气之后，她朝阳台看去，发现阳台的玻璃门是敞开着的，窗纱随风摇曳，仿佛一个穿着白色纱衣的女子在起舞。

季夏走过去，伸出手刚要关门，但在手贴上玻璃门的一瞬间，她忽然瞥见阳台的角落里微微闪动的火苗。

怎么会有火苗？

她正错愕之际,一阵凉风再度吹来,眨眼间将火苗熄灭了。

季夏好奇地走进阳台,只见角落里放着一个小小的圆形铁盒子,依稀散发出一股淡淡的烟味,是纸被火烧过的味道。烟味中还夹杂着一股曲奇饼干的味道,大概是铁盒子原本是用于装曲奇饼干的吧。

不过这大半夜的,是谁好端端地在阳台上突然烧纸?

季夏第一个想到了许多月。

她怀揣着怀疑,伸手在铁盒子里翻了翻,黑色的纸灰下竟然还有一小截没有烧掉的白纸。

她捡起来一看,白纸的周边已经被烧成了黑色,借着月光,她看到上面写着两个字——小橙。

小橙?

季夏微蹙的眉心里多了一分疑虑。

很显然,这套公寓里没有一个人叫作小橙,而她认识的人中也没有小橙这号人物,却突然出现在一张被烧毁的纸上……季夏不敢再往深里想去。她悄悄躺回床上,几乎是睁着眼到天亮,磨蹭到九点才起了床。这期间许多月一直没有进过卧室。

小糯早就准备好了早餐,许多月正坐在客厅的沙发上看电视,手里拿着遥控,漫不经心地换着台。

季夏拖着疲惫的脚步走到餐桌前,刚要坐下,忽然响起许多月讶异的声音。

只听她说:"这不是季冬吗?"

闻声,季夏下意识地朝电视机看去。

电视屏幕里,季冬双目通红,她脸上精致的妆容已然哭花了,满是悲痛欲绝。

季冬出了名的爱美,季夏所认识的季冬是绝对不会允许自己如此狼狈地出现在人前的。

正当季夏狐疑担心之际,季冬嘶哑的声音紧跟着响起,只听她声嘶力竭地控诉道:"我妈妈是被季夏害死的!我打电话给季夏,求她救救我妈妈,可是她居然见死不救!是季夏害死我妈妈的!"

什么?巫素洁去世了!

季夏震惊地瞪大眼睛,她手脚蓦地发麻冰凉,一时间不能接受这个消息。

巫素洁怎么会好端端地离开人世?前不久她们母女二人不是还在香港谋求新发展吗?到底发生了什么?怎么会变成这样?

虽然季夏不是巫素洁所生,可共同生活的那些年里,季夏一直真心将巫素洁当作

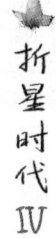

生母对待。

尽管巫素洁自私又偏颇，让季夏遍尝痛苦和难堪，可季夏从没想过，巫素洁会有一天不在这人世间……

悲伤难过之际，季夏甚至都没注意到季冬正在电视机里控诉她是害死巫素洁的罪魁祸首。

这时，许多月开口了："季夏，你做了什么？为什么季冬说你害死了她妈？"

"我不知道。"好半响，季夏才从巨大的冲击中回过神来，她张了张嘴巴，想要解释什么，但除了这四个字，她不知道还能说什么。

"喏，季冬刚才说给你打过电话求救的。"许多月抬手指向电视机。

"我不知道……我并没有接到她的电话。"季夏咬住下嘴唇，转身去拿放在餐桌上的手机，翻找起通话记录。她翻来覆去地看，却发现近期内她没有接到过一个季冬的来电。

"难道……"这时，许多月双手猛地捂住嘴巴，一脸的惊慌失措，声音从她的指缝里漏了出来，"难道是辜遇？我突然想起来昨晚咱们吃饭，你去洗手间后，你的手机响了起来，辜遇帮你接了那个来电。他当时似乎很生气，我也没敢多问，难道那通电话是季冬打来的？"

"是吗？"季夏怀疑地蹙起眉头，"可是，为什么通话记录里没有季冬的来电？"

"会不会……"许多月迟疑道。

"会不会什么？"季夏焦急地追问。

如果真的是她错过了季冬的那通求救电话……

"算了，可能是我多想了。没什么啦，即使辜遇挂断的来电是季冬打来的，季冬也完全可以再打过来啊。但辜遇挂断后，你的手机再也没有响过，也许那个来电的人并不是季冬吧。不然人命关天的时刻，她为什么只打一遍求救电话？除非她被你拉黑了，才根本打不通你的号码。"许多月用一种漫不经心的玩笑口吻说道。

拉黑……许多月这无意中的一句话提醒了季夏。

季夏眉头深锁，犹豫了一瞬，最终还是打开手机通讯录里的黑名单，轻轻扫一眼，她便看见里面只躺着一个人的名字，那就是季冬。

是辜遇阻断了季冬的求救。

"您所拨打的号码已关机,请稍后再拨……"

当放在耳边的手机第三次传来同样机械的女声时,季夏再没能冷静下去,直接从公寓跑出去,身后小糯和许多月的呼唤在电梯门合上的瞬间被切断。

她一路朝辜遇租住的公寓奔跑,脚下的拖鞋打在水泥地面上,发出"啪嗒啪嗒"的声音,与她的心跳声合奏出一曲兵荒马乱。

直到双腿酸软,季夏终于站在了辜遇的公寓门外。她喘着粗气,看着眼前的那扇门,举在半空中的手忽然踌躇了。

季夏抿了抿唇,唇瓣苍白干燥,喉咙里也干得像被火灼烧过。

好一会儿过去,急促的呼吸渐渐平息,她终于鼓起勇气按下了门铃。

"叮咚——"

门内传来了隐隐约约的脚步声。

"啪嗒"一声,门开了。

季夏抬眼,遇上辜遇惺忪的睡眼,他下眼睑处有着淡青色的黑眼圈,看起来似乎没休息好。

见到季夏,上一秒还萎靡不振的辜遇立刻精神起来,他喜出望外地拉起季夏的手往屋内走:"你怎么过来了?我昨晚通宵作词,刚睡下没多久呢。"

说着,他关上门,转身拿拖鞋给季夏,却突然发现她穿着一身豆沙色睡衣。短袖的上衣印着一只穿着和服的兔子,下身的长裤上印着樱花图案,看起来十分可爱,但是大白天穿着睡衣出门就很奇怪了。

辜遇眉头微微一皱,目光再往下,又见季夏脚上穿着一双粉色的拖鞋,抓着季夏的手下意识地一紧,却又发现季夏的手心十分冰冷。

他感觉到一些不寻常,本来还雀跃的面色顿时变得凝重,抓着季夏的手的力度又加重了几分,企图驱散她手上的凉意。

"发生什么事了?"他问。

季夏低着头紧抿着唇,在脑海里快速地组织着语言,想要以最稳妥的话问出心中的疑惑,但是她发现无论她怎么问,这场争吵似乎都无法避免。

见季夏久久不说话,辜遇不安了起来,想起前一夜季夏给他发的微信,心中不禁有些焦虑:"季夏,到底发生什么事了?你怎么穿着睡衣、拖鞋就跑过来了?是不是又有人恐吓你了?"

"我……"季夏深吸一口气,终于抬起头直视辜遇,"是不是你把我手机里的冬儿的联系方式拉黑了?"

没想过季夏那么快就发现了他把季冬的号码拉黑这件事,辜遇有些惊讶,他坦承道:"嗯,是我做的。"

"那,昨晚……"明明是意料之中的答案,季夏却依然有些接受不了,连番深呼吸过后,她舔了舔干燥的双唇,接着问,"昨晚冬儿找我做什么,你知道吗?"

"她找你要钱。"

四目相对之际,辜遇发现季夏的眼神充满悲伤,还带着些许怒意。他不明所以,刚想追问,季夏先一步开口了。

"我妈……"称呼脱口而出的瞬间,季夏意识到什么,立马又改了口,"阿姨……她死了。冬儿说是我见死不救,才害死了阿姨!"

季夏本想竭力保持平静,怒意最后还是冲破了喉咙。

"什么?"闻言,辜遇震惊不已,也感到难以置信,"你确定是真的吗?不会是季冬在骗你的吧?"

季夏没想到,听到这个消息,辜遇的第一反应竟然是季冬在撒谎,而不是觉得抱歉:"你怎么会这么说?"

"也许是季冬为了要钱不择手段呢?她昨晚在电话里一点儿没提起她母亲有什么事,一开口就是要钱。"

"你都把她的联系方式拉黑了,她要怎么解释?更何况,阿姨死的事情是我在电视新闻上看到的,冬儿怎么可能会为了要钱就在电视机前撒这么大不孝的谎?"

"季冬做过什么事情你不知道吗?她还有道德底线吗?之前把你害得那么惨,还有脸打电话管你要钱,这事本身就不对!季夏,你清醒一点儿,别把季冬想得那么好。就算她母亲真的去世了,跟你又有什么关系?她不过是把她的责任推卸到你的身上罢了!"

季夏一把甩开辜遇的手,怒意和悲伤同时涌上心头。她通红的双目蓄满了泪水,她知道辜遇说的没错,可是她昨晚明明有救下巫素洁的机会,却因为辜遇的一个举动错失了。

那是活生生的一条人命啊……更何况,尽管巫素洁当年只是利用她,但对她有过几年的养育之恩。

一种无能为力的感觉蔓延了她的全身。

她好怨……她知道这其实不是辜遇的错,但如果不是辜遇瞒着她那么做,也许根本就不会发生这一切……

　　泪水如断了线的珠子从她的眼眶中滑落,滚烫得好像要把她的肌肤灼烧出一个个洞来。

　　她低下头,怨愤地说:"如果不是你瞒着我拉黑了冬儿,阿姨根本就不会死……辜遇,我现在好恨你。"

　　辜遇吃惊地望着季夏,季夏的话像一把锐利的刀子,狠狠地插进了他的心脏。

　　他承认他擅作主张是不对,他本意只是不想季夏再受到季冬这个"拖油瓶"的骚扰,可他万万没想到,这会导致巫素洁的死,也没料想过季夏会有如此激烈的反应。

　　他想解释什么,却又不知道从何解释。

　　他的确没什么可辩驳的……

　　在令人窒息的沉默中,满脸泪水的季夏转身拉开大门跑掉了,辜遇呆呆地站在原地,既没有挽留,也没有追出去。

　　他第一次深刻地觉得,两个人的鸿沟如此之大,让他感觉好遥远。

03

从辜遇的公寓跑出来时,阳光好似更加烈了,落在季夏的皮肤上,仿若都带着刺。她漫无目的地在阳光下跑着,想要借着迎面而来的燥热的风,吹散她心中的痛苦。

等到眼里的泪水都被风吹干了,季夏才停下狂奔的步伐。

季夏不知何时跑到了步行街的十字路口,她弯下身子,双手撑在两边的膝盖上,低头看向水泥地面上自己的影子,大口大口地喘着粗气。

因为时间尚早,周遭的商铺只零零星星地开了一小半,街上的行人也不多,偶尔有路人投来异样的目光,但因为季夏低着头,谁也没能看见她的脸,很快便收回了视线。

几分钟过去后,心跳渐渐平复下来,季夏终于直起了腰。

从辜遇那里确定了答案,季夏知道她必须去面对季冬了。

季夏深吸了一口气,按下手机屏幕上的绿色拨号键,心跳随着耳边的"嘟嘟"声越发紊乱。

电话很快便接通了。

季冬先一步开口说话,她冷哼一声:"你还有脸找我?"她的嗓音听着很沙哑,还残留着号啕大哭过的痕迹。

"到底发生什么事了?为什么阿姨会……"季夏斟酌着字眼。

季冬歇斯底里地怒吼起来:"季夏,都怪你!妈妈说得没错,你就是个狼心狗肺的东西!是你见死不救,害死了妈妈!是你,都是你!"

面对季冬的指责,季夏无可辩解,她咬了咬牙,追问道:"你先跟我说说昨天到底发生了什么事,好不好?"

"嗬,你当真关心吗?如果不是你的冷漠,就不会发生这一切!你知道昨晚我和妈妈有多绝望吗?"季冬满是愤恨,"当时只要你汇一百万元给我,妈妈就不会死了!我知道,你身为当红歌手,这一百万元不过是小菜一碟,根本不算什么!你却选择袖手旁观……"

"对不起,我当时不知道……"听着电话那端季冬充满怨恨的指责,季夏心中难过得无以复加。

"别假惺惺了!我永远不会原谅你的!"季冬猛地挂断了电话。

季冬悲愤的指责仿佛字字泣血,在季夏的耳边不停地回放。季夏无力地垂下双臂,蹲到地上,将身体蜷成一团。泪水模糊了她的双眼,她将脸埋进双膝里,无声地痛哭起来。

此刻她多希望有一台时光机,可以让她回到前一晚,接起那通电话……

可是她又很清楚地知道这一切不可更改了，除了哭，她什么都做不了。

攥在手里的手机忽然"叮"地响了一声，季夏抬起脸，打开手机一看，是辛遇发来的消息。

季夏，你继母和季冬的事情我查清楚了。是巫素洁带季冬去香港找投资人，被骗签下了奴隶合约。季冬想解约，但是被要求付一百万的违约金。在与投资人的争执中，巫素洁不慎被推下楼，抢救无效去世了……事实上，这件事从头到尾都与你无关。你不要太自责。

季夏忽然记起一个多月前，她在某视频网站上看到的季冬的简短采访，当时的季冬十分开心，声称将会去香港发展，已与香港的制片人谈好了一部新戏，担纲女一号。

那时候，她心里虽有疑惑，但并没有多想，只是替季冬感到高兴，以为季冬终于找到好的发展。她万万想不到，香港之行对于季冬来说，竟会是地狱般的历练。

季夏无法想象，前一晚的季冬到底有多恐惧、绝望。当季冬以为找到了救星的时候，却被辛遇冷声拒绝，并无情地拉进了黑名单。那个时候，季冬又是怎样万念俱灰！

还能原谅辛遇吗？

还能原谅自己吗？

季夏不知道。

04

季夏没有回复辜遇,她又将脸埋了回去。她知道她不应该怪辜遇的,辜遇也是为她着想,出发点并没错。但是除了辜遇,她不知道该怪谁。

怪上天吗?还是怪粗心大意的自己?

没错,其实她才是罪魁祸首,是一早察觉不对的她没能主动提醒季冬,是昨天晚上她没能随身揣着手机……

这么想着,泪水再一次模糊了季夏的眼,她死死咬住下嘴唇,不想从喉咙里泄出一丁点儿的难过。

忽然,有人拍了拍季夏的肩膀,一开始她没有理会,那人又拍了一下,她才缓缓抬起头。

一副学生模样的女孩子居高临下地看着她,女孩儿看起来十五六岁,脸上还带着未退的稚气。

"果然是你,季夏。"女孩儿语带不善。

季夏连忙抬手拭去脸上的泪水,莫名地望着女孩儿:"请问……"

"我是季冬的粉丝。"不等季夏说完,女孩儿打断了她,扬起的下巴充满了鄙夷。

"这人长得有点儿眼熟,好像是明星?"

"她长得好像季夏啊……"

"这是不是那个什么……从 H 国回来的歌手?"

"是季夏!"

"真的是明星啊?明星怎么会穿成这个样子就出门了?"

周围响起窃窃私语,季夏这才发现,不知何时,一群人围在了她的附近,正好奇地围观她,仿佛她是动物园里的猴子。

时近中午,步行街的人气也渐渐旺了起来。

面对众人的目光,季夏感到很不舒服,她站起身,想要绕过女孩儿逃离,却被女孩儿一把抓住肩膀。

女孩儿从衣服口袋里掏出手机,打开录像模式,将摄像头对准季夏:"季夏,有你这样的姐姐,季冬可真是不幸!你说你怎么这么狠心,一次又一次将你的妹妹逼上绝路?这一回,你又害死了她的妈妈!我要让大家看看你这丑样子,替季冬出这一口恶气!"

季夏慌张地想要躲开摄像头,而女孩儿一点儿都不客气,恨不能将摄像头安在季夏的脸上。周围人只是看着，谁也没有打算帮季夏解围。

"不好意思，请让我离开……"

季夏伸手去推女孩儿抓着她肩膀的手，谁料她的手刚触及女孩儿的手的一瞬间，女孩儿整个人立马向后倒去，好似被季夏大力推倒了一般。

女孩儿重重跌坐在地上，高声大喊："大明星打人啦！"

"不……不是的，我没推你。"季夏慌了。

随着女孩儿的喊声，一个男人挤过人群来到她们跟前。那个男人一看是季夏，眼睛顿时亮了。男人是某娱乐周刊的记者，本来只是陪女友来逛街的，偶然听到有人在喊，便好奇过来看看。谁知道让他逮到一个大料！

男人第一时间掏出手机，也录起像来，并把手机的话筒凑近季夏，咄咄逼人地问道："季夏，是你本人吗？季夏，你好，我是×××台的记者，请问你为什么要推倒这个女生？还有，今天早上关于你妹妹季冬在电视上的控诉，你有什么要解释的吗？"

一听是记者，女孩儿呼天抢地起来："季夏得知我是季冬的粉丝后，便生气地对我动手了！"说完，她看向季夏，二人对视之际，她的嘴角扬起得逞的笑。

"不……我没有推她……至于其他的问题，对不起，恕我无可奉告。"关键时刻，季夏想起朴河寅的告诫。她照搬答案后，挤开人群，匆匆逃走了。

05

给季夏发完消息后,辜遇一直没有得到回复,正想着要不要打去电话时,一个新消息提示栏弹出来。辜遇扫了一眼,是微博的消息提醒,内容竟是有关季夏的——**当红女歌手衣冠不整,还当街对粉丝动手!**

辜遇心下一惊,当即点开消息推送,是一条只有两分钟的短视频,发布时间是五分钟前。他打开视频一看,只见季夏被一群路人围着,满脸无助,不远处一个女孩儿躺在地上,正在愤然指责她打人。

录视频的人啧啧了两声,感慨道:"看看吧,这就是我国明星的素质。"

辜遇登时眉心紧蹙,星眸里布满了担心与懊悔。

当时季夏离开时,他为什么没有追上去?如果他追上去了,此刻他就能将季夏护在身后,绝不会让她那么无助。

辜遇仔细辨认着视频里的环境,发现是距他家不远的商业街,当即朝门口走去,套上鞋,连鞋带都顾不上系就跑出了门。

在电梯间等了一分钟都没等来电梯,辜遇不想再浪费时间,转身奔往消防通道。此刻,他多希望自己拥有瞬间移动的超能力,这样他就可以在一秒之内抵达季夏的身边。

可惜,他从来都不是超人。

因此他只能飞奔在十几层高的楼梯间,然而他越是着急,路上遇到的阻碍就越多。仿佛有人故意设置了障碍,在他到六楼时,一堆杂物挡在通道一旁,他差点儿被绊倒,于是不得不减缓速度。等他到三楼时,又遇见搬家师傅在搬着床垫和衣柜,他耐着性子向后退让几步,等搬家师傅离开。等到一楼时,他却发现消防通道出口的门不知何时被锁上了,便只能折回到二楼,从另一边的消防通道出去。

他好不容易出了公寓楼的大门,一抬眼就看到许多月匆忙跑了过来。

许多月跑得慌乱,左脚不小心绊倒了右脚,她一声尖叫,整个人顿时扑进辜遇的怀里。

辜遇连忙扶住许多月:"你没事吧?"

许多月摇了摇头,抬起眼看向辜遇:"没事,我只是太着急,就被自己给绊到了。"

"没事就好。"辜遇松开了抓着许多月手臂的手,扭头就要走,对许多月因何来找他一点儿也不关心。

"辜遇!"许多月眼疾手快地拉住了辜遇,"你是要去找季夏吗?我和你一起去吧。本来我以为季夏过来找你了,所以才过来看看。可刚刚在车上时,我看到了微博上的视频，得知她人不在你这里，便想来通知你微博消息的。"

"那走吧。"

公寓距步行街虽然不远，但也有些距离，辜遇一刻也不想多等了，出了小区后，他当即站在路面拦起出租车。

可不知怎的，平时随手就能招来的出租车，今天等了五分钟都没等来。

等待令辜遇越发焦虑，他拧着眉掏出手机，想用打车软件叫车，许多月忽然拉住他的手："不如我们直接跑过去吧，如果路上看见出租车，我们再打个车。这个时间点很难打车的，你用打车软件叫车还要排号，起码得半个小时，有这个时间我们都已经到步行街了。"

辜遇觉得许多月说的没错，他点点头，提步向目的地狂奔而去。

辜遇跑得太快了，许多月费了全力才勉强跟在他身后，虽然被落在后方，但许多月并没有在意。她微微扬起嘴角，打车十分钟就能到的路程，即使跑得快也得半个多小时。那个时候季夏肯定不在了。

果然，等辜遇和许多月赶到步行街时，季夏已经不见踪影。

辜遇四处张望了好一会儿，终于不甘心地接受了现实。他掏出手机拨通季夏的电话，但季夏拒接了他的来电。

电话那端，季夏一看是辜遇的来电，当即挂断了电话。眼下她不想面对辜遇，贸然相对也许只会引发新一轮的争吵。犹豫了一会儿，她又将辜遇的手机号码拉进了黑名单。

至少这几天内，她都不想再面对辜遇了。

做完这些，季夏轻轻吐了一口气，才接过聂西闻递来的一杯温水，低声道了声谢。

然而接过水杯后，她只是双眸空洞地望着地板，并没有要喝水的意思。

在步行街时，尽管季夏想要逃离，却还是被季冬的粉丝和记者一再围堵，第一时间收到消息的聂西闻以最快速度赶了过来，才将她从麻烦的旋涡中带离。

可是此刻，她希望陪在自己身边的人并不是聂西闻。

季夏抬起头，满怀歉意地对聂西闻说："聂医生，今天谢谢你了。我好累，想休息一下，就不留你了。"

聂西闻却没有接受她的逐客令，只见他径自坐在沙发上，微笑着说："我就在这里陪你，你当我不存在就好。"

他需要守着她，他需要她感受到他的不离不弃。

两个人就这么沉默地僵持了半晌，面对聂西闻的执拗，季夏无能为力，最终只是搁下水杯，一言不发地进了卧室，将房门锁上。

好在聂西闻既没有追过来，也没有再说话。

季夏如释重负地呼了一口气，随后她拿出手机，登录微博。

果不其然，登录微博之后，迎接季夏的是一大片的指责和谩骂，尽管早已习惯，季夏心下还是会忍不住难过。

如果从一开始，她只是安安分分地读书上学，没有被星探发掘，没有签下合约，没有答应成为季冬的代唱，她和季冬的姐妹情也许不会变质，巫素洁也就不会死于非命……

胡思乱想中，季夏的指尖停在了一个名为"紫薯饭团"的粉丝 ID 上。

紫薯饭团是她的铁粉，从她出道后就一直关注着她。虽然紫薯饭团从不转发、评论，也不点赞，可一旦她遇上不愉快的事情，她总能在私信里找到紫薯饭团的留言，这一次也不例外。

季夏点开了紫薯饭团发来的私信，一共有三条：

季夏，无论发生什么事，我只相信你。

我知道很多人会私信骂你，你千万不要气馁，不要难过，那些叫你退出娱乐圈的言论，你一个字都不要去在意，千万不能有不再唱歌的念头哦！

记得我跟你说过的，你是我的力量，我长得不漂亮，可我跟你一样拥有唱歌的梦想。看到你，我便知道我也可以实现我的梦想。虽然这条路很难，但我一定会努力，你也是！你所面对的一切，都是上天的考验。你要是不再唱歌了，我也不敢继续坚持我的梦想了，所以你必须要坚强，向阳而生，逆风向上！我还等着有朝一日，能和你一起站在舞台上唱歌呢！

看完紫薯饭团的留言，季夏感到心里暖融融的，没着落的心忽然就充满了力量。

哪怕这个世界上只剩下一个听众，她也会继续唱歌的，她想成为像紫薯饭团这样渴望梦想、追逐梦想的人的力量。

这是她存在的价值，也是她坚持站在舞台上的意义。

谢谢你，我也期待有朝一日能和你一起站在舞台上共唱一曲。

回复了紫薯饭团的私信之后，季夏又意犹未尽地反复看了好几遍。这时，她的手机忽然"叮"地响了一声，是一个陌生号码发来的短信。

疑惑爬上心头，季夏点开短信。

如果你想见到你的亲生父母，想知道自己的身世，那就马上回笼月镇去。

短信里，"亲生父母""身世""笼月镇"这几个词仿佛被加粗、放大，登时铺满了季夏整个大脑。

她的心脏一下子狂跳起来，呼吸也乱了节奏。

尽管之前她不仅与辜遇一起回过笼月镇寻找身世，也拜托公司帮忙，却没有一点儿关于她亲生父母的消息。

她本以为她可能永远都见不到她的亲生父母了。

如今突然有了消息，季夏既感到紧张兴奋，又有些害怕忐忑。

她一遍又一遍地深呼吸着，终于平复情绪。随后，她怕是一时眼花，又揉了揉眼睛，一个字一个字地重新读起短信。

反复读了四五遍，她才回复短信。

你是谁？

虽然很兴奋，但冷静下来后，季夏仍然心存戒备。

不过一小会儿，那人发来三条短信。

一个知道你所有秘密的人。

你的名字叫季夏，你的养父母叫你"夏夏"，他们是在夏天的时候把你捡回家的，他们希望你能像夏天一样灿烂热情地活着。你两岁的时候高烧不退，你养母抱着你去医院，路上摔了一跤，脚上留下一道难看的疤痕。你五岁发水痘，自己不小心抓破了，在后背上有两个印子，不仔细看的话看不出来。

等你回到了笼月镇，我会当面告诉你，所有关于你亲生父母的消息，以及你的身世。

季夏看完短信，心中的怀疑立刻消失了。

关于她名字的含义，还有父母亲称她为"夏夏"，这些事很少人知道，更不用说养母脚上的伤疤和她后背上的水痘印子，这些都不是八卦杂志所能挖掘到的，而她也从来不对旁人说起这些。只有她最亲近的人，又或是真正知道她身世的人，才能知道得那么清楚。

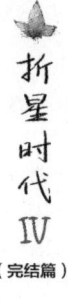

季夏再也按捺不住，迫不及待地将电话回拨过去。

"嘟——嘟——嘟——"

耳边响起漫长的等候音，季夏紧张地抓住自己的衣角，然而对方将电话挂断了："您所拨打的号码正在通话中，请稍后再拨……"

季夏皱起眉头，不甘心地再一次拨打过去，但对方的手机已经关机了。

她眉心的惆怅又多了几分，几次都没能打通电话，季夏只好翻开短信查看，试图从中找出些许蛛丝马迹。最终她咬了咬牙，决定赌一次，打开衣柜收拾起行李。

假如这是一场谎言，她顶多是浪费了一点儿时间，再失望一次。

如果对方说的是真的，那么她就有机会可以找到自己的亲生父母了。

念想之间，行李已经收拾妥当，季夏拉上行李箱的拉链，拉起拉杆往卧室外走去。

在季夏打开房门前，聂西闻已经听到了屋内的动静，他走到卧室门口。

此时，季夏已经换上了白T恤和牛仔裤，头上还戴了一顶鸭舌帽。

卧室门被打开后，季夏迎面对上聂西闻。

聂西闻微微蹙起眉头，上下打量了季夏一番，问道："你这是要去哪里？"

"我要回笼月镇一趟。"季夏面色凝重。

"去干吗？"问题出口后，聂西闻忽然意识到季夏的这一次出行该是和她的亲生父母有关，毕竟她上一次与辜遇一起回去也是因为这个，于是不等季夏回答，他又接着道，"我同你一起去吧，你一个女孩子，我不放心。"

"不用这么麻烦。笼月镇是我从小长大的地方，没什么可担心的。"季夏当即拒绝。

"不麻烦。"聂西闻直接无视季夏的拒绝，伸手拉过她的行李箱，自顾自地往玄关走去，"我是你的经纪人，陪你回去是分内事。你等我一下，我回家拿下行李就好。"

"我赶时间。"季夏再次拒绝道。

"一分钟就好，我有个备用的行李包，直接拿上就可以走了。还有，既然你那么着急，应该也不想等出租车吧？这个时间的出租车不好打，我亲自开车和你一起去机场。你现在就买两张飞机票，笼月镇没有机场，但D市有，到了D市我们转高铁去笼月镇，只需要两三个小时，这是最快的方法。"聂西闻快步走在前头，生怕她抢回行李箱似的。

"聂……"

"你再说话，我就不让你回去了。别忘了，我是你的经纪人，我有权这么做。"

面对如此强势霸道的聂西闻，着急回笼月镇的季夏只好乖乖闭上了嘴巴。

第二章

星星都是孤独的

01

盛夏的午后，炽热的阳光热情地拥抱着整座城市。

坐在副驾驶座上，季夏一直侧着脸，迷离的目光看向窗外。自上车以后，她就没有再看过驾驶座上的聂西闻一眼，也没有同他说过一句话。

半个小时后，车子停了下来。

等车子熄了火，季夏才缓过神来，坐在驾驶座上的聂西闻正解安全带，她奇怪地问："怎么了？"

聂西闻笑了笑，回道："给你买东西吃。"话落，还没等季夏回话，他已经关了车门，一路小跑着往路旁的麦当劳而去。

视线中，聂西闻的身子因为小跑而小幅度地晃动着，季夏看着他，忽然觉得落在他肩膀上的阳光好似被抖落了下来，那阳光越来越刺眼，似乎吞噬了他整个人。

季夏忍不住闭了眼，等她再度睁开时，聂西闻已不见踪影。

大多数时候，聂西闻是温柔的，譬如一点四十二分的现在，他知道她没有吃午饭，所以特意将车子停在半道上的麦当劳外面，去给她买午饭。他甚至清楚她的口味，固定的原味板烧鸡腿堡，配中份的薯条和中杯的可乐，因此他可以问都不问她就去买了。他确定她会满意。

但是这样的聂西闻又会让季夏觉得他很自以为是。

可事实上，当聂西闻将原味板烧鸡腿堡套餐打包回来时，季夏确实是满意的。

像汉堡包这种高热量的东西，需要维持身材的艺人是碰不得的。

季夏已经好久没有吃麦当劳了，她记得最后一次吃是在 H 国。那天，聂西闻告诉她 HN 娱乐公司确定将她收为实习生，她太开心了，当下拉着聂西闻说要请他吃饭，最终身上的钱也只够请他吃麦当劳。

那天两个人闲聊时，她随口对聂西闻说她只吃原味板烧鸡腿堡套餐。

那时候的她怎么也想不到，坐在对面与她一起吃汉堡包的聂西闻已经开始在意她说的每一句话了。

想到这里，季夏暗暗地叹了一口气。

见季夏发起了呆，聂西闻一边打着方向盘，一边笑着问："是不是想起在 H 国首都的时候了？"

明明他猜得没错，可听到他语气里毫不掩饰的暧昧，季夏摇了摇头："没有。"

似乎是看穿了她的谎言，聂西闻笑了笑，目视前方，语气轻松地说："我倒是有想起来。"

季夏咬了一口汉堡包，默不作声，假装没听见他说的话。

借着余光，聂西闻看了她一眼，嘴角的浅笑依然保持着原有的弧度："那时候我还拿着薯条给你拼了一个圣诞老人。你记得吗？红色的番茄酱就是他的帽子。"

随着聂西闻的话落下，季夏的脑海里浮现出了那个薯条版的圣诞老人。

也许是因为职业的关系，聂西闻作为一名医生，手很巧。他只是随手抓了一把大小不一、形状各异的薯条，就能在纸上拼出一个憨厚可爱的圣诞老人。她很喜欢那个圣诞老人，当即便拿出手机拍了照。见状，聂西闻也凑了过来，两个人拿着薯条玩得不亦乐乎。

"咯……咯咯……咯咯咯……"季夏忽然被嘴里的汉堡呛到了，剧烈地咳嗽起来。

"没事吧？快喝口可乐缓一下。"聂西闻连忙转头看她，因为在开车，他只是快速地看了一眼就收回了视线。

可乐放在两个人座位中间的饮料架子上，季夏伸手拿过来，喝了一大口。

余光瞥到季夏缓过了气，聂西闻微蹙的眉心才放松开来。

季夏沉默地吃完了汉堡，无事做的她拿出了手机。

没有一个辜遇的未接来电，季夏心里有些失落。

半晌后，她才后知后觉地记起来，她已经把辜遇的电话号码拉进了黑名单，即使辜遇给她打一百次电话，她也不会接收到任何提醒。

她犹豫了一会儿，到底没有将辜遇的电话号码解除黑名单，最后她的拇指点开了微博的图标。

微博热搜榜上，她的名字还在其中，前十名里她占据了两个，一个是"季冬控诉季夏害死妈妈"，一个是"季夏对季冬粉丝动手"。两个话题都与她和季冬有关，却与姐妹情深无关。

看着季冬的名字，季夏再一次失神了。

迟疑半晌后，季夏再一次拨通了季冬的电话。她不确定季冬还会不会接听她的来电，她甚至在想，季冬会不会也把她的电话号码拉进了黑名单。

出乎意料的是，电话打通了，季冬接起电话，张口便是质问："你还找我做什么？"

季夏抿了抿唇，语气真挚地说："冬儿，我有事要离开A市几天，你等我回来，我一定会帮你的……"

"你帮我？你想帮我什么？你还能帮我什么？你是想害我吧？"季冬连珠炮似的反问，语气里充满憎恨，"季夏，你这样的人就应该永远孤独！我祝你永远都找不到

你的亲生父母,也永远都没办法跟你喜欢的人在一起!我祝你一无所有,无论是亲情、友情还是爱情!"

以祝福为名的诅咒落下,季冬径自挂断了电话。

耳边只余下急促的忙音,季夏仍然握着手机。

她紧紧地抿着唇,一动不动,可是她颤动的眼睫毛,出卖了她内心的不平静。

同一时间。

香港的某个酒店。

对着手机那端的季夏立下诅咒,悲愤欲绝的季冬抬手将手机丢向墙角,"啪"的一声,手机落在地上,屏幕瞬间碎裂成蜘蛛网状。

她发出一声怒号:"啊——"

她蹲下身去,双臂抱住膝盖,埋头痛哭起来。

哭泣声在房间里萦绕,窗口的窗帘在微微地颤动着,明明是因为手机方才掠过时的触碰,此刻却像是被号啕大哭的季冬所震慑。

"叮咚——"

门铃响起,差一些淹没在季冬的哭声里。

季冬听见了门铃声,却依然蹲在原地大哭着,丝毫没有起身开门的意思。

因为她知道,门外等着她开门的人,不可能是来关心她的。

在这个陌生的城市,除了母亲,她一无所有。在这个时候,唯一关心她的就只有南盛了,南盛却远在 H 国。

想起南盛,季冬哭得更加狼狈。

巫素洁在医院的急救室里抢救时,季冬第一时间便拨通了南盛的电话。尽管相隔遥远,但他是她唯一的依靠,即便他不能陪在自己的身边,能听到他的声音、他的安慰也是好的。

可是她发现,即使能听见南盛安慰的声音,也无法弥补他不在身边的缺憾。

她始终是一个人啊。

她好想南盛此刻就在她的身边,而不是仅仅在手机里为她唱一整晚的歌。

这样想着,季冬停止了号啕大哭,抽噎着去捡刚被她砸到地上的手机。她本想联系南盛的,却发现手机被她摔坏了,手机屏幕怎么也摁不亮。

捣鼓了半天,手机都毫无反应,季冬暴躁起来:"连你也欺负我!"她再次抬手,将手机丢得更远了。

门外的人再度按响门铃,连着好几下。

"叮咚——叮咚——叮咚——"

节奏比先前急躁许多,似乎是在催促她赶紧开门。

季冬这才起了身,一边抬手抹着眼泪,一边慢吞吞地往门口走去。

季冬踮起脚尖,眼睛对上门的猫眼,朝外看去,想要看看是谁。

率先映入她眼眸的是一顶黑色的鸭舌帽。

门外的人低着头,帽檐压低,根本瞧不清楚面孔。他的手指还按在门铃上,因此房间内急促的门铃声未曾停歇过,这令季冬越发心烦意躁,眉头上的褶皱也跟着加深。

季冬怒气冲冲地将门打开。

"谁啊你……"她拔高的声音里满载着愤怒,可是话才开了个头,忽地哑住了。

"季冬。"门外的人终于抬起头,露出那张好看的脸庞。他目不转睛地盯着季冬,眼里溢满心疼,嘴角的笑温柔得不像话,将季冬的名字喊得婉转动听。

季冬呆呆地看着南盛,还没能从巨大的冲击中回过神来。

这是她的南盛吗?

H国与香港相距很远,隔着一个小时的时差,坐飞机需要三个小时,南盛怎么会突然出现在她的眼前呢?

季冬以为是自己太过想念南盛,所以产生了幻觉,她屏住呼吸,一动也不敢动,生怕自己一抬手,一切都会消失无踪。

见季冬怔愣在原地,看懂她眼中的万千情绪,南盛上前一把抱住了她。

"是我。真的是我。"他给了她肯定的答案。他的怀抱温暖可靠,他的声音温柔软绵,他的呼吸扫过她的耳畔,暖暖的。

"真的是你。"季冬哭着将脸埋进了他的胸口。

"我说过,你需要我,我就一定在。"怀中的季冬因为大哭而浑身颤抖着,南盛心疼地拧着眉,手轻轻地抚着季冬的发丝,柔声安慰道。

认识季冬的时候,南盛便知道,季冬这样的女孩子是没有朋友的,她不懂得迁就别人,也不愿意去迁就别人。从他喜欢上她时,他便下定决心,不仅要给她最好的初恋,还要做她最好的朋友。

因此哪怕他独自回了H国,他还是会在她需要的时候立马赶来她的身边。

等季冬渐渐收住哭声,南盛才松开了手,问她:"怎么样,衣服挑好了吗?"

南盛一下飞机就去医院找季冬,但没寻见她,他听护士说季冬回了酒店,给准备要火葬的母亲挑选衣服,他便又立马赶到了酒店。

季冬吸了吸鼻子,抹了抹眼泪,点头说:"选好了,是一条紫色的连衣裙。我妈很喜欢,来香港的那天在商场里买的。"

在南盛的陪伴下,季冬简单地处理了巫素洁的后事,没有葬礼,也没有其他来凭吊的人。

一阵忙碌过后，香港转眼就入了夜。

一入夜，这座城市似乎更加繁华，灯红酒绿，到处都是热闹的景象，所有人的寂寞与欢愉都加倍猖獗。

作为外来的异乡人，季冬与南盛牵手漫步其中，只觉得更加孤寂。

哪怕维多利亚港的夜景很唯美，哪怕身边的南盛紧紧地牵着她的手。她感觉她像水中漂浮的浮萍，无依无靠。

于是，当她亲眼见证了一场浪漫的求婚时，她对南盛说："南盛，我们也结婚吧。"

她望着南盛，一双凤眼里满是渴望。

她太想要有一个家了，没有了妈妈，她只能把希望寄托在南盛的身上。

看着季冬眼里炽热的渴望，南盛怔了许久，他还从未想过"结婚"这件事。

他不知道该做出怎样的反应，做出怎样的回答。

他只好不说话，也不敢说话，然而季冬一直盯着他，固执地等着他的答案。

最后，南盛不得不避开她的凝视，动了动唇，用极其轻的声音道："我们……我们都还小，现在谈结婚太过早了……"

南盛的话如同腊月凛冽的寒风，直直灌入季冬的心里，将她的心脏瞬间冻得失去了知觉。

她垂下眸，假装撩头发，将手从南盛的手心里挣脱出来。

南盛知道季冬很失望，但他不准备再继续这个话题，他以为季冬也会就此揭过，没想到季冬紧接着追问他。

"我们会一直在一起吗？会有结婚的那天吗？会有一个属于我们的家吗？"

季冬的声音有些颤抖，南盛不忍再继续伤害她，只好点点头，笃定地道："会的。"

尽管得到了肯定的回答，但季冬知道南盛只是在敷衍她，她没有再说话，径自往前走。

十八岁的她，在这一刻发现，原来想要一个温暖的家并不是一件容易的事，哪怕她有很喜欢的人。

她还不明白，他们在这个年纪太过年轻，也太过幼稚。她只是想要一个家，便冲动地想到了结婚，以为童话里的结局都是最完美的，却根本不知道结婚到底代表着怎样的承诺……

03

当香港的喧闹繁华令季冬深感寂寞的时候，路过宁静的D市郊外的季夏同样也被寂寞重重围困。

离笼月镇越近，离记忆中温暖的家越近，她越觉得寂寞。

回忆蠢蠢欲动，企图将她的情绪击溃，当记忆的画面再一次闪现在脑海中时，鼻子泛酸的季夏迅速地合上了眼睛，小心翼翼地深呼吸着，想要将脑海里正播放的影像清空。

"不舒服吗？是晕车吗？还是怎么了？"聂西闻眼角的余光一直关注着季夏，第一时间注意到她凝眉抿唇的小动作，想到他们一路奔波到现在过去了几个小时，不由得担心起她的身子来。他们的晚餐是在飞机上吃的，因为没什么胃口，季夏只是随随便便对付了几口。

"没有，没事。"听到聂西闻的关心，季夏有意将脸侧了侧，视线看向窗外。

车子刚好从路灯下经过，鹅黄色的光晕时充盈了眼前的世界。这光刺目得过分且强烈，世界宛若被漂白了一般，即使在光里停留的时间不足一秒，季夏还是忍不住微微蹙眉，眯了眯眼睛。

这一秒钟，世界安静得很。

她突然想，如果这光能将记忆也一同漂白就好了，这样她就永远都不会悲伤难过，因为她什么都不再记得。

不记得与养父母一起时的快乐，也不记得失去他们时的悲痛。

不记得如何被季冬和巫素洁利用，也不再记得季冬声泪俱下立下的诅咒。

不记得喜欢的幸遇，也不会因为失去沈思滢而伤感。

她难过地扯了扯嘴角，在黑暗再一次吞噬窗外的世界时，那笑便映在了车窗上。

原本还想说些什么的聂西闻瞧见车窗上映出她的苦笑，识趣地闭上了嘴巴。

半个小时之后，出租车穿越了小半个城市，终于抵达高铁站。

因为买不到早一点儿的高铁票，所以两个人还要在高铁站里再等上两个小时。进了候车室，时间已是晚上八点半，聂西闻看了眼手表，目光落在身旁戴着黄色渔夫帽和黑色口罩的季夏身上，柔声问："你饿不饿？要不要吃点儿什么？"

高铁站内吃饭的地方不多，但也有四五个选择。

季夏毫无食欲，她朝着候车室最里面的空位走去，低声回答聂西闻："我不饿，你饿的话就自己去吃吧。"

口吻淡漠得很。

闻言，聂西闻不悦地皱起眉，声音也清冷起来，带着一丝霸道的命令式："你晚饭没怎么吃，我们一起去吃碗面。"

他强人所难的样子是季夏所不喜欢的。

季夏的眉心皱了一下，按下行李箱的拉杆，朝着座椅径自坐下，看都不看聂西闻一眼："不……"

"走吧。"季夏的话还没说完，聂西闻已经伸手抓住她的手腕，强行想要将她从座位上拉起。

"聂西……"季夏挣扎着想要抽回自己的手。

"你是不是要让大家都认出你来？你是不是不想回笼月镇了？"聂西闻一把将季夏拉进怀里，嘴唇贴在她的耳边，赤裸裸地威胁道。

说完，聂西闻就后悔了。他猛地发现，自己的脾气越来越差，越来越控制不住了。这么想着的时候，他抓着季夏手腕的力气不自觉地减弱了。季夏趁机挣脱开来，双手推开他的同时，身体也连忙往后退步。

拒绝与聂西闻对视的季夏，也错过了他眼里的懊悔与慌张。

愠怒的季夏低着头，右手揉着左手手腕，用沉默来反抗聂西闻。

看着季夏转过身，默不作声地重新拉起行李箱的拉杆，再默不作声地从自己的身旁走过，还故意用胳膊肘撞了他一下，聂西闻怔了怔，方才的懊悔瞬间没了踪影，嘴角只余下浅浅笑意。他觉得闷声发着脾气的季夏可爱极了。

因为聂西闻说要吃面，季夏便快步走在前头，直奔不远处的一个拉面馆走去。

已经过了饭点，拉面馆里只有两三个顾客，看样子都是吃饱了在歇息的。

环顾了一圈店面，季夏自顾自地走到角落的位置坐下，聂西闻紧随而来，坐在她的对面。随即，他一边朝服务生招手，一边笑着问季夏："你想吃什么？"

"麻烦来一份番茄肥牛拉面，谢谢。"未等服务生开口问话，季夏已经合上了菜单。

"那我要一份地狱泡菜牛肉拉面。"听季夏下完了单，聂西闻抬眼对着服务生浅浅一笑，说道，"谢谢。"

"好的，请稍候。"服务生给两个人下了单，礼貌地微笑着退下。

气氛再次陷入沉默之中。

季夏低下头，掏出手机，随意点开一个消消乐的游戏，心不在焉地玩了起来。

知道季夏是故意在无视自己，聂西闻不悦地皱起眉头，他不希望两个人之间的关系陷入僵局，却对季夏的无视毫无办法。他凝神看着她，有好几次张开口，想要说些什么来打破沉默，但每一次都因为寻不到合适的对白而放弃。

直到服务生端上了面，直到他把眼前的面都吃光了，直到季夏也放下了筷子，拿起纸巾擦拭嘴巴，他终于要说话，身后忽然传来女孩子们活泼爽朗的笑声，生生地打断了他的思绪。

只见四个女孩子有说有笑地走进店里，朝着他们这边走了过来。

随着笑声逼近，女孩子们在他们旁边的空桌子挨个坐下，随后其中一个女孩子压低了声音，说："哎，我给你们说个劲爆的消息，我表姐的同学的表姨的堂哥的小姨子的闺蜜的堂弟的女朋友是在医院里当护士的。听她说，沈思滢精神有问题，在医院的精神科住了好些天了。"

季夏敏锐地听见了"沈思滢"三个字，不由自主地竖起了耳朵。

"真的假的啊？"紧接着，另一个女孩子半信半疑地问，"还有，你这又表姨又堂哥的，关系也太复杂了吧？"

"爱信不信。"爆料的女孩子不屑地回了一句。

"那在哪家医院啊？"

"不知道，我表姐没说。"

"啧啧啧，可信度太低了。"

女孩子们吵闹的声音还在继续，季夏的心却被扰得不得安宁，她心烦意乱地站了起来。

季夏想去警告那四个叽叽喳喳的女孩子不要胡说八道，聂西闻看穿了她的心思，丢下买单的钱在桌子上，在她说话之前，拉着她就出了拉面馆。

被聂西闻强拉着回到了候车室，气急败坏的季夏因挣脱不掉聂西闻抓在她手腕上的手，只好抬起另一只手，狠狠打在聂西闻的胸口上。

她声音哽咽："思滢是我最好的朋友！"

她永远都不会忘记沈思滢给过她的温暖与美好，哪怕后来沈思滢那样恨她，哪怕她曾经亲口对沈思滢说要放弃沈思滢这个朋友，但她的心中始终牵挂着沈思滢，也永远记得沈思滢曾是她最好的朋友。

虽然渔夫帽挡住了季夏的眼睛，但聂西闻知道，她在哭。

季夏气愤，是因为旁人肆无忌惮地造谣沈思滢。

季夏难过，是因为她没办法像沈思滢当初维护她那样去维护沈思滢。

听着季夏克制的低泣声，聂西闻心头一揪，再没能忍住，用力将她拉进怀里，紧紧拥住她，无论她如何拍打挣扎，他始终没有放手，只低着声音，在她耳边温柔地安抚："哭吧，我在这里，我陪着你。"

闹过哭过以后,季夏的情绪渐渐平缓下来。

当冷静下来,回想起方才被聂西闻拥抱的一幕,与聂西闻并坐在一起的季夏不由得面露尴尬,她不自觉地将身子往另一边移了移,小心翼翼地拉开距离,好让拳头大的空隙显得不那么亲密。

她掏出手机,登录上微博,在搜索栏里默默地敲下了沈思滢的名字。

周遭有些许嘈杂,旁人的谈笑声漾在空气中,整个候车室内唯独他们两个人始终静默不语,气氛很是微妙。

其实早在季夏身子微动的时候,聂西闻便有所察觉了。

本来两个人的手臂是隔着衣服贴着的,忽然之间有风轻轻钻过,手臂微凉,聂西闻悄然抬眼,发现季夏正缩着身子往旁边移去,两个人的距离被一点一点地拉开。季夏小心翼翼的动作,连风都不曾惊动。

他看到季夏往手机界面里打下的名字,随即将自己的手机屏幕摁亮。

他打开微信,点开他与微信名为"Stream"的男生的对话框,聊天记录只有一条。

能不能让沈思滢给季夏打个电话。

那是在两分钟以前,聂西闻发给 Stream 的。

在等对方回复的时候,手机振动了一下,一条新的微信消息抵达手机,但不是来自 Stream。

聂西闻按下返回键,回到微信主页,一眼看见了挂着红色未读消息提示的头像,那是医院脑科的崔主任。

余光下意识地瞄向季夏,确定对方的视线不在他这边以后,聂西闻点开了微信消息。

小聂,你最近身体感觉怎样?

这段时间你也冷静够了吧?我还是建议你尽快动手术。

熟悉的 H 国文字,瞬间勾起了他的乡愁,凝眉间,回忆如同树上的叶子,趁着秋风骤起的瞬间,在脑海中翻滚着。他想起了他的母亲,想起了孤独又漫长的童年,最终与季夏有关的短暂时光意外地成了唯一的影像,驱走了浓浓的乡愁。

就在他想起他与季夏的初遇时,手机忽然振动起来,打断了回忆。

是一个陌生号码的来电。

聂西闻赶忙接起电话,随后听见一个男人的声音:"你好,这里是××保险……"

原来是推销电话。

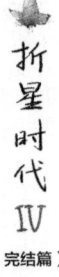

未等对方说完，聂西闻失望地挂断了电话。

此时，候车室里响起了广播："旅客朋友们，你们好，由N市开往F市方向的G1234次列车已经开始检票了。有乘坐G1234次列车的旅客请您持乘车票到12a、12b检票口检票进站……"

听到广播声，聂西闻扭头正要喊季夏，却见她已经起身，于是他默默跟了上去。

上了列车，季夏依旧沉默着，她摘掉了帽子与口罩后，又低头玩起了手机。

聂西闻的目光落在她的手机上，发现她还在搜索着关于沈思滢的消息。

他收回目光，再一次给Stream发去微信消息。

发完消息后，他把手机收好，转头就看见过道那边的一家三口在告别。

开车时间在倒数着，男人要在这一站下车，女人则要独自带着孩子继续赶往下一站，离别于他们而言，似乎是一件很平常的事。两个人没有依依不舍，也没有甜言蜜语，小孩子沉浸在手机的动画世界里，男人对女人说"到了给我打电话"也带着习惯成自然的语气。

聂西闻收回了视线，将头靠在椅背上，合上了双眸。

这个世界上，每时每分都有人在告别，或是准备告别。

有的告别沾满泪水，有的告别以灿烂的笑容定格，有的告别已是习惯，也有的告白是一个人的沉默。

譬如，A市某医院里的游溪与沈思滢。

十点三十分的当下，捧着手机的游溪看见了屏幕顶端弹出来的微信消息。

能不能让沈思滢给季夏打个电话。

视线扫过消息内容，游溪在心里翻了一记白眼，他低喃了一声"做梦"，无视了那条消息。

他面带微笑地对躺在病床上的沈思滢道，"微博名为'是林浅鸭'的女生说：'思滢小姐姐，我好开心啊！我刚考过了大提琴四级，感觉离梦想又近了一步，以后我们一定可以同台演出的，对不对？'感觉这是个很努力、很可爱的女生呢。思滢，你也要加油，以后等你们同台演出，我就在台下给你们拍照，好不好？"

说完，游溪看向沈思滢，只见她双目呆滞，一副失魂落魄的模样。

游溪眉心不禁微微一蹙，嘴角的笑越发刻意，他的目光再次落到手机上，继续念道，"微博名为'云幽歌'的女生说：'小姐姐，你好久没更新微博了，好想你啊！前些天我生病住院了。医院里特别无聊，我每天都在听你弹奏的大提琴曲，如果你没有生病的话，过两天我就可以去看你的演奏会了，有点儿遗憾呢。不过你别难过，也别觉得抱歉哦，虽然觉得遗憾，但是小姐姐的身体最重要啊！请你好好休息，你的演奏会我们多久都可以等的！'这个粉丝说她生病了。"

读完粉丝的留言，游溪抬眼看着沈思滢，故意问："思滢，你要回复一下她吗？"

沈思滢仍然沉默着。

游溪耐着性子，继续给她读着微博上的粉丝留言，挑的都是些鼓励的话。一直到了十一点，游溪收起了手机，清了两下发干的喉咙，说："今天就读到这里吧，时候不早了，你该睡觉了。"

话落，他从椅子上站起来，俯身为沈思滢披被子。

自始至终，沈思滢一句话也没有说过，甚至连张开嘴巴的动作都没有。

给她披好被子之后，游溪依旧保持着俯身的姿势，近距离地看着跟前的这张脸。此刻沈思滢的眼睛空洞无神，毫无焦点。

沈思滢已经好些天没有说话了，医生说她的情况并不乐观。

游溪凝神看了沈思滢好一会儿，努力地挤出微笑，伸手将她的头发拨了拨，随之问她："跟我说声再见好不好？"

他温柔的声线中，略带哀求。

闻言，沈思滢的眼珠子一转，终于看向了他，眼睛中既带着莫名，也挟着警惕。

起初游溪以为她会说话，可他等了一分钟又一分钟，最终还是没有等到。他自嘲般地扯了扯嘴角，露出一个无奈的笑。

连一声"再见"都没有得到，游溪心中怅然，他挺直身子，转身就要离开。

然而刚一转身，他忽然想到这也许是两个人最后一次见面，于是立在原地，踟蹰了半晌，又转过头看向沈思滢。

四目相对，沈思滢的眼里仍带着疑惑与警惕。

那一瞬间，游溪心有不甘，他再度低下身子。

他的脸与沈思滢的脸贴得很近，只有一厘米的距离，彼此的呼吸都碰撞在了一起，然后，他几近恳求地问："给我一个拥抱，好不好？"

沈思滢依然不说话。

游溪拧紧着眉，逼迫似的，再次追问："一个纯友情的拥抱，好不好？"

这一次，沈思滢眨了眨眼，她抓住被子的手往上一提，用白色的被子蒙住了脑袋。

她无声地拒绝了他。

她不知道，这是游溪最后的告别，他毫无自尊心地恳求着她的施舍，偏偏她坚守着沉默。

05

列车在深夜的轨道上前行,世界昏昏欲睡。

也许是窗外的漆黑潜入了脑子中,孕育了睡意;也许是奔波了一整日,加上前一夜整宿失眠,季夏慢慢地合上眼睛,不知不觉中睡了过去。

感觉到季夏的脑袋轻轻地落在自己的肩膀上,原本正闭目养神的聂西闻立刻睁开了眼睛。

他小心翼翼地深吸了一口气,眼睑微垂,视线内,季夏的眉心微蹙,尽管陷入睡熟,她却依然紧绷着一张脸。

几乎是下意识地,他抬起手,指腹贴在她的眉心,不自觉地屏住了呼吸。

随即,他才后知后觉地反应过来,生怕自己指尖的冰凉惊扰到了她的睡眠。

所幸,季夏只是皱了下眉头,微抿着嘴,丝毫没有察觉到他的亲昵。

因担忧而紧蹙的眉心松了开来,聂西闻悄悄地呼出一口大气,停留的指腹舍不得离开她的脸。顺着季夏的眉毛,聂西闻的指腹轻轻往下抚去,来到了眼角,不经意间,他感觉到一丝微微的湿意,敛目一看,那俨然是季夏的眼泪。

聂西闻嘴角的笑意被冰冻住了。

就在这时,他眼角的余光中忽地有光闪过,空气中隐约传来连续的"咔嚓"声。

聂西闻循声望去,只见他们斜对角的座位上,有一个人正拿着手机对着他们在拍照。

他并没有去阻止那人,他知道那是名记者,而记者的出现是他专门安排的。

为了给足对方拍照的时间,手指在季夏的眼角处定格了好一会儿,聂西闻才收回了手,连带着抹去了那不易察觉的一丁点儿泪痕。

可是,还不够。

这样的亲密度还不够记者"拿图编故事",也不够令人误会,尤其是辜遇。

他垂眸看着睡熟中的季夏,脑子里浮现出好几种办法。

最终,他选择了其中一种,微微侧过脑袋,闭上眼睛,将唇印在了季夏的额头上。

季夏的额头比他的唇要冰凉得多,冷热碰撞,在他的心底炸出了连片的烟火,将积蓄已久的寂寞一点儿一点儿地烧掉。聂西闻一动也不动,唇上感受着季夏的体温,心里祈祷着这肌肤之亲的时间长一点儿,再长一点儿。

"嗡——"

耳朵突然出现耳鸣。

列车在这个时候钻入了隧道,车厢内的黄色灯光突然明亮许多,令他错以为是所有的灯光都聚在了他们身上。

不知是强烈的灯光刺破了她的梦境,还是突如其来的耳鸣震碎了她的安宁,季夏突然睁开了眼睛。

梦,结束了。

聂西闻却还不知道。

第一时间感觉到聂西闻的唇正贴在自己的额头上,季夏倒吸了一口冷气,猛地抬手把他推开。

气氛霎时凝重起来,季夏面带怒色地瞪着聂西闻,她郑重道:"请你别这样,以后都别这样。"

被抓了个现行,聂西闻没有说话,他知道季夏在气什么。季夏不只气他不顾她的感情,擅自亲她,更气他不顾她的努力,试图将她推上舆论的风口浪尖。

季夏这一路走来非常不容易,明明她一心只想唱好歌,成为正能量的实力派歌手,却总是被卷入到绯闻中去。她已经怕了再惹出什么事端。

聂西闻明明知道,却做了与季夏所想背道而驰的行为。

他第一次看见季夏时,她刚被人从海里捞上来,浑身湿漉漉的,昏迷不醒的她脸色比月光还要苍白,那时他便对她产生了怜悯。

一开始也仅仅只是怜悯而已。

谁知道,他的怜悯后来居然变成了喜欢。

喜欢与嫉妒相辅相成,衍生了占有欲,令他变得不择手段。

他清楚自己是自私的,也知道自己做的这一切并不光明磊落,可是,如果自私和耍手段能赢得她的青睐,他愿意自甘堕落。

对季夏的喜欢和在意,早在他恍然顿悟的那一刻,就已经远远地超过了他的想象与控制。

季夏并不清楚这一切。

事实上,她也不想知道那么多。她连聂西闻道歉的话都不想听,在告诫完聂西闻之后,她刻意拿手用力地擦拭着额头,借着这个动作向聂西闻表达着不满。她的身体侧向窗边,又移了移,将头抵在玻璃窗上,每一个动作都表现着她的拒绝之意。

可聂西闻不后悔,他假装毫不在意,背靠着椅背坐好。

深夜十二点多,列车终于到达F市。

这里是这趟列车的终点站,季夏重新戴上渔夫帽和口罩,等车上的旅客全部下了车,她才起身,越过身边的聂西闻,径自往前走。

第二章 星星都是孤独的

笼月镇是F市里的一个小城镇，从高铁站到笼月镇，还需要四十分钟左右的时间。

出了高铁站，季夏随着指示牌，往搭出租车的方向走，聂西闻一路紧随其后。

排了十几分钟的队，两个人终于坐上出租车，在司机问"去哪儿"的时候，聂西闻说话了，抢在报地名的季夏前头。

他问季夏："不如先去市区的酒店里休息？时间太晚了，现在去到那边你还是要先休息的，不如在市区内的酒店休息好，明早再过去。我事先查过了，笼月镇没什么星级酒店，市区倒是有几个很不错的五星级酒店。"

"司机，去笼月镇。"仿佛有意要与聂西闻唱反调，季夏直接对司机报上地名，看也不看聂西闻一眼，不过倒是有回话，"笼月镇有的是酒店和宾馆，星不星级我无所谓。"

她语气淡漠，俨然还在对列车上的那一吻心存怒意与介怀。

聂西闻心知她闷怒难消，当即只好闭上嘴巴缄默了。

并坐在出租车的后座上，一股低气压笼罩在两个人之间，季夏与聂西闻默契地拿着后脑勺对向彼此，各自把目光游移在窗外的夜色里。

时间渐逝，夜色越渐浓郁，当出租车驶过没有路灯的小道时，世界仿佛被黑暗吞噬。

黑暗是邪恶的营养剂。

此刻，想着明天将会曝光在网络上的他亲吻季夏的照片，聂西闻的心不由自主地雀跃起来，他在期待着明天。

06

五点十一分，清晨的第一缕阳光撕破了黑暗。

太阳还未跃出地平线，窗外已慢慢泛出鱼肚白，世界渐渐明亮，天空的最远处，黑色被阳光一点儿一点儿地漂白。

不多时，天彻底地亮了。

整个天空铺着一层白云，天的蔚蓝色若隐若现。

只是半个小时过去，太阳依旧没有现身，好似藏在了某朵云的后面，玩起了捉迷藏的游戏。

在窗边呆呆坐了一整夜的辜遇低下了头，缓缓吐了一口长气。他将手上的手机摁亮，屏幕即刻解锁，映入眼眸的是通话记录，季夏的名字就排在第一位，后面跟着一个被括号圈住的数字——"99"。

截至凌晨十二点，他一共给季夏拨去了九十九通电话。

无一例外，每一通电话得到的回复都是那道冷漠的声音："您好，您所拨打的号码暂时无法接通。"

捧着手机，看着季夏的名字，他还想继续给季夏打去第一百个电话，但手指在重拨键上徘徊片刻，最终还是放弃了。

他忽地想起许多月对他说，兴许是季夏已经把他的电话号码拉黑了，眉心不禁蹙得更深。他叹了一口气，合上因干涩而发疼的眼睛。前一晚，许多月这么猜想时，他当即嘴上反驳着不可能，但其实心知肚明，许多月说的很有可能。

可是他没办法责怨季夏这么做，季夏完全有理由这么做，毕竟……是他有错在先。

他的耳边又响起了季夏愤恨的声音——"如果不是你瞒着我拉黑了冬儿，阿姨根本就不会死……辜遇，我现在好恨你"。

回忆里的声音像被谁按下了复读键，一遍又一遍地回响在耳边。

突如其来的窒息感淹没了辜遇，就好像有谁掐住了他的喉咙，他连连深呼吸起来，像濒死的鱼那般挣扎着。

阳光悄然地覆在辜遇的身上，带着盛夏的灿烂与张扬，将他隔着眼睑的世界悄然染红。

辜遇猛地睁开眼睛，莽撞的阳光在他睁眼的瞬间直入瞳孔，视线里的红霞时被漂白。他下意识地抬起一只手，抓着防盗窗的铁条，气喘吁吁的模样宛若刚从梦魇里脱身出来。

两三分钟后，他慌乱的心才平复下来。

正当辜遇想要离开窗边时,目光却在不经意间扫到了一个小小的熟悉身影。

是许多月。

尽管隔着十几层楼高的距离,但辜遇一向视力不错,所以一眼就瞧见了她。只见许多月离开原本藏身的树下,缓着步子朝小区门口走去。

辜遇不由得蹙起眉头,难道她整晚都在楼下站着吗?

前一日,许多月陪了他一整天。直到晚上,一直联系不上季夏的他也没心情送她回去,反倒是她陪着他回来。之后见辜遇没有要邀她入屋一坐的意思,她便微笑地道了别。辜遇以为她当时就回家了,却没想到她竟在楼下守了一夜。

遥望着许多月的背影,辜遇心里有些说不出的内疚,仿佛她受了一夜的凉是他的过错。

不过,他决定装作不知情。

他没想到,半个小时之后,许多月返了回来。

刚洗漱完的他听见门铃声响起,便去开门,他曾怀着一丝期待,期待站在门外的是季夏。但他怎么也没想到,出现在门外的是许多月。

他错愕地望着许多月。

许多月拿着一袋子的早餐在他眼前晃了晃,脸上笑容灿烂,好似屋外的阳光都掺在了里面。

"你怎么……"话刚起了个头,辜遇又生生地把"去而复返"四个字咽回了肚子里。

"我给你买了早餐。"许多月笑盈盈地说,"不过我不知道你喜欢吃什么,只好多买了几样。有白粥、豆浆、叉烧包、小笼包,还有油条。你就挑你喜欢的吃,不喜欢的给我就好,我对食物不挑剔的。"

辜遇不知道该说什么。

见辜遇呆立在原地,也没有让她进去的意思,许多月一下子收敛了笑意,问道:"你都不请我进去吗?还是我买的早餐统统都不合你的口味?"

她语气抱歉,脸上更是堆起了歉疚。

"没有的事。"辜遇让开了路,"我也不挑食。"

"那就好。"闻言,许多月笑了起来,从辜遇身边走过,脱下鞋,自然地换上了鞋柜里的那双女式拖鞋。

——那是季夏的拖鞋。

本想张嘴的辜遇扫了一眼鞋柜,随后把话咽下。

除了这双拖鞋,他也没有其他的拖鞋可以招待许多月了。虽然许多月先前来过几次,但都是打着赤脚。这会儿他也不好意思再让许多月把拖鞋脱下来，何况这要求也太没有礼貌了。

"快点儿过来吃吧。"就在辜遇发愣的时候，许多月已经把早餐摆放好了。

"嗯。"辜遇应了一声，在她对面坐下。

看着一桌子算是丰盛的早餐，辜遇不由得想起了季夏，想起他们刚在一起时，无家可归的季夏曾在他家中住过一些日子。

他还记得，他曾给季夏做了早餐，做的是紫菜包饭、三明治和热牛奶。

他也记得他说过的那些情意绵绵的话，季夏的脸因害羞而通红，当时屋内满溢着浪漫而暧昧的气息。

仿佛是不久之前，又仿佛隔了几亿年。

当回忆里的美好一点儿一点儿地占据他的脑海时，许多月突如其来的尖叫将他猛地拽回了现实——

"啊！"

"怎么了？"辜遇皱着眉问她。

"我……我……季……季夏……"许多月支支吾吾地看着他，一副欲言又止的模样。

见状，隐约猜到了什么，辜遇冷着脸，自顾自地夺过了手机。

下一秒，映入他眼眸的，是聂西闻正在亲吻季夏额头的照片。

辜遇的心脏猛地一窒，呼吸顿时止住，他难以置信地圆睁着眼睛，定定地看着照片，眼里充斥着震惊、错愕，以及极力克制的愤怒与难过。

"新闻说，季……季夏和聂医生私……私奔了……"许多月怯怯地说。

辜遇没有说话，脸色一片铁青。

一个深呼吸落罢，辜遇微颤着手，划着手机的界面。一张一张照片在他眼前掠过，每一张照片里的季夏与聂西闻都十分亲密，似乎印证着新闻中的"恋爱、私奔"的事实。

照片翻到最后一张，辜遇再也忍不住心中的怒火，直接将手机狠狠砸在了地上。

一抹得逞的笑稍纵即逝，许多月换上同情的表情，为辜遇打抱不平："难怪她突然不见了，难怪你一直打不通她的电话，原来……"

她的话点到即止，没再往下。

连番的深呼吸过后，辜遇才感觉自己稍微冷静了一些，他当即起身："我要去找她。"

闻言，许多月拦住他："你去哪儿找她？你知道她和聂西闻去了哪里吗？"

许多月一语中的，辜遇霎时僵在原地，他的确不知道他们去哪里了，网上的爆料帖子仿佛约好了一般，全部都隐去了他们的行踪。

正当辜遇沉默之际，许多月从身后一把抱住了他。

辜遇下意识地想要推开她，可许多月用尽了全身的力气，紧紧地将他抱住，不肯松一分力。

他吼道："多月，你干吗？"

许多月的脸蹭了蹭辜遇的后背，一边低低抽泣着，一边回答："辜遇，我喜欢你！我喜欢你啊！"

第三章

阳光碎裂在那一片云里

01

笼月镇的气温比 A 市要高一些。

清晨五点,东方泛出鱼肚白,不过半个小时,炙热的阳光已然将整个笼月镇笼罩。

季夏是被这阳光给刺醒的。前一晚睡觉前,她贪恋夏夜的星光,因而没有拉上窗帘。

她揉了揉惺忪的睡眼,下意识地把被子拉高,蒙住了整个脑袋。

不过一秒,她忽然又想起什么,猛地坐直身体,乱糟糟的头发遮住了大半张脸,但她全然没有在意,只顾着低下头,手在床上摸索着。

拿到手机后,她摁亮屏幕,解锁,进入通话记录的界面,重拨某一串号码。

将手机放在耳边后,季夏这才抬起手将挡住视线的头发拨到脑后。

很快,手机里传来熟悉的声音:"您所拨打的号码已关机,请稍后再拨……"

季夏眉心一皱,从她拨过去的第一个电话被拒接之后,这个号码便一直处于关机状态。她轻轻地咬了下唇,准备再次重拨,目光却注意到界面的最顶端,时间显示着早上五点四十七分。

她愣了一下,紧蹙的眉心随即舒展开来。

这么早,对方肯定还在休息,关机也是正常的。

季夏吐了一口气,仰头一倒,打算继续睡觉。

然而闯入房间的阳光太过强烈,即便她闭上了眼睛,也始终不得安眠,辗转半晌后,季夏最终放弃了继续睡觉的念头,直接掀开了被子。

她起身穿上拖鞋,到卫生间洗漱过后,从行李箱里翻出衣服,将身上的睡衣换下,穿上 T 恤和牛仔短裙。等她站在窗前,已是半个小时过去,屋外的阳光更加炙热了。

笼月镇的盛夏,还是她记忆中的温度。

距离她上一次回来,只过去了两个月。

那时与她一起来的人,是辜遇。

正是在这个酒店,这个房间里,辜遇为她写下了那首歌。

思念在阳光下发酵,季夏合上了双眸,情不自禁地哼唱起记忆中的那首歌——

"一堵墙,在眼前,

你看见回忆在左边,往事呢喃,

我看见未来在右边,阳光微漾。

两颗心,软绵绵,

落在额头的轻轻吻，温暖如太阳，
映在眸中的你的脸，似温顺绵羊。
一墙之隔，
罗密欧与朱丽叶的牢笼；
一墙之隔，
梁山伯与祝英台的蝶梦。
（我和你隔墙并行）
（约定一起看星星）
不要听说，只听我说，
过去已经过去，
未来就要到来。
一堵墙隔不开两情相悦，
一世纪抹不去两情缱绻……"

第三章 阳光碎裂在那一片云里

这是属于她与辜遇两个人的歌，只是这一刻，他们却相隔几千公里。

念想至此，伤感一点儿一点儿渗进了季夏的歌声里，整首歌忽然就变了味。

就在季夏失神之际，门外传来敲门声。

"叩叩。"

清脆响亮的敲门声打断了季夏的歌声，季夏回过神来，吸了口气，草草收拾好情绪。

季夏打开门，站在门外的是聂西闻。

因为是预料之中，季夏并不感到意外，不过他这么早来找她是做什么？

仿佛一眼就看懂她的疑虑，聂西闻的手一提，笑眯眯地晃了晃手里拎着的早餐，一脸讨好的模样："豆浆油条。"

透明的塑料袋子里，一眼就看得到装的是双人份的早餐。

季夏没有任何动作，既不接过聂西闻手上的袋子，也不邀请他进屋，默不作声的样子仿佛连话也不想多说。

"不邀请我进去吗？"见季夏沉默，聂西闻开口问。

"谢谢你，但我不想被误会，也不想被你误会，更不想被其他人误会。"季夏坦诚道。

"我明白，那我不进屋子就是。"聂西闻笑了笑，难得在这个问题上顺了她的意思。

季夏没想到聂西闻这么爽快地妥协了，有些讶然。

只见聂西闻侧过身子，指着楼下的院子，转而道："院子里有桌椅，不如到那边

041

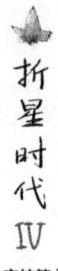

一起吃吧。早餐一个人吃也太孤单了。"

季夏还想要拒绝,聂西闻却抢先一步:"你不是还要见神秘人,找你的亲生父母吗?我们赶紧吃完早餐,我陪你一起去。"

不容季夏做出反应,聂西闻伸手就将她拉出了房间。等季夏后知后觉地反应过来时,他已经抽走了插在门内的房卡。

"房卡我拿了。"聂西闻将房卡装进口袋里,半带威胁地问她,"该不会连一顿早餐都不愿意陪我吧?我不是你的救命恩人吗?"

——"你可是我的救命恩人,我必须陪你。"

记忆中的这句话忽地在季夏的脑海里响了起来。

那时候季夏还在 H 国,陪过聂西闻吃早餐,也陪过他吃夜宵,陪过他看电影,也陪过他打网球。

偶尔,聂西闻会问她是不是很无聊,她便拿这一句话来搪塞他。

如今聂西闻拿她说过的话来威胁她,季夏虽然略有些不快,但到底是跟了过去。

只是一起吃顿早餐而已,她以为只是这样。

直到聂西闻说忘了拿勺子,让她去酒店前台要两把,因为她在半途遇上酒店的工作人员,便提前折身回来。她刚要落座时,却发现聂西闻正拿着她落下的手机,专心致志地在屏幕上点着什么。

她快步走上前,一把夺过手机,原来聂西闻正准备删除她的微博。

"你做什么呢?"季夏怒气冲冲地质问聂西闻,"你根本就不是觉得我生气了,所以买早餐哄我。而且你买的是豆浆和油条,根本不需要勺子。原来你是故意支开我,拿到我的手机,删除我的微博?"

"我是为你好。"聂西闻没有否认。

"什么叫作……"季夏一边翻查着手机,一边反驳聂西闻,她话只说了一半就生生地掐断了。只见她圆睁着眼睛,右手食指在距离屏幕一厘米的地方顿住了,好半晌过去,她才接着道:"怎……怎么会……怎么会有那么多我们的照片?嗝……什么私奔啊,我和你怎么可能私奔呢?"

聂西闻仔细观察着季夏每一个细微的表情,他深吸了一口气,将早就准备好的说辞送上:"我就是怕你看到这些会生气,会不高兴,所以才想着干脆把整个微博都删除了。"

闻言,季夏抬眼对上聂西闻的眸子,聂西闻的表情那么真诚,看起来没有半点儿撒谎的样子。

她抿了抿唇,没有再呵责聂西闻,转而将目光重新落回手机上,看着那张聂西闻偷亲她额头的照片,眉心拧得紧紧的。

辜遇看见了会不会误会?

她当即就要给辜遇打去电话,然而手指在点开通话界面的同时,忽地想起来,她已经将辜遇的电话号码拉进了黑名单。

巫素洁意外之死,与季冬声泪俱下的控诉,通通涌进了她的脑海里。

她顿住了。

季夏所有的小动作与微表情都没有逃过聂西闻的眼睛,他不希望季夏打电话给辜遇,只要他们两个人互相再不联系,误会就会一直加深,直到不可调和。

两个人各怀心事,沉默蔓延,酒店的工作人员拿着两只勺子过来了。季夏的思绪被打断,她接过勺子,刚说了声"谢谢",手中的手机"叮"地振动了一声。

是新短信。

又是那个陌生号码。

9点,吉祥路83号,在你的养父早上最喜欢去的那家肠粉店见。

02

收到短信后，季夏急忙拨去电话，耳边很快响起了"嘟嘟"声，不过稍瞬，电话再一次被拒接。

"怎么了？"注意到季夏的异样，聂西闻问，"又是那个神秘人？"

"嗯。"季夏不明所以地蹙紧眉头，"他发短信给我说，9点在吉祥路83号见，可是我打电话过去，他拒接了。"

"这么奇怪？"聂西闻察觉到不妥。

从一开始季夏跟他说有这么一个神秘人，让她回笼月镇的时候，他便隐隐有过怀疑。当时他什么都没有说，是因为除了直觉，他也说不出到底对方哪里有问题。所以他才陪着季夏一起来，起码即使有问题，他也能陪在季夏身边，第一时间保证她的安全。再者，能够单独与季夏离开A市，对他来说是个难得的独处机会。

季夏没有顾上回答聂西闻，心里全是对神秘人的疑问，她已经把那些她与聂西闻传得漫天的照片和绯闻抛诸了脑后。

见季夏的注意力被转移，聂西闻趁机道："现在还不到八点，我们先吃早餐，吃完了再过去看看。"

除此之外也别无他法，季夏只好听从聂西闻的建议，坐在他的对面。旋即，聂西闻递过来一杯豆浆和一份油条，她接过，道了声谢后，便低头喝起豆浆。

只花了十分钟，季夏就把早餐匆匆吃完了。她将最后一口豆浆喝完，几乎是迫不及待地一边用纸巾擦拭着嘴巴，一边站起身来："吃完了，我们走吧。"

从酒店到吉祥路，步行只需要二十分钟，也就是说，他们还要等上一个小时，才能见到那个神秘人。

对于季夏的着急，聂西闻配合地点了点头。他匆匆将剩余的小半截油条塞进嘴里，又拿起豆浆猛灌了几口，随后紧跟上季夏的步伐。

一路上，两个人没说过一句话。

坐在肠粉店等待的近一个小时里，两个人也是依旧沉默着。

九点过去了。

九点十五分了。

九点四十分了。

十点又到了。

那个神秘人始终没有出现，也没有再发来短信。

眉间的褶皱越来越深，季夏第 N 次拿起手机查看时间，再没能忍住，又一次给神秘人拨去了电话。

还是那道熟悉的女声。季夏立刻把手机从耳边拿下，给神秘人发去短信。

你在哪？

不是说九点吗？

我已经等了你一个小时了！

你到底来不来？

我的亲生父母在哪里？我到底是谁？

每一条短信都是心底咆哮的质问，季夏紧抿着双唇，手指快速用力地点击着手机屏幕。

然而，她一连发了好几条短信过去，对方始终没有任何回复。

全部石沉大海。

聂西闻伸手握住了她的手机，柔声安抚着："不如我陪你到处走走，找找看有没有其他的线索。"

季夏深呼了一口气，想将心里的烦闷一下子全数吐出来。

她点点头，将手机放回包里，与聂西闻一前一后地出了肠粉店。

一直到太阳落山，夜幕悄悄降临，两个人也一无所获，既没能找到其他的线索，也没等来神秘人的短信或是来电。

是啊，他们怎么可能找到？一串电话号码是他们仅有的联系。对于神秘人，季夏什么都不知道。

季夏垂头丧气地站在刚亮起的路灯下，看着地上矮小的影子，鼻子泛酸。

她感到又无助又绝望，又迷茫又委屈……

此时如果辜遇在她身边就好了。

她不想一个人在这熟悉的街景里哭泣，她想要依靠的人只有辜遇。

她从包里掏出手机，终于下定决心将辜遇拉出黑名单，给他拨去了电话。

站在季夏身后的聂西闻眼见着她给辜遇打去电话，心立即"咯噔"一下，赶忙开口道："不如我们先去吃饭吧。我记得你说过你老家这边的馄饨面很好吃，我们吃馄饨面吧？"

季夏没有回话，过了一分钟，她拿着手机的手无力地垂了下去。

她的电话被挂断了。

她这才抬起头，抬眼对上聂西闻温柔的笑，失落地点点头。

吃过馄饨面，季夏与聂西闻又沿海边散步了一圈，等二人回到酒店时，已是晚上十点。

聂西闻努力想把他与季夏待在一起的时间拉长一点儿，再长一点儿，但无论他们在一起多久，总归有分开的时候。

站在季夏房间的门口，眼看着深褐色的门缓缓合上，聂西闻焦虑了。

他没有离开，而是将耳朵趴在门上，听起了房里的动静。

他知道季夏一定会再给辜遇打去电话，虽然他阻止不了季夏的行为，但他不想错过季夏与辜遇在电话里的交谈内容。

回到房间后，季夏先去洗了脸，随后坐在落地窗的榻榻米上，再一次犹豫起来。

失神时，熟悉的女声钻入了耳朵里，季夏错愕地看向手机，发现自己无意中已给辜遇拨去了电话。

电话又被挂断了。

季夏突然想起早上她在微博上看到的那些她与聂西闻的亲密照片，不禁忐忑起来，辜遇是不是很生气？

不知道一天过去，她与聂西闻的绯闻又会演变出几个版本。

这么想着，她打开微博，忽然瞧见紫薯饭团发来的私信。

季夏，我今天好开心哦！原来我们学校的校花也是你的粉丝呢！今天我们在图书馆遇见，因为你的歌，我们成了好朋友哦！我们都很喜欢唱歌，都很喜欢你，也都想成为最棒、最红的歌手。季夏，我们一定可以跟你一样实现自己的梦想的，对不对？季夏，感谢你，你不仅让我的青春更多彩，还让我遇见一个漂亮、善良、有同样梦想的好朋友！

紫薯饭团的留言如同一条清泉，瞬间清空了她心中的彷徨与不安，她的心情不禁被这个可爱的陌生女生所感染，嘴角浮现起一抹笑意。

是啊，她为什么要在乎那些流言蜚语？让真正喜欢自己的人不失望，才是她要做的事。

季夏嘴角的笑意还没持续几秒,空气中倏然响起几声消息提示音。

"叮——叮——叮——"

是许多月发来的微信消息。

季夏刚点开微信,许多月又发来语音通话,还没等她点下接听,那厢却自顾自地挂断了通话。

季夏感到莫名其妙,她再度看向与许多月的微信对话框。

是三张照片。

季夏倒吸了一口冷气,呼吸也停滞下来。只见她圆睁着眼睛,定定地看着照片,一脸的难以置信。

世界仿佛在一瞬间倒塌,她的眼前倏地黑了下去。

第一张照片,许多月在亲吻辜遇的侧脸;第二张照片,两个人在相拥;第三张照片,辜遇在亲吻许多月的额头。

所有照片都是在辜遇公寓的床上拍的,季夏认得那一床深蓝色的床单。

照片里,两个人的脸上都有着异样的绯红色,季夏虽然看不见辜遇的眼睛,但其中的暧昧已经不必再用言语赘述。

季夏的手紧紧攥住手机,眼里迅速起了雾气,她只觉得脑子里一片空白,左心房痛得要窒息了,仿佛藏在里面的心脏被人生生剜开了似的。

这时,许多月又连续撤回了那三张照片。

对话框里,只剩下三行白色的字:许多月撤回了一条消息。

一切都恢复到了两分钟之前,好似什么都没有发生过。可是季夏知道,那三行白色的字在提醒着她,那三张照片确确实实地出现过。

仅仅只是两天,她就好像把辜遇给弄丢了。

心痛得无以复加,季夏好不容易缓过一口气。她硬生生地将泪水含在眸子里,不让它滑出眼眶,连番深呼吸后,颤抖着双手给辜遇拨去电话。

她想听辜遇亲口告诉她。

耳边"嘟嘟"的等待音变得尤为漫长,终于接听起来后,她听见的却是许多月的声音。

"喂,季夏啊,你找辜遇吗?"漫入耳朵里的声音带着盈盈的笑意。

没料想到接电话的人是许多月,季夏慌乱了起来,顿时不知道要说什么。她支吾了半天,刚要开口,许多月先一步说话了:"辜遇刚睡着,有什么事你跟我说吧。"

"我……"季夏咽了咽口水，喉咙干涩得生疼，仿佛她咽下的是一根鱼刺，"你把手机给辜遇，我要跟辜遇说话。"

憋了好一阵子，她终于说出一句话。

那厢，许多月轻轻地笑了起来，柔声道："他睡着了啊。"

季夏抿了抿唇，再一次深呼吸，接着一字一顿，固执地道："你把手机给辜遇，我要跟辜遇说话。"

许多月再次笑了起来，笑声里带着轻蔑，狠狠刺痛着季夏的心。三秒之后，她收敛了笑声，慢条斯理地回答："我跟辜遇告白了，他接受了。我知道你不会信，但这是事实。"

"我不想听你说话，你把手机给辜遇！"季夏一下子拔高了声量。

"好吧。"许多月突然答应了她的要求。

等待不过几秒钟的工夫，季夏却觉得每一秒都如此漫长，漫长到她几乎错觉已经过去了一个世纪。

终于，手机那端有了声音。

"辜遇，辜遇。"

是许多月在呼唤辜遇，紧接着，辜遇迷迷糊糊地应了一声，声音极浅。

空气又陷入了沉默，片霎过去，许多月的声音再度响起。

"你爱我吗？"许多月的声音娇柔而可爱。

季夏的呼吸当即一滞。

"爱。我爱你。我……我真的……真的很爱你……"虽然回应的声音很浅，甚至是有气无力的，但那确确实实是辜遇的声音。

好像有什么破裂了……

是心碎的声音。

如此熟悉，在她得知自己的脸是被季冬毁容时，在她得知巫素洁并非她的亲生母亲时，在她得知她只是一颗被季冬母女利用的棋子时……

心如同气球，被残酷的现实瞬间捏爆了。

心很痛。

全身都很痛。

似乎有玻璃碴子渗入了血液，途经身体的每一处都疼得不像话，连呼吸都疼得让人难以忍受。

不知何时，泪水已然模糊了她眼里的世界。

"听见辜遇对我的告白了吧?"

季夏悲痛之际,许多月再次开口,她说:"季夏,请你以后都不要再来骚扰辜遇了。他现在是我的男朋友,也只爱我一个人,麻烦你要点儿脸,不要再打电话过来纠缠不清。

"还有,辜遇有句话没好意思问你,我作为女朋友,就代替他问了吧。你怨恨他害死季冬的妈妈,可是季冬为什么要去香港,归根到底,难道不是你这个做姐姐的逼得她走投无路,只能远走异地去寻一个机会吗?真正的杀人凶手是你啊,季夏。"

说完,许多月挂断了电话。

徘徊在季夏耳边的"嘟嘟"声,竟像极了许多月留给她的讥笑,配合着许多月方才说过的话,频频地刺痛着她的心脏——

"他现在是我的男朋友,也只爱我一个人。

"难道不是你这个做姐姐的逼得她走投无路?

"真正的杀人凶手是你啊。"

许多月的声音不断地在耳边放大,季夏再没能忍住,一把扔掉手机,害怕地捂住耳朵,尖叫起来:"啊——"

与此同时,闪电劈过窗外黑漆漆的天,随即"轰隆"一声,雷声在这小城镇的上空咆哮起来。

豆大的雨"噼里啪啦"地打在玻璃窗上,雨幕迅速湮没了窗外的灯火阑珊。

季夏失声痛哭起来,就像屋外的雨那般歇斯底里。

对于许多月,她曾有过怜悯,也曾有过信任,曾恐惧过,也曾猜忌过,可是在这一刻,她对许多月更多的是痛恨。

她从未有过这种既恐惧又痛恨的感觉。

到最后,辜遇还是选择了许多月,将她背弃了。

不,没有最后,他们根本没有走到最后。这不过只是在半途而已,他在半途就将她丢弃了。

04

倾盆大雨像是要淹没整个小镇,也盖住了从房间里传出来的撕心裂肺的哭喊声。

聂西闻趴在门上本想听季夏打电话与辜遇说什么,却没承想听到了隐隐约约的哭声,他皱紧眉头,忍不住一边敲打房门,一边喊着:"季夏?季夏!"

房间里的季夏沉浸在悲痛里,听不见外界一丝半毫的声音,任聂西闻如何竭力叫唤,她都没有反应。

雨越下越大,聂西闻的心也越来越乱。

他再没继续敲门呼喊,直接转身下楼,到前台要了备用房卡,再急匆匆地回到季夏的房间外。

其实在听到季夏悲痛欲绝的哭声,聂西闻便猜出了几分缘由,他明白,季夏与辜遇大概是正式分手了。他本该是欢欣雀跃的,但漫过心头的第一感觉却竟是担心与不安。他才发觉,原来他并没有办法在季夏陷入痛苦之中时去欢庆他卑劣手段的成功。

房卡贴在磁贴上之前,焦虑的聂西闻仍保有一丝礼貌,对着房内打了声招呼:"季夏,我进来了。"

"嘀"的一声,门锁开了,聂西闻赶紧推门而入。

房内开着灯,聂西闻朝里看去,只见季夏蹲在正对着房门的榻榻米上,双手捂着耳朵埋头大哭。

季夏哭得很伤心,连他进了屋都没有察觉。

看着缩成小小一团的季夏,聂西闻心疼得皱起眉头,左胸也隐隐作痛。

深吸了一口气,他缓步走向她,轻唤着她的名字。因为怕惊吓到她,他甚至不敢走得太快。

直到聂西闻站在季夏身旁,她仍是没有察觉。

"季夏。"

聂西闻再一次轻声唤她,手微微抬起,想要摸一摸她的小脑袋,可不知怎的,心里忽地有了冲动,眼见着即将落在她头上的手倏然转变了方向。紧接着,他俯身下去,将她拥入怀中。

他企图用他温暖宽大的怀抱去安慰季夏。

季夏颤抖着,好像屋外的雨也淋在了她的身上,雨水的凉意渗入骨髓。

对季夏的怜惜与心疼又多了几分,聂西闻轻叹一声,在季夏反应过来以前,在她耳畔柔声低语:"我在这里,我陪着你,我不会像他那样抛弃你的,我会给你比他多很多很多的爱。"

承诺是安慰的另一种方式，安慰不过是可以理直气壮地告白的一个借口。

聂西闻用力地拥着季夏，想将她缺了一块的心弥补完整，可是回过神的季夏用尽全力将他推开了。

积压在心上的痛俨然找到了宣泄口，季夏朝聂西闻咆哮道："我不需要你的爱，一丁点儿都不要！"

"轰隆——"

雷鸣之前，闪电劈过，银白色的光穿过雨幕和玻璃，照映在季夏蜡白色的脸上，将泪痕描绘得更鲜明。

噼里啪啦的雨声越来越重，好似玻璃都要被这雨砸破了。

季夏与聂西闻沉默对峙着，她死死咬住牙关，喘着粗气，浑身发着抖。而他紧抿着唇，眼神悲伤忧郁，低垂在身体两侧的拳头紧握着，他在竭力控制着心里的"怪兽"。

瓢泼的大雨带来了繁乱的节奏，房间里越是安静，气氛就越发地骇异。

这样冗长且骇栗的沉默太过折磨人，季夏冲上去，又奋力推了聂西闻一把。

季夏明明花了好大的劲儿，可聂西闻依旧安稳如山，纹丝不动。

聂西闻冷着一双眼睛："如果不是我救了你，你根本成不了现在的季夏，你应该爱的人是我才对。"

季夏抬起手，拳头紧握得筋骨分明，一下一下地捶打在聂西闻的身上，只听她声泪俱下地嘶吼道："就算我死了，我也不会爱你！聂西闻，我宁愿我当初死了，你凭什么把我救起来？我恨你！"

她打在他身上的力道很小，聂西闻却觉得心好痛，尤其是心里面的那只"怪兽"好痛，它嘶吼着，力气突然大了几倍，将困住它的牢笼一把扯开，逃了出去。

逃生的"怪兽"，拳头蓄满了力量。

那瞬间，聂西闻失去了理智，抬起手推了季夏一把，下一秒，拳头朝她挥了过去。

季夏向后踉跄了几步，抬眸中，她看见聂西闻满目通红地挥着拳头而来。她登时被吓到了，双目圆睁地跌坐在地上，浑身发抖。

理智在最后一刻反应过来，聂西闻最终将拳头打在了空气中，可是满腔的怒火得不到发泄，"怪兽"又怎么会安分？感觉到停在半空中的拳头仍然蓄着力量，蠢蠢欲动，聂西闻瞪着季夏，吼道："走！走啊！"

季夏这才如梦初醒，立马爬起来，跌跌撞撞地冲出了门外。

当豆大的雨点砸在脸上的时候，原本战栗着的季夏忽然觉得有一点儿暖和。

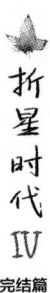

　　她太需要温暖了，哪怕是一点点的，于是她不停地在雨幕中奔跑着，没有方向，也没有目的。可若是说没有方向，她又偏往黑暗处跑，似乎想避开所有的光。灯光也好，行人的目光也好，她只想将自己藏在黑暗里，哪怕被黑暗吞噬，万劫不复。

　　她跑了很久，身子越发地温热起来，视线也变得模糊。

　　就在她终于想要停下来时，迎面忽然有一个女孩子直直地朝她撞了过来。

　　"嘭——"

　　两个女生一同跌倒在马路上。

　　气喘吁吁的季夏抬起头，女孩儿看起来小她五六岁，身上穿着宽大的校服，脸上不知道是泪水还是雨水，眼睛通红，分明是刚刚哭过。

　　和她一样，是个伤心人，是个借着冰冷的雨温暖自己的人。

　　季夏打量着女孩子，丝毫没有注意到黑暗中有一辆收废品的小车正从路的上坡往下坡她们的方向开过来。

　　雨声太大，覆盖了小车"隆隆"的引擎声。

　　隐隐约约中，季夏听到有人在喊自己的名字，她扭过头去看，却发现车子已经近在咫尺，只能本能地闭上眼睛。

　　"嘭——"

05

"啊！"

季夏忽然感觉自己陷入一个结实的拥抱，伴随着一声痛呼炸响在耳边。

她猛地睁开眼睛，是聂西闻在千钧一发之际，用自己的身体替她挡下了迎面而来的危险。他双膝跪在地上，小车紧贴着他的身子而过，车轮碾过他的左脚。

她毫发无损。

"季夏，我……"聂西闻忍着痛苦，想要为之前自己发狂的行为道歉，然而他的喉咙像是着了火，那三个字怎么都说不出口。

季夏从聂西闻的怀中挣脱出来，想要将他从地上扶起来。但是她一个人的力气不够，拉不动聂西闻，好在她旁边也躲过一劫的女孩子回过神来，上前帮忙。

"谢谢。"向女孩儿道了声谢，季夏低头打量着聂西闻的脚，蹙眉道，"得上医院。"

"哎呀，不好意思啊，我忽然被绊了一下，所以车子脱手了，滑了下来，没伤到你们吧？"开出一段路的小车的主人返回，一脸的歉疚。

季夏循声看去，发现是一个年过六十的老太太，老太太身上套着雨衣和草帽，脚上蹬着一双破旧的拖鞋。

就在季夏打量着老人家的时候，方才还皱着眉的聂西闻已经扯出一抹微笑，礼貌地回道："没关系的，婆婆，这么晚了，雨这么大，你快回家去吧。"

"真的没有关系吗？"老太太狐疑着不敢走。

聂西闻笑着摇摇头："你快回去吧。"

他温柔的模样，一如从前与季夏初相识的时候。

季夏微微抬眸，凝视着聂西闻的侧脸，那如沐春风的笑容，让她恍然忆起在H国首都的那些日子。那个时候，她虽然总困于过去而不快乐，但温柔体贴的聂西闻一直陪在她的身边，时常给予她鼓励与肯定，以至她还能拾起梦想，勇敢去追。

但是到了后来，他突然像变了一个人似的，霸道又直白，不顾她多次的拒绝。

她叹了一口气，对聂西闻说："走吧，我们去医院，这边没有出租车，得先走到大路。"

聂西闻点点头："好。"

见他们真的没有打算要自己赔偿的意思，老太太谢过之后开着车离去。

季夏转过头与女孩儿道了别，搀扶着聂西闻往前走去。

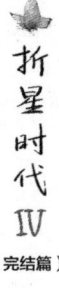

聂西闻的左脚几乎不能用力,整个人只能倾到季夏的身上,季夏扶着他很是吃力,每一步都走得很慢。

看着两个人的背影,落在身后的女孩儿不能安心离开,又小跑着上前,扶住了聂西闻身体的另一边:"我帮你吧。"

季夏与聂西闻都没有拒绝,两个人异口同声地回道:"谢谢。"

上了大路,三个人拦了一辆出租车,直接往最近的医院去。

到达医院后,两个瘦小的女生合力搀着聂西闻到了急诊室。虽然车轮碾过了聂西闻的脚,但幸好没有伤及骨头,只是车子破旧,底部生了锈的铁板划破了他的小腿,伤口既长又深,流了不少血,还淋了雨。医生给他打了破伤风的针,又简单地处理包扎了一下伤口,嘱咐他这几天不要碰水。

等交完各项费用,季夏与聂西闻正打算离开,女孩儿却欲言又止地待在一旁。

季夏担忧地问:"你住哪儿?我们送你回去吧?"

"不要。"闻言,女孩子摇头摆手,"我不要回家。"

"为什么啊?"

"我……我是离家出走的。"女孩儿抿了抿唇,垂下脑袋,一只脚微微抬起,在地板上无规则地划来划去,声音里满是委屈,"我跟我妹妹吵架了,我打了她一个耳光,然后我妈就动手打我了。一直以来,爸妈都很偏心,自从妹妹出生后,他们只顾着疼妹妹,无论发生什么事,我错也好,妹妹错也好,他们都只说我一个人。就因为我比妹妹大五岁,我就应该什么都让着她吗?凭什么呢?我也需要他们的疼爱和关心啊。"

没想到女孩儿的难过是因为这些,季夏霎时语结。

关于偏爱,在误以为巫素洁是自己的亲生母亲时,她也有过同样的不解,为什么巫素洁就偏爱季冬呢?但是渴望亲情的她当时选择了忽略。

正当季夏沉默之际,一旁的聂西闻出乎意料地开口了。

"有妹妹可真令人羡慕呢。"

听聂西闻的语气充满羡慕,女孩儿抬起头,不解地望着他,同样眼神错愕的还有季夏。只不过,不同于女孩儿,季夏意外的是他居然会安慰女孩儿,她以为在这个问题上,聂西闻会保持缄默,毕竟他是私生子。

聂西闻笑笑说:"我小时候一直很希望能够有个弟弟或者妹妹。如果是弟弟的话,我想我们肯定会从小打到大,但是打架的感情才会好。如果是妹妹的话,我想她一定跟你的妹妹一样可爱,虽然有时候会无理取闹,但我要是不开心,她会想方设法哄我。你的妹妹也是这样的吧?你不开心的时候,她也会哄你吧?"

女孩儿没有说话，好像是回忆起了什么。

想起季冬的季夏忍不住开口："我和我妹妹也会吵架，但是我从来都不会对她动手，因为我舍不得。你打了她，其实你的心里也很难过吧。"她看着女孩儿，挤出了一抹很勉强的笑，"不管怎样，你们还在一起，你还能告诉她，你有多难过，有多在意她。可我……我不行了，最近我们因为一件事大吵了一架。我想，她大概永远都不会原谅我了。"

"豆豆！"

季夏话音刚落，三人身后就传来了一声呼唤。

女孩儿登时转过身去，不过几秒，一个十岁左右的小女孩儿扑进了女孩儿的怀里。

小女孩儿哽咽着声音说："我们找了你好久啊。对不起，姐姐，是我错了，你跟我们回家吧。"

豆豆紧抿着嘴巴，将头偏过去，身子一动不动。

不一会儿，豆豆的母亲也赶到豆豆跟前，她看着豆豆，语气十分诚恳："对不起，豆豆，是妈妈错了。妈妈对你们不够公平，总觉得你比苗苗大，你就应该懂事听话，没有想过你也只是个孩子，你也需要同样分量的爱。是妈妈不对，没有了解到事情的真相，不知道是苗苗偷看了你的日记还说了那么过分的话，妈妈跟你道歉，你原谅妈妈好不好？"

闻言，豆豆看了一眼母亲，眼泪没能忍住，顷刻湿了双颊。

豆豆的父亲也跟了过来，张开双臂，对豆豆说："豆豆，回家吧，以后爸爸妈妈会公平地疼爱你们的。"

"爸爸妈妈！"

豆豆终于没忍住，扑进父母的怀抱，号啕大哭起来，像要把所有的委屈都哭出来。

对视一眼，季夏搀扶着聂西闻默默离开。

当季夏再回头看向他们，只见豆豆一家四口正有说有笑地远去，她不由得心生羡慕，忽然很想念她的养父母。

思念泛滥之际，她的耳边忽地传来一道甜糯糯的声音——

"你是季夏吧？"

季夏当即回过神，扭回头来，不知何时，一个与她一般高的女孩子站在了她的跟前。

女孩子笑得很灿烂，如同盛夏的阳光，双手捧着一个小小的本子，小心翼翼地问："季夏，你能给我签个名吗？我是你的粉丝，我很喜欢你的歌！"

"可以呢。"

"谢谢!"

季夏接过本子,看到本子上面写着女孩子的名字——范梓恕。

是个很特别的名字呢。

她想着,在空白的纸上签下自己的名字。

本子还给范梓恕的时候,她莞尔一笑,不忘感谢道:"谢谢你喜欢我的歌。"

06

坐在出租车后座,望着车窗外被大雨覆盖的世界,季夏倏然想起了许多尘封的往事。

笼月镇是个南方小城镇,属于南亚热带季风气候区,海洋性气候明显,因此每年五月到十月都会有台风路过,天气备受影响。季夏记得,有一次台风天,养父加班未归,巫素洁出门被困在外边,家里只有她和季冬两个人。因为台风吹倒了电线杆,家附近都停电了,季夏与季冬两个人害怕得躲在被窝里抱成一团。

不过是短短一个多小时的等待,在黑暗中,时间却仿佛被拉长了好几倍。

两个恐惧不安的孩子互相安慰取暖,各自讲着蹩脚的笑话,企图将屋外狂妄的风雨声都遮盖。

是什么内容的笑话?

她忘了。

她只记得,季冬紧紧地挨着她,打雷时抱住她,会将脑袋埋进她的怀里。

再想起季冬,心上就好似有一道口子,一点儿一点儿地裂开,鲜血一滴一滴地渗出来,那是未痊愈的旧伤又一次被撕开来。

季夏深吸了一口气,草草地将脑海里的画面揉成团,丢进了记忆的匣子里。

她不禁问自己,这一刻的风雨天,季冬是不是还会像年幼时那样,躲在被窝里瑟瑟发抖?

明明知道长大了的季冬早已不怕黑暗,她却在潜意识里拒绝着季冬的长大。

注意到季夏脸上的神情,聂西闻打破了车内的沉默:"是想起了你妹妹吗?"

他一副了然于心的模样。

季夏没有扭头看他,也没有说话。

见季夏依旧沉默,聂西闻顿了顿又说:"笼月镇与香港并不远,只隔着一个海岸,听说即将开通的高铁只需要两个小时便可到。如果你想见她的话,这两天忙完,我陪你过去?"

聂西闻想方设法地想要讨好她,但她仍旧一言不发。聂西闻不由得蹙起眉头,思索着季夏是不是还介怀他在酒店房间里发怒的一幕。

季夏并没有想那么多,只是想起了她对季冬的承诺。

离开 A 市之前,她承诺过季冬,等她从笼月镇回去,就会帮季冬。

但是季冬已经不肯再相信她了。

同样下着大暴雨的香港，季冬抱着双膝，坐在酒店房间的落地窗前，目不转睛地看着窗外。在灯光的刻画下，雨滴得更加清晰，她想念着刚刚离世的母亲，以及苦恼着如眼前辨不清方向的未来。

她在香港的签证快要到期了，她很快就要离开。

没有了巫素洁，季冬完全不知道自己的下一步该怎么走。

巫素洁决定了她前十八年的人生，她过度依赖着巫素洁，虽然偶尔也会不满，可一旦失去了依靠，她却发现她连最基本的生活能力都没有。

南盛递过来一杯温热的牛奶，询问她："要不，你跟我回 H 国吧？"

他清楚她所有的烦恼。

季冬抿了一口牛奶，无力地扯了扯嘴角："我去 H 国做什么呢？"

这是一个南盛没有考虑过的问题，在他看来，一无所有的季冬去哪儿都得重新开始，还不如和他一起去 H 国，至少这样他还可以陪在她的身边。

彼此间的沉默，在窗外雨声的衬托下，越发冗长。

过了好一会儿，南盛终于再度开口："我不知道。在 H 国，你不会说 H 语，也没有资源和人脉，要想继续当大明星肯定很难很难，甚至连当一个小小的演员都不可能。可是季冬，你必须重新振作起来，如果你不想让季夏帮你，那么你就得自己寻找出路。无论有多困难，我都会陪着你的。当然，也许你选择留在国内会更好，毕竟你有一定的知名度，前路肯定会比 H 国好走。只是我想着，你要是去 H 国，我可以照顾你，如果你回 A 市，我就鞭长莫及了。"

南盛是不可能为了季冬留在 A 市的，一方面是因为他的母亲，另一方面是他与 HN 公司有合约在身，要想留在 A 市，除非是公司同意并安排行程。

季冬抬眸看向南盛，她从他的眼里看到了真诚。

她知道，南盛是爱她的，她同样爱着南盛，只是他们之间必须有一个人要牺牲。

选择有时候是一件很难的事情，但有时候只需要那么一分钟。

于是一分钟后，季冬扑进了南盛的怀里，轻声说："我想跟你在一起。"

当笼月镇被暴雨狂扫了一夜，A市的清晨从一缕和煦的阳光开始。

清早的风带着凉意，从未合紧的窗口钻入屋内，撩起了束在窗户两边的窗帘一角，然后拐个弯，调皮地吻过睡在床上的辜遇的脸。一次亲吻未能叫醒他，风就淘气地吻上去第二次、第三次，直到屋内传来一声"阿嚏"，风才蹑手蹑脚地溜了。

宿醉醒来的辜遇只觉得太阳穴一阵"突突"，疼得厉害。他蹙紧眉头，想要抬手揉一揉太阳穴时，突然发现自己的手被什么东西给压住了，而且似乎是压了一整夜，此刻麻得他根本使不上力气。

迷迷糊糊中，他睁开眼睛。

一头乌黑的长发映入了他的眼眸。

辜遇以为是季夏，眼里不由自主地浮出惊喜，微笑在他嘴角浅现。然而随着他目光往下，竟是许多月那张睡得安稳的脸。

他什么时候与许多月睡在了一张床上？

上一秒还纠缠着辜遇的睡意顷刻间不见了踪影，他猛地将许多月枕着的手抽离出来。

许多月一下子醒了，她睁着惺忪的睡眼呆呆地望着辜遇，脸上并没有一丝错愕，只有藏不住的难过。

她不明白，到底是有多嫌弃，他才会这么避之不及。

气氛陷入了冰点。

两个人沉默着。

辜遇只记得前一夜，他在许多月的安慰下，一罐啤酒接着一罐啤酒地借酒消愁，再之后的记忆便是一片空白。到底发生了什么，他根本不知道。

他目光微微一垂，悄悄打量起许多月与自己，两个人的衣衫都是完整的，确认过后，他暗自松了一口气。

将辜遇一切的小动作与微表情都看在眼里，许多月紧抿着唇，一抹恨在眼里稍纵即逝。

"对不起，我……我……"辜遇打破了沉默，虽然笃定彼此没有酒后误事，但他到底没有做到彻底避嫌。他的舌头不自觉地打了结，支支吾吾半天想要解释，最终只是叹了一口气："我不知道我们怎么会……怎么会……算了，我送你回去吧。"

"辜遇……"许多月开口了，语气有些迟疑，"昨晚你喝得很醉……把我当作了季夏，而且……"

她欲言又止，抬眸看着辜遇时，眼底尽显怯意，又带着一抹娇羞。

辜遇心里"咯噔"一下，心当即提到了嗓子眼。

"而且……你强行亲了我，那……那是我的初吻。"

许多月将娇羞演得出神入化，双颊绯红的同时，耳根也跟着泛起红来。

恍惚间，辜遇想起前一日清早，许多月的告白："辜遇，我喜欢你！我喜欢你啊！"

许多月说："其实，如果不是季夏不懂得珍惜你，我根本不会告白，但是辜遇，就算我现在跟你告白，也不是想要你答应什么。我什么都可以不要，我只是很想告诉你，除了季夏，你还有我，你还可以选择我。哪怕你不要我，我依然会在你身后，等着你，守着你。"

说完这些话，前一刻他还掰不开许多月扣在他腰上的纤纤素手，后一刻，她就主动放开了他，郑重其事地道了歉。

进退有度的她，叫他没办法去划清界限。

一整日，她都不离不弃地陪在他的身边，不仅为他出谋划策，教他如何追回季夏，还想方设法地哄他开心，陪他借酒消愁。

然而对于眼下许多月所说的初吻，辜遇一点儿记忆都没有。他拼命回忆着，脑袋里却只剩下隐隐作痛。

因为不确定事情到底是否发生过，心虚的辜遇不敢与许多月对视。

许多月忽然从床尾下去，赤着脚走到茶几前，从茶几上拿起辜遇的手机，将手机递给他："季夏昨晚给你打电话了，她说……"

辜遇接过手机，一边查看着通话记录，一边着急问："她说什么了？"

许多月抿了抿唇，声音里带着怯意："她……她说要跟你分手，让我转告你一声，说她决定跟聂医生在一起了。"

心当即受到重击，碎成了两半，剧烈的痛令跪在床沿的辜遇顿时站不住脚，踉跄着几乎摔倒在地上。

"我不信！"他声音颤抖着，将电话回拨了过去。

"那你自己问她吧。"许多月云淡风轻地回了这一句，目光却紧盯着他的手机，心跳悄悄加速。

片霎后，辜遇垂头丧气地垂下手。

许多月暗自松了一口气，她知道季夏依然把辜遇丢在黑名单里。

也许是宿醉后的后遗症，辜遇突然感觉到一阵晕眩。他扶住旁边的床头柜定下心神，连番深呼吸几次，抬眼看向窗外，阳光好似碎裂在那一片云里，瞧不见半分明媚，只剩无尽的哀伤。

第四章

星星落了，花都谢了

01

在笼月镇逗留了两日，季夏终于决定离开。

约她在笼月镇见面的神秘人始终没有出现，自从吉祥路失约之后，短信没有，电话不通。季夏搞不懂神秘人的用意，只是凭着自己不认命的劲儿，在笼月镇奔波了两日，到处寻找线索无获，这才准备返回A市。

离开笼月镇的这日下午，天空灰蒙蒙的，淅淅沥沥的小雨将伤感漫布在小镇里，细长的雨丝偶尔被狂风吹得乱了方向，人从路上走过，即使撑着伞也没能逃过与雨丝的亲密接触。

看着聂西闻将她的行李箱放到车子的后备厢里，季夏抹了一把沾了雨丝的脸，绕到副驾驶的位置，收起伞，打开车门坐了进去。

车子是借来的，这个小镇上也有了少量的共享汽车，于是聂西闻便开了一辆过来。

跟在季夏后面上了车，聂西闻扣好安全带，然后打开导航。他刚将手机放在方向盘旁边的手机架上，季夏就给他递过来一张纸巾。

"谢谢。"微怔了一秒，聂西闻笑着接过纸巾，擦去脸上的雨水，然后启动了车子。

"你说过回去会澄清的。"季夏别过脸看向窗外，闷闷地说了这么一句。

"嗯，等下在高铁上我就草拟一份声明。"聂西闻目视着前方回道，听不出语气里的情绪。

其实，关于他们的绯闻，网络上只闹哄哄了两日就被新的八卦新闻取代了，但作为主角之一的季夏仍是很在意。聂西闻明白，季夏只是想借着澄清的声明告诉辜遇，她没有背叛他。

季夏总是那么天真，天真到这一刻都不知道，他早已安排好她的未来。

仿佛是觉得没有必要再回答聂西闻，季夏默不作声。沉默在车厢内蔓延，车子行驶在雨中，只有"滴滴答答"的雨声在持之以恒地想要切断这片沉默。

不多时，车子开出了小镇。

车子刚开上高速公路，手机导航便提醒说前方因修路而暂封。聂西闻只好按照导航的指引，又从高速上下来，驶入了旁边的一条不大平坦的乡间小路。

乡间的小路很安静，除了他们以及后面的一辆黑色轿车，就没有其他的车子了。

因为下雨的关系，只比车身宽二十厘米的马路的路面坑坑洼洼的，汽车摇摇晃晃了好一会儿，季夏不由得蹙紧眉、抿紧唇。

余光注意到季夏的脸色不大对劲，聂西闻放缓了车速，询问她："怎么了？你没事吧?"

季夏摇摇头,刚想回一句"只是有点儿晕车",然而一张开嘴就一阵恶心涌上喉咙,她只好再度合紧嘴巴。

她向来不怎么晕车,这会儿只觉得头昏脑涨,胃里也不安分地搅动着。

聂西闻看了季夏一眼,又看了看导航,说:"你忍一下,过了这段路应该会好很多。我开快一点儿,等出去了,我们再找个地方休息一下,买点儿水和话梅。我们是提前出发的,不怕赶不上高铁。"

听完聂西闻的话,季夏点点头。

就在聂西闻意欲加速之际,他们身后的那辆黑色轿车突然失控了一般,朝着他们的车子凶猛地撞了过来。

"嘭——"

"啊——"

季夏失声尖叫,在车子被撞得歪歪斜斜的刹那,连忙伸手抓住车窗上方的扶手。

同样也吓了一跳的聂西闻骂了一句粗口,他眉头紧皱,透过后视镜去看身后的那辆轿车。

因为两辆车又拉开了一定的距离,聂西闻没能看清楚车内的人,还未等他喘过一口气,黑色轿车忽然又加大了油门,再度朝他们的车子猛撞上来。

"嘭——"

"啊——"

季夏再次失声尖叫,惊恐地看着后视镜里的那辆车。

意识到黑色轿车是故意的,聂西闻深吸了一口气,一脚踩下油门加速。他一边尽可能地把车开稳,一边安抚季夏:"没事的,有我在。"

"嘭——"

"啊——"

话音刚落,黑色轿车再次加大油门,猛地又是一撞。

季夏慌乱失措,嘴唇害怕地哆嗦着:"聂……聂医生,怎……怎么办……啊——"

"嘭——"

"没事的,有我在,我不会让你出事的!"聂西闻保证道。

"嘭——"

黑色轿车的车主像是疯了一般,不停地追着他们的车子撞过来,而且撞击越发密集。连续好几次的撞击之后,聂西闻终究没能稳住车子,手中的方向盘一个不小心打了滑,

整辆车撞向了路边的一棵树。

眼见车子直直地朝着树撞去，季夏只觉得心提到了嗓子眼。

她闭上眼睛，惊恐地发出尖叫："啊——"

随着车子加速往前，她只觉得身子猛地前倾，紧接着"嘭"的一声之后，她的身子猛地撞回到了椅背上，又再次往前倾去。与此同时，她的脑袋随着惯性往旁边一偏，狠狠地撞在了挡风玻璃上。

痛，是第一感觉，也是唯一的感觉。

下一秒，季夏的眼前黑了下去，她顿时失去了意识。

02

从昏厥到醒来，只短短不到五分钟。

像睡了一场极短的觉，还未来得及做一场梦，就已经宣告结束。

季夏感觉到右边的脑袋一阵隐隐作痛，她下意识地皱紧眉头，手摸向发痛的地方，似乎是肿了一块。迷迷糊糊中，她听到车外传来的嘈杂声音。

似乎是两个男人在争执不休——

"你到底想做什么？不是说好了，你帮助我，让我带她离开吗？"

"无论走多远，她都会回来的，就像上一次。所以她必须去死，我要她彻底消失！"

"游溪，你这是犯罪！上一回她差点儿淹死，你都不忍心，觉得害怕，急急忙忙找我帮忙救她。为什么这一次你就那么狠心地非得置她于死地？再说了，你凭什么决定她的生死？你算个什么东西？"

季夏眼睛猛地睁开，一脸难以置信的惊恐表情。

正在争执的两个男人是聂西闻与游溪，而她才恍然，原来他们早就认识了，在她被聂西闻救下之前。

更确切地说，聂西闻之所以会那么巧地出现在那片海域，是游溪安排的。

她与聂西闻的相遇，并非聂西闻口中的缘分，而聂西闻成为她的救命恩人，甚至她被骗回笼月镇寻亲，都是游溪的计划。

季夏不由得倒吸了一口冷气。

她忽然觉得聂西闻很陌生，觉得自己似乎从来都不了解他。他们先前一同经历的一切，都变得不真切起来。就像是早就安排好的电视剧，聂西闻拿着剧本逗留在她的身边，按照剧本走向亲近她，拆散她和辜遇。

还没等她从震惊中回过神来，游溪几近咆哮的嘶吼打断了她的思绪："我不介意触犯法律！"

紧接着，是聂西闻拔高了声调的质问："游溪！你疯了吗？"

游溪哈哈大笑起来，笑声瘆人，他凉薄的声音里充满了恨意："对，我疯了！上次是我懦弱，这次我不会再犯同样的错误了！我已经准备好接受最坏的结局，只要季夏消失，就算是死，我也无所畏惧！"

"游溪！"

"表哥，从一开始我就是在利用你。如果你还当我是你表弟，你最好成全我，让我为思滢做这最后一件事。这也是季夏理所应当承担的后果，她伤害了思滢，她得为

思滢的痛苦买单！"

"不，我不可能眼睁睁地看你伤害季夏。我答应过她，有我在，她就会没事。我会保护好她的！"

见说服不了游溪，聂西闻狠狠撞了游溪一把，两人当即厮打起来。

争吵声变成了扭打声，季夏解开安全扣，小心翼翼地下了车。

她打算静悄悄地逃走。

然而她刚一下车，一阵晕眩感便袭了过来。眼前的世界摇晃起来，她一时没能稳住身子，脚下一个踉跄，人摔倒在了地上。

雨还在淅淅沥沥地下着，路面上泥泞不平，或深或浅的灰色污渍在她的身上盛开了一季的花海。

季夏将手肘撑在地面，缓了一会儿，定下心神后，正要起身，转头却与游溪四目相对。

不远处的游溪正与聂西闻撕扯在一起，他拧着眉，瞪着狼狈地倒在地上的季夏，质问道："你以为你跑得掉吗？"

见到游溪发现了她要逃跑，季夏心慌起来，她奋力想要起身，脚下却偏偏不停地打滑。

越是爬不起来，她的心中越是焦急，双脚不停地在水坑里踢打着。

眼见季夏就要爬起来，游溪使出全身力气朝聂西闻挥去一拳，聂西闻没能躲开，脸上正中一拳。见状，游溪又乘胜追击，抬起脚往聂西闻的腹部狠踢，踢得聂西闻一个踉跄，整个人往后倒去。

借着这个空当，游溪三步并作两步上前，一把揪住季夏的头发，将她从地上扯了起来。

"啊——"季夏痛得大叫，手脚并用地对游溪反击，"放开我！游溪，你放开我！"

"你去死吧！"

无视季夏的话，游溪将她丢向车，在季夏后背撞到车身时，他一把掐住了她的脖子。

他用力地掐着她，表情狰狞，仿佛一个来自地狱的魔鬼。

就在季夏即将窒息之际，终于缓过一口气的聂西闻站起身，他立马冲上前去，一把撞开游溪，将身体挡在季夏的身前，对游溪说："就当是我拜托你了，你就让她和我在一起吧。我带她离开，一定会彻底消失在你们的面前。"

游溪被聂西闻撞倒在地上，他愤恨地盯着正在剧烈咳嗽的季夏："不，和你在一起，她永远都感觉不到思滢的痛苦。我也曾经想过，让她去一个生不如死的地方，可是我想了又想，还是觉得她应该去死……"

说罢，游溪又朝季夏冲了过来，聂西闻为了保护季夏拼命阻拦，三个人登时扭作一团。

拉扯之间，三个人从车子旁挪到了路边，游溪忽然感觉脚下一滑。余光中，他看到旁边就是深不见底的山谷，抬手朝季夏伸了过去。

季夏只感觉游溪的手紧紧地拽住了她的衣领，她想要拨开，手却不小心打到了聂西闻的眼睛，聂西闻往边上一踉跄，失去了重心的季夏随着游溪一同跌进了山谷。

"啊——"

"季夏——"

03

"季夏——"

聂西闻的呼唤响彻天际,那是季夏失去意识前最后听见的声音。

滚下山谷时,季夏感觉到脑袋和身子不停地受到撞击,浑身上下痛得散了架似的。她脑海里断断续续地闪现过许多画面——

她站在光辉耀眼的舞台上唱歌。

她和养父母在一起开心地吃饭。

她和辜遇躺在草地上看星星。

她和季冬一起躲在台风天里的被子里。

餐厅旁边的桌子打翻,她被沈思滢护在怀里。

回忆毫无秩序地交叠在一起,从她小时候养母离世,到季冬来到家里,再到养父意外身亡,她成为见不得光的代唱,然后与辜遇相遇相识相知,认识沈思滢到彼此绝交……所有的画面都很凌乱,像藏在匣子里的蝴蝶。当匣子落地开锁,蝴蝶漫天纷飞,她却一只也抓不住,只能看着蝴蝶振翅远去。

终于,当她感觉到身子猛然撞到了一块大石头时,一切都结束了。

她睁着眼睛,看着远得触不到的,几乎被密密麻麻的树叶遮住了的天空,感受着雨滴砸落在脸上,渗入伤口时的冰凉。

这冰凉,似乎是这个世界给她的最后的温度。

我这是要死了吗?

人死了,会有来生吗?

来生的她,还喜欢唱歌吗?还会勇敢地去追逐梦想吗?

来生的人生,她还会被亲生父母抛弃吗?还会有亲密无间的姐妹和好友吗?还会遇见和辜遇一样刻骨铭心的人吗?

不,即便是有来生,即便来生什么都有,也比不上这一生。

她不想死。

季夏心中漫起不甘心。她不愿意死,也不想死。她还想唱歌,还想继续当歌手,还想再见到辜遇,也还想和亲生父母重聚。

她才十九岁,若生命就这么结束的话,那人生也太短暂了,她不甘心。

季夏挣扎着想要起身,想要呼叫,偏偏全身瘫软,一丁点儿力气都使不上。眼里的世界开始旋转,速度从慢到快,最终她还是无力地闭上了眼睛。

第四章 星星落了，花都谢了

这一刻的季夏怎么也没想到，她福大命大，终究是大难不死。昏迷不醒的游溪就摔落在她身旁不远处，不到二十厘米的距离，注定日后她会成为这个企图想夺她性命的人唯一的依靠。

命运总是偏爱玩笑。

对于已经准备好就此赴死的游溪而言，命运的玩笑充斥着讥讽。

坠落山谷时，游溪也在回忆着这短短的一生，不过二十岁的年纪，所有的爱恨都显得太过浅薄，因此回忆起来不需要太长时间。他发现这二十年间，他有着太多的遗憾。

想起他的父母亲，他觉得遗憾。

想起那个叫作聂嘉琪的继母给他的伤害和温暖，他百感交集。

想起令他牵肠挂肚的沈思滢，他不仅觉得遗憾，还觉得伤感，但也有着一丝的安慰。毕竟他早有先见之明，在最后一次见面的时候，已经亲口和她道了别。

他忽然想起，有一次他同沈思滢开玩笑："如果我死了，你说你怎么办？"

那时候，沈思滢白了他一眼，语气里充满着嫌弃："你可快点儿去死吧，省得整日在我面前阴魂不散！"

那时候，辜遇还未对季夏公开告白。

那时候，沈思滢还是一个无忧无虑、没心没肺的小公主。

回忆至此，游溪的嘴角微微上扬，他在心里呢喃着：沈思滢，我真的要死了，你说你怎么办？还好，我带走了季夏，把你的阿遇还给你了，以后你要快乐……

心中正喃喃着，忽然之间，"嘭"的一声，他的脑袋猛地撞到了一块大石上。

头痛欲裂的感觉瞬间袭来。

那一秒他清楚地意识到，他脑子里所有的记忆都被粉碎了。

他依稀感觉到起风了，裹着雨丝的风一吹，碎成粉末状的记忆如同尘埃，随风远去。

世界黑暗下去的那一刻，他抬起手，想要抓住那些尘埃般的记忆，但只到了半空，手就无力地滑了下去。

失去意识之前，他隐约看见了季夏的身影。

心里莫名涌上一阵歉疚，他看着她，嘴唇轻轻嚅动着拼凑出两个无声的字："抱歉。"

这是他第一次对一个人道歉，虽然不是"对不起"。

他并不是一个残忍的人，他冲动、暴戾，可他也有为爱甘愿付出一切的勇气。他视沈思滢如珍宝，他不懂得怎么去爱她，只想着她要什么他便奉献什么。正如她爱辜遇，所以为了她，他愿意昧着良心去做令自己害怕的事情，只因为他想要她快乐。

好在，一切结束了。

04

笼月镇的雨越下越大，A 市的阳光却越来越明媚。

看着云片被阳光撕碎，小心翼翼地飘在蔚蓝的天空上，手机里的机械女中音再度响起，辜遇终于低下头，闭上双眼，将绝望锁进了眼睛里。宛若失去了支撑力，他拿着手机的手颓然滑落，手机也差一点儿从手中掉下。

手机上的通话记录显示，在这一天里，他一共给季夏拨去了 203 个电话。无一例外，每一通电话都只能听到机械的女声回复他。

他深深吸了一口气，然后憋住。

屏住呼吸似乎能将所有的不甘都憋在心里，也似乎能令他更加清醒。

心很痛，在每一下心跳中，他都能清晰地感觉到，身体每一寸肌肤撕裂般的痛。

这种剧痛的感觉好像当初季夏坠海时，他以为会永远失去她一样。

他将手机揣进口袋，垂在身子两边的手紧攥成拳头，青筋尽显，狠狠一拳打在了墙上。

手当即袭来一阵剧痛，手指的关节立马红了，可是这痛不及心痛的万分之一。

辜遇深呼吸，猛地又抬起另一只手，狠狠地砸到了墙上。似乎是找到了发泄的对象，只见他左右手交替着，一拳一拳地打在无辜的墙壁上，红透了的手指关节很快被擦破皮，渗出了血。

见辜遇始终闷声不作地朝墙壁挥拳，许多月咬紧牙关，眼神哀怨。

不一会儿，许多月再也看不下去，跨步上前，从身后抱住了辜遇。她拼力将辜遇往后拉扯，试图阻止他再干傻事。

辜遇终于开口说话了："你放开我！"

他一边吼着，一边挣扎着，拳头依旧朝墙壁挥去，但这一次落空了。

几乎是费尽所有的力气才勉强拉住辜遇，许多月将头抵在辜遇温热的后背上，几近哀求地说："你冷静一点儿！"

"我很冷静！"

"如果你足够冷静，为什么要拿拳头出气？你都受伤了！"许多月带着哭腔的声音拔高。

被戳穿心事，辜遇一下子顿住了动作，他嘴巴微张着，想要反驳，却又无可辩驳。

许多月趁机又紧了紧拥抱："放过你自己吧！不要为了她，伤害自己。"

这本应该是一场戏，可是许多月全然没有发现，作为编剧的她，居然比谁都入戏。

辛遇沉默着，两个人僵持了好半晌之后，他才对许多月说道："你不要喜欢我了。"

万万没想到他会突然说这么一句，许多月僵了一下，失神的刹那，辛遇掰开了她的手。

许多月吸了吸鼻子，抬眼看着辛遇，眼里不自觉地抹上了一层不甘。

四目相对，辛遇嘴角无力地上扬，笑容苦涩又无奈："我不可能会喜欢别人的。我以前很天真，以为爱情是可以作为补偿品的。因为我心里一直有道坎过不去，我以为季夏是那个被我不小心毁了容的女孩儿，看她过得不快乐，我就想着无论是什么，只要她想要，我就双手奉上，包括爱情。后来我才知道，原来爱情是不可以作为补偿品的，假如可以，那是因为你本身就爱着那个人。"

辛遇的拒绝清清楚楚，许多月却咬了咬牙，转过身去转移了话题："我去拿药箱，包扎一下你的手。"

许多月的背影很落寞，那一瞬间，辛遇忍不住起了怜悯之心。

在怜悯泛滥的前一刻，辛遇悄悄地移开了目光，继续道："我对你好，是因为有所亏欠，但我不会因为这个就假装喜欢你，或者努力去喜欢你。无论是假装还是努力，我都做不到。"

"可以不要说了吗？"拿了药箱回到辛遇的跟前，许多月低下头，用恳求的语气说。她拉过他的手，娴熟地用棉签蘸上消毒酒精，给他擦拭着手指关节。

"我们永远都是好朋友。"辛遇并未如许多月期盼的那样闭上嘴巴，"我欠你的，我一定会在力所能及的范围内还你。"

"倘若，我偏要你这个人呢？"许多月语气淡漠地问。

"多月……"闻言，辛遇拧紧了眉，手就要往回缩，偏偏许多月抓得紧，还用力拉向了自己这边。

许多月抬起头，眯着眼笑着回答："我只是开玩笑而已。"她又强调似的补充了一句，"你欠我的，你得好好记着，要还的。"

"嗯。"辛遇笑了笑。

他没有问她，她希望他怎么还，他只是默认她清楚了两个人的不可能。

给辛遇处理好伤口后，许多月一边收拾着东西，一边说："要不你请我吃个面吧？我都陪你一天了，饿得慌。"

"丁零零——"

辛遇还没来得及答应，许多月的手机忽地响了起来，来电显示是叔叔。

许多月接通了电话："喂，叔叔。"

　　手机里,很快传来了许多月的叔叔许仁义焦虑的声音:"多月,你爸爸进了医院,现在就在抢救室里抢救,你快回来吧!"

　　心里"咯噔"一下,许多月立刻慌了,嘴巴嚅动半晌,才终于发出声音:"我……我……我马上!"

　　察觉到许多月的表情变化,在她挂断电话之后,辜遇关切地问:"发生什么事了?"

　　许多月眼含泪光地看着辜遇:"我爸爸……我爸爸在医院里抢救。辜遇,我……我好怕,你能不能陪我回一趟H国?"

　　她的话还未说完,眼泪已经溢出了眼眶。

从A市到H国首都，最近起飞的航班是晚上七点多。

在灯火通明的候机大厅里，辜遇陪许多月坐在角落，两个人各自沉默着，白炽灯光落在他们身上，只是徒添冷寂。

辜遇看了一眼手表，距登机时间还有半个小时，他偏头看向许多月，问道："你饿不饿？我去给你买点儿吃的？"

许多月似乎没有听到辜遇的问话，只是呆呆地盯着地板，一言不发。自从接到了父亲病重的消息，她就如同失了三魂六魄。

见她始终沉默，辜遇又连着唤了几声："多月，多月？多月！"

直到他伸出手在她眼前晃了晃，许多月才回过神来。

许多月用力地扯了扯嘴角，分明是想给辜遇一个微笑，表情却比哭还难看。

"你爸爸会没事的。"辜遇无力地安慰道。

"嗯。"许多月深吸了一口气，想要装作坚强的样子，视线里却起了一层迷雾，顿了顿，她说起她的父母，"我从小就不在我爸爸妈妈的身边，刚出生没多久就跟他们失散了，十五岁那年才回到他们身边。我和他们在一起只生活了四年，我很爱他们，我很害怕爸爸会……"说到这里，许多月咬紧牙关，再也说不下去了。

她很害怕她最爱的爸爸会死掉，生命太脆弱了，她连"死"字都不敢说出，只怕会一语成谶。

她是真的很爱她的父母，即使经历了十五年的别离，即使她因为误会而恨过他们。

从前在笼月镇的时候，许多月过得并不快乐。在她几个月大的时候，就被一户姓李的人家收养。李家是小康之家，在生活上，她不曾受过亏待，可是她的日子过得并不快乐。因为从她有记忆开始，养父母对她就不怎么待见，她从小便知道自己是他们收养的孩子，比不得弟弟是亲生的。

邻居们偶尔会说，最初收养她时，养父母对她是极好的，直到他们终于有了自己的孩子。但他们对她好的时候，她年纪太小，根本不记得曾如何被疼爱。她只记得养父母无数次地警告她：她是收的孩子，她得感恩，是他们给了她一切，她没资格要求跟弟弟获得一样的东西。

在那些被弟弟欺负的难熬的日子里，幸好她还有一个亲密无间的好朋友。

十五岁那年被辜遇撞到后，她的脸上落下一道伤疤，曾以为这一生只会更加不幸，然而她的叔叔徐仁义出现了。许仁义将她带回了许家，让她重回爸爸妈妈的怀抱。从此，

她成为集万千宠爱于一身的公主。

回忆至此,许多月的倔强一下子崩溃,眼泪"扑簌簌"地往下掉。

辜遇慌张了,想要递上纸巾,却摸遍口袋也没找到半张,最后是许多月自己从包里掏出了一包纸巾。

看许多月一边抽泣着,一边用纸巾擦拭着眼泪,辜遇有一种束手无策的感觉。

这时,一个小女孩儿走进了辜遇的视线,他一眼瞥见她手上拿着一盒巧克力豆。

他脑海里闪过季夏说过的话:"不开心的时候,吃点儿甜的东西,心也会被治愈。"

辜遇立刻起身,走向了小女孩儿。

在小女孩儿身前蹲下,他笑容温柔地问:"我能买下你手里的巧克力豆吗?"

小女孩儿看了看辜遇,又看了看自己手中的那一小盒巧克力豆,摇摇头,噘着嘴说:"我也要吃呢,小哥哥,大人可不能跟小孩子抢东西吃哦。"

闻言,辜遇面露窘色:"我不是要抢,我只是想跟你买,要不你卖我几颗也行。"说着,他指了指身后不远处的许多月,"那位姐姐不开心,也许吃点儿巧克力豆,她的心情会好一点儿。"

小女孩儿的目光越过辜遇,看到许多月正在抹泪:"小哥哥,你欺负你女朋友啦?"

辜遇解释:"她不是我女朋友,她是……她是我妹妹。"

"哦,我哥哥也很疼我呢。"想起自己的哥哥,小女孩儿笑了起来,她打开红色的小盒子,往辜遇的掌心里倒了五六颗巧克力豆,"只能这么多,送给你啦。"

"谢谢你。"辜遇伸出另一只手,摸了摸小女孩儿的脑袋,起身走向许多月。

"谢谢。"许多月将辜遇向小女孩儿讨要巧克力的一幕看在眼中,在接过辜遇递来的巧克力豆时,笑容轻扬,眼中充满感激。

报以微笑,辜遇感慨着:"季夏说过,不开心的时候,吃点儿甜的东西,心也会被治愈。你一天都没吃东西了,先吃点儿巧克力豆,等会儿上了飞机,再给你叫飞机餐吧。"

许多月笑笑不说话,低头将一颗巧克力豆放进嘴里,一瞬间,舌尖有微苦蔓延。

她有一秒钟的冲动想要问辜遇,假如当初他没有将季夏错认成她,他们之间会不会存在一个可能。

可是,她到底没有将问题问出来,因为她清楚,答案是不会。

明明她比季夏先遇见了辜遇,偏偏命运弄人,到了最后,她却成了晚一步的那个人。

当脑海里闪现过这个念头,当心中漫过嫉妒与不甘,许多月隐约地察觉自己的心似乎早已不受她的控制。

一切都失了控制,脱离了她书写好的剧本。

第五章

眷恋掌心温暖的气球

01

抵达H国首都时是晚上九点多。

一下飞机,许多月就在接机大厅里听到一个声音沧桑的男人在唤她。

"多月小姐!"

许多月循声望去,看见一个年约五十的男人面带焦灼地望着她,那是她家里的一名司机。她连忙快步走去,立刻用H语问他:"我爸怎样了?"

她只在叔叔许仁义的口中得知,父亲因急性心肌梗死忽然昏厥,被送进医院急救。在飞机上,她的手机一直处于飞行模式,没能得到父亲的最新消息,一颗心正悬着。

司机一边领路,一边恭敬地回答:"先生刚做完手术,但还未度过危险期,现在在医院的ICU重症看护室里。医生说情况不大乐观,先生好久没有做身体检查,手术过程中才发现他得了肝硬化。虽然手术成功,但还是得观察48个小时,如果先生能醒过来,就脱离危险期了,如果不能的话……"

说到这里,司机小心翼翼地看了一眼许多月,再没往下说。

许多月只觉得胸口堵得慌,她默不作声地加快步伐,眉心紧紧地蹙起。

虽然听不懂H语,但辜遇见许多月愁眉深锁的样子,大约也猜到她父亲的情况不大好。随着许多月一同上了私家车之后,辜遇扣好安全带,想安慰许多月却无从下手,最终只干巴巴地说了一句:"没事的,不要太担心。"

"嗯。"许多月哽咽地应了一声,顿了顿,将司机的话向辜遇复述了一遍,然后偏过头看他,眼里泪光闪闪,"我一路上都对自己说,爸爸会没事的,可是,我还是很害怕。"

"别怕,吉人自有天相,你爸爸一定会没事的。"辜遇脑子里所能想到的安慰,也只有这一句。

安慰的话在生死面前显得过于苍白,许多月与辜遇都明白这个道理,于是两个人各自沉默了下去。

到了医院后,在司机的带领下,许多月与辜遇乘搭电梯来到了VIP特需豪华病房。此时,许多月的母亲独自陪在ICU重症看护室里,叔叔许仁义正在走廊里打电话。

出了电梯,看见许仁义,许多月慌慌张张地扑了过去:"叔叔——"

许仁义挂了电话,轻抚着许多月的脑袋,轻叹了一口气:"别哭,你爸会没事的。"

他们说的是H语,辜遇站在一旁,也听不懂,俨然一个局外人。

抬眼间,许仁义注意到辜遇的存在,他礼貌地挤出一个微笑,询问道:"这是……"

听见许仁义的疑惑,许多月松开手,脱离许仁义的怀抱,一边抹着眼泪,一边用中文介绍道:"这是辜遇。"

说完,她转头又向辜遇介绍许仁义:"辜遇,这是我的叔叔,虽然我们在H国生活,但我们都是中国人。我爸爸妈妈和叔叔很早就来H国生活了,所以能说一口流利的H语。我初过来的时候,一句H语都不懂,为了尽快适应这边的生活,所以一直用H语沟通。说起来,多亏了叔叔,我才能回到爸爸妈妈的身边,叔叔是除了爸爸妈妈以外,最疼爱我的人了。"

说到自己的家里人,许多月的话明显多了好多。

"许叔叔,你好。"

"你好。"

两个男人相互握手的时候,许仁义上下打量了辜遇一番,脸上带着意味不明的笑:"男朋友?"像是在问许多月,又像是在问辜遇。

闻言,辜遇当即否认:"不是,我们只是好朋友。"

他笑得礼貌,相反,许多月嘴角的笑容却显得十分僵硬,两个人细微的表情都被许仁义尽收眼底。

随后,宛若是想借机逃走,许多月对许仁义说:"叔叔,我想进去看看爸爸。"

许仁义点点头:"进去吧,里面有医护人员,你要进看护室,得换上无菌服。"

"嗯。"许多月着急地走向许仁义身后的病房,手落在房门的门把上时,她后知后觉地想起了什么,回头看向辜遇:"辜遇,我先去看我爸爸,你陪我叔叔坐一会儿吧。"

"好,我就在外头候着,有什么需要你尽管叫我。"辜遇体贴道。

许多月抿了抿唇,明知道辜遇这一刻的温柔与爱情无关,她的心还是不由得一暖。

她转头扭开门把,进了病房。

VIP病房很大,被切割成两半,外头有医护人员候着,许仁和就在隔间的重症看护室内。许多月缓步上前,透过偌大的玻璃窗,可以看到许仁和躺在病床上,戴着氧气罩,身上插着管子。她的母亲林秀珍背对着她,穿着一身无菌服守在病床旁边。

许多月吸了吸酸涩的鼻子,对一旁的医护人员说:"我想进去看看我爸爸。"

医护人员很快递来无菌服给她换上,从帽子到衣服,从口罩到手套再到鞋套,最后只剩一双眼睛裸露在外。

听见房门被打开的声响,林秀珍回过头,一看见是许多月,泪水当即落了下来。

生怕眼泪滴到丈夫身上,林秀珍连忙起身,一边擦着眼泪,一边对许多月说:"你终于回来了。"

"妈。"许多月哽咽着喊了一声,拼命忍住眼泪,拥抱住林秀珍。

"孩子,不哭了,不哭了啊……"嘴上叫许多月别哭,林秀珍自己却先失控地哭了起来,片霎过去,她推开许多月,抹着眼泪道,"你先去看看你爸,和你爸说会儿话。你都不知道,你离开的这段时间,你爸爸可想你了。"

听了林秀珍的话,许多月三两步来到病床边,握住了许仁和的手,抽噎着喊了声:"爸爸……"

看着脸色十分憔悴的父亲,许多月十分心疼。

在她的记忆中,父亲总是精神奕奕的。他的身体一向很好,每日都会坚持晨跑,一年都不会感冒一次。她在家里的时候,时常会陪着父亲一起晨跑。那是独属于父女俩的快乐时光。

想着与父亲相处的点点滴滴,许多月心中越加难过。

她又紧了紧握着父亲的手,努力挤出微笑,低声说道:"爸爸,我是多月,我回来了。你快点儿醒过来,我们一起去晨跑,一起下棋,好不好?"

她期盼着病床上的父亲能睁开眼睛看看她,笑着说声"好",可是他始终没有任何反应。

林秀珍还在身后抽泣着,似乎是因为女儿回来了,她的坚强也随之瓦解了。

等了好久都没得到回应,许多月垂下了眼眸,但她又很不甘心,于是用撒娇的口吻嘱咐着昏迷中的父亲:"那你就再睡一会儿,可是不准赖床太久,我会生气的。你说过的,谁惹我生气就不让他好过,你别自己先惹我生气了啊。"

说完,她依依不舍地放了手,为父亲掖好被子,然后才与母亲一起离开了重症室。

02

从病房里出来，许多月双目通红，睫毛还沾着些许泪痕。林秀珍随在许多月身后出来，自从下午许仁和出事，她便滴水未进，刚刚才被许多月拉着出来，说要一起去吃饭，没想到一出来就看见了辜遇。

文质彬彬，一表人才，是林秀珍对辜遇的第一印象。

许多月朝辜遇挤出一个笑容，向辜遇介绍林秀珍："辜遇，这是我的妈妈。"

话落，她又转头看向林秀珍，脸上不自觉地多了一抹娇羞："妈，这是辜遇。"

"阿姨，你好。"辜遇礼貌地打招呼。

"原来我们家多月都交男朋友了啊。"林秀珍笑了，这是这一日她最开心的时刻了。

但林秀珍的开心只维持了几秒，因为辜遇很快就亲手打破了她的期盼。

只见辜遇立马摆手："不，不是的。阿姨，我和多月是好朋友。"

隐约看懂两个年轻人之间复杂的感情，林秀珍不再作声，只脸上挂着浅浅的笑。

大概是在这一日里听多了辜遇的否认，许多月脸上再没有尴尬的神情，只浅露着微笑，将话题转移，对辜遇说："今天麻烦你了。你不介意的话，我们先陪我妈妈去医院的食堂吃点儿东西，然后我再带你回家休息一下吧。"

原本许多月是不打算陪着辜遇一起回家的，她想留在医院里陪父母，但转念一想，让辜遇一个人跟着司机回去似乎不大好，而且她担心保姆王嫂安排得不够周全，所以最终决定先回家一趟，然后再过来医院守夜。

听了许多月的话，辜遇连忙答："不介意，正好我在飞机上也没吃饱。"

"要不然你们都先回去吧。"辜遇的话刚落下，一旁的许仁义便接话道，他转头看向林秀珍："嫂子，你都累了一天了，医院这个时间也没什么东西好吃，不如回家去，我让王嫂给你煮点儿燕窝粥。"

"不了，我得守着你哥，而且来回跑太累了。"林秀珍笑着拒绝，"要不是多月这丫头拉着我出来，我是一分钟都不愿意走开的。"

"我哥这边有我呢。嫂子，总不能等我哥醒来，你却病倒了吧？"许仁义皱着眉。

虽然深谙母亲与父亲的恩爱，可叔叔的话一下子点醒了许多月，她立马站到叔叔那边，劝起林秀珍："叔叔说得对。妈，我们还是直接回家里吧！晚点儿我再过来，你就在家里好好睡一觉，明天早上再过来。这里有我和叔叔守着爸爸，你还不放心吗？"

林秀珍一脸为难："可你爸醒来见不到我……"

"那就让他着急一下，当作是他赖床的小小惩罚好了。"许多月没让林秀珍说下去，

一把挽住她的手，拉着她往前走，同时不忘回头对许仁义说，"那就麻烦叔叔您在这里照顾一下爸爸了。"

"嗯，放心吧，有我在呢。"许仁义点点头。

"那……那一会儿要是你哥醒来，你一定要马上打电话给我。" 林秀珍拿许多月没办法，最终还是妥协了，只是心系着丈夫，到底放心不下，三步一回头地嘱咐着许仁义，"有什么情况也要给我打电话。"

"知道了。"许仁义应着，看着三人的背影消失在拐角，嘴角的笑容一下子剥落了。

回到许家宅子已是近十二点，因为许仁义早早给家里打过电话，等许多月一行人回到家里时，王嫂已经煮好了燕窝粥，还做了紫菜包饭。

吃过饭，许多月亲自到客房里给辜遇铺床，辜遇有些过意不去，忙上手帮忙。

两个人合作着整理好床单，又将刚套好的被子摊开，铺到床上。

林秀珍站在房外，透过半个巴掌大小的门缝，将合作默契的许多月与辜遇看在眼里，只觉得两个小年轻很是般配，骤然起了撮合的心思。

不仅是林秀珍，在这短短的十几分钟里，许多月也觉得两个人亲密得暧昧。

因此等铺好床，许多月的脸早已起了一层绯红。

"好了，我洗个澡就去医院了，你好好休息一下吧。"意识到自己的双颊微烫，许多月暗自吐了一口气，掩住内心的小心思，对辜遇说，"还有今天谢谢你，但是也很抱歉，要你陪着我回来，给你添麻烦了。"

"没关系。"辜遇仍旧一副温柔体贴的绅士模样，没注意到许多月绯红的双颊。

"那……晚安。"许多月垂在身体两侧的手不自然地抓了抓裙角，离开的时候，心里忽地有些不舍。

"晚安。"不懂对方心思的辜遇笑了笑，目送着她出了房间。

许多月离开以后，偌大的房间里只剩辜遇一个人。

世界突然安静下去，夏夜的风从窗口袭来，上一秒还平静如湖的心，随风动荡了起来。压抑了一整日的想念也毫无预兆地疯长，还想强行压下思念的辜遇霎时缴械投降。

他拿出手机，熟稔地拨出季夏的号码，然而电话仍然没能打通。

辜遇蹙着眉，转眼又登录微博，关于季夏与聂西闻的绯闻已经没了热度，热搜榜上再无季夏的名字。心有不甘的他点进了季夏的微博主页，上面依旧没有任何更新。

他长叹一口气，仰头倒在了床上，眼神黯淡地望着天花板。

他想，原来季夏要离开他是一件轻而易举的事情。

他轻易就失去了她。

许多月在医院守了一整宿,临近天亮时,终于熬不住,不小心在重症室外的椅子上睡着了。等她醒来后,发现林秀珍已经穿着无菌服守在许仁和的病床旁,辜遇坐在她旁边,而许仁义回去公司处理事务了。

意识到自己的头枕在辜遇的肩膀上时,许多月是舍不得醒过来的。

她猜想是辜遇来了医院以后,睡得迷迷糊糊的自己将脑袋靠了上去,辜遇因为绅士,也可能是见她太疲倦了,所以没好意思唤醒她。

悄悄将睁开的眼睛闭上,许多月暗自深呼吸,回忆起她躺在辜遇的床上,靠在他怀里的那一夜。

辜遇身上有着那一股淡淡的柠檬香,是洗发水的味道。

不同于她父亲身上微有些刺鼻的烟草味,她喜欢辜遇身上这种干净的味道,也许更确切地说,是贪恋。

在她认识的男人和男孩子当中,只有辜遇身上会有淡淡的柠檬香,让她有一种想要拥抱的感觉。

至于父亲,比起拥抱,她更多的是依赖。

念想至此,一个小心翼翼的深呼吸落下,许多月重新睁开了双眼。她佯作刚醒过来的样子,脑袋缓缓地从辜遇的肩膀上撤离,她一边抬起右手挠着耳后,一边带着抱歉的语气道:"啊,你什么时候来的?不好意思,我把你的肩膀当作枕头了。"

辜遇微微一笑:"没事,我刚来没多久。"

确实也没多久,不过十几分钟。惦念着季夏的辜遇一夜不得安眠,正好天刚亮就听见楼下有动静,他一下楼便碰见准备去医院的林秀珍,便随着她一起过来了。

他没告诉许多月,在来的路上,出于对女儿的疼爱,林秀珍拜托他对许多月多些照顾。林秀珍说许多月十五岁之前一直过得不好,缺乏父母的爱,一家人重聚之后特别地依赖他们,倘若许仁和有个万一,怕是会跨不过去。

听林秀珍说着许多月,辜遇想起当年在笼月镇的那一次意外,几乎毁掉了许多月的人生。他郑重地点头,向林秀珍许诺:"我一定会把她当作亲妹妹一般照顾的。"

林秀珍想要的自然不是这种承诺,她坦诚地道:"其实我女儿很好,你可以试着喜欢她,我相信她爸爸也会同意的。"

辜遇毫不犹豫地拒绝了:"我有喜欢的人了。非君不娶,至死不渝。"

没想到会得到这样一个回复,林秀珍当即愣住了,几秒后,她叹息了一声:"那

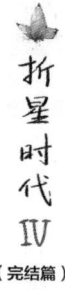

是我们家多月没福气了。"

辛遇不告诉许多月,林秀珍对他的嘱托,是不想让许多月多想。

辛遇脸上疏远且礼貌的微笑一下子浇灭了许多月蠢蠢欲动的心,于是她草草地收拾起心上的贪婪,抿了抿唇,起身走向将重症室隔开的那一扇玻璃窗,凝眸看着里面熟睡的父亲。

将目光和心思都放回到父亲身上,她的心并没有好过多少。

掌心贴在玻璃上时,她语气伤感地呢喃了一句:"爸爸怎么还不醒来?只剩下38个小时了。"

医生说过,48个小时内,如果许仁和能醒过来,就算脱离危险期了。

守着父亲的每一秒都似乎特别漫长,可是许多月很清楚,再漫长的时间都会过去。

也许是安慰的话都已说遍了,辛遇没有再安慰她。他只是默默起身,走到病房的另一边,一边摆弄着保温壶,一边说:"你先去洗个脸,然后再出来吃早饭吧。你要照顾好你爸妈,也得先把自己照顾好。"

许多月低低地应了一声,随后进了洗手间。

待她洗漱完毕出来,辛遇已经把粥倒进了碗里,旁边的盘子还放着几个叉烧包。

辛遇的拒绝令她怅然若失,偏偏他的体贴又给了她胡思乱想的空间。看着辛遇,许多月只觉得有无数只蚂蚁在心上蹿来蹿去。

轻轻吐出一口气,许多月整理了一下烦乱的心,坐到椅子上,埋头喝起粥。

这时,守在重症室外的医护人员忽然紧张地跑进了重症室内,见状,许多月的心"咯噔"一下提到了嗓子眼。她想站起来,整个人却颤抖着,双脚发软迈不开步,紧接着守在病床边的林秀珍被赶出了重症室。

心细如辛遇,一眼便注意到许多月的慌乱,他立马扶住她,将她扶到哭得不能自已的林秀珍的身旁。

过了半个小时,医护人员才从重症室里出来。

医生告诉他们,虽然许仁和的情况暂时稳定下来,但是并发症发作,原本被查出肝硬化的肝受到了感染,必须尽快找到合适的肝脏进行移植手术,否则进一步恶化的话,华佗再世也没有办法。

听完医生的话,许多月的眼泪流了满面,她激动地抓住医生的手:"我!我捐!我是他女儿,我的肝一定合适!"

许多月说这句话时,许仁义正好推门进来。

"你不能捐,你的肝不合适!"许仁义当即拧着眉反对。

"我是爸爸的女儿,我的肝怎么就不合适了?"没想到会遭到许仁义的反对,许多月着急地反驳道。

"你们都别着急。"见家属情绪激动,医生连忙宽慰,他看着许多月解释,"就算是父女,也得先经过配型才能捐肝,未必是血缘父女就合适的。"

医生的话,一下子将乌云灌入了许多月的心。

气氛越加凝重,谁都没有察觉到,站在门口的许仁义悄悄地松了一口气。

目送着医生离去,辜遇看着趴在玻璃窗上一直颤抖着的许多月,忍不住安慰:"只要找到合适的肝,你爸爸就没事了。"

许多月咬着牙,抹了一下眼角的泪:"我一定会合适的,我是他的女儿,我一定合适!"

然而,即便许多月无比笃定,配型结果却表明——她的肝并不适合许仁和。

更令人绝望的是,目前进行过配型的捐肝者当中,没有任何一个人的肝是适合许仁和的。

四十八小时倏然过去,最终许仁和不仅没能从昏迷中醒来,也没有找到合适的肝脏进行移植。

当医生宣布许仁和死亡,心电图变成一条直线时,许多月终于崩溃大哭,她挣脱辜遇的怀抱,扑向许仁和,撕心裂肺地大喊道:"爸爸!"

她没有办法接受,许仁和只做了她四年的父亲,最终连最后的嘱咐都没有,就这么永远地离开了她。

她还有好多的心事没有告诉他,还有很多的事情没和他一起完成。

最重要的是,她还没能把失去的十五年给要回来。

从此以后,她又一次没有爸爸了。

04

依照许仁和的心愿，葬礼办得很简单，只举办了一日的时间，通知一些亲朋好友来祭拜。

葬礼结束后，许多月躲在许仁和的书房里，抱着许仁和留下的围棋，回忆着与许仁和之间的点点滴滴。

辜遇一直陪在她的身旁。

因为怕林秀珍担心，她不敢在林秀珍面前懦弱，可是辜遇不一样，她愿意用懦弱去换取他的温柔，所以可以毫无顾忌地掉眼泪。她哭得稀里哗啦，嘴里一直念叨着："如果我的肝合适，也许爸爸就不会死了。"

她很在意自己的肝没有通过配型这件事，她潜意识里觉得，是她没能救父亲。

看着许多月泪水潸然的模样，辜遇暗暗叹了一口气，伸过手去，轻轻地拍着她颤抖的肩膀。

许多月转身投进辜遇怀里，双手环住他的腰，头抵住他的胸口，号啕大哭。

辜遇顿时僵住了身子，他想要推开许多月，许多月却更加用力地拥住他，嘴上一遍遍地呢喃着："为什么我的肝就不合适呢？我是爸爸的女儿啊，我的肝应该是最合适的啊！"

这根本就是无厘头的逻辑，医生都说过了，未必亲生父女就合适。

辜遇微微叹了口气，却不敢再硬推许多月，毕竟他亏欠过她，他也答应过林秀珍，会当她如亲妹妹一般照顾的。

就在许多月反复质问的时候，辜遇的脑海忽然闪过许仁义的那句话——"你不能捐，你的肝不合适！"

不知怎的，这句话在脑海里回响时，辜遇总觉得有一种说不清道不明的怪异。

过了一会儿，他终于没能按捺住，扳住许多月的肩膀，将两个人的距离拉开一些，神情严肃地看着她："你记不记得，你说要捐肝给你爸爸的时候，你叔叔说的那句话？"

这突如其来的一问让许多月当即愣住了。

辜遇将许仁义的话一字不漏地重述："你不能捐，你的肝不合适！"

顺着辜遇的话回想起在医院的一幕，但许多月仍然没有明白辜遇的意思，一脸疑惑地望着他。

辜遇揉了揉眉心，组织着语言："虽然说你的肝脏适不适合，最终得看配型结果，但是为什么你叔叔会那么肯定你的肝脏不适合你爸爸呢？打个比方，像你这样对捐肝并不了解的人，潜意识里觉得既然是父女，有血缘关系，那肝脏肯定是合适的。你叔叔说那句话，给我一种很奇怪的感觉，就好像……"

话说到这里，辜遇有些语结，似乎不知道"好像"后面应该跟着怎样的猜想。

顿了片霎，他摇摇头，只道："反正就觉得有些奇怪。"

许多月隐约意识到什么，身子猛地一顿，再一次仔细地回忆起许仁义当时的表情——皱眉，紧张，有些慌乱。

她抿紧嘴巴，心中也不禁起了狐疑。

再想起父亲许仁和逝世当天，叔叔许仁义迫不及待地来到家里，带走了父亲书房里所有的公司文件，还问她知不知道遗嘱的事。

疑窦丛生，许多月慌慌张张地出了书房："我得去问问我叔叔。"

辜遇跟上去："我陪你去吧。"

在辜遇的陪伴下，许多月到了公司，可是在走进许仁义的办公室之前，她还是选择将辜遇留在外边。

她觉得不安，却又下意识地抵触辜遇。

此时的她，怎么也没有想到，她会在失去父亲的第三天，知晓另一个晴天霹雳的真相。

进了办公室以后，许多月直白地问起许仁义："叔叔，你为什么说我的肝不适合爸爸？为什么那么着急地搬走公司的文件，还问了遗嘱的事？叔叔，你到底想做什么？还有，我爸爸那天为什么会突然间急性心肌梗死，医生说是受了很大的刺激，是你当时在爸爸的书房里跟爸爸说了什么吗？"

许仁义坐在转椅上，仰头看着许多月，笑得意味不明："你确定你想知道？"

许多月面容严肃道："当然！"

"好。"许仁义依旧笑着，"我那天跟他说，你不是他的亲生女儿，你不过是我夺得许家全部财产的一个替代品。"

"什么？"许多月脚下一软，差点儿趔趄着倒下，她露出难以置信的表情。

"我说，你只是一个替代品。你爸早些天立了遗嘱，将他手头的股份全留给了你，只要我公开你不是他的女儿，他的财产你一分都得不到。"许仁义乜斜着看她，"不过，只要你乖乖听我的话，和韩家立下婚约，得到他们家的股份，你就还是许家的大小姐，是你妈妈的好女儿。"

一席谈话结束，许多月跌跌撞撞地从许仁义的办公室走出来，辜遇连忙上前扶住了她，问："怎么了？"

用力抹去眼泪,许多月摇了摇头,挤出一个十分勉强的笑容,将五分钟前准备好的说辞奉上:"没事,叔叔说,早几年带我去做亲子鉴定的时候,刚好检查过肝脏,所以他才清楚我的肝脏不适合爸爸。我们刚才说起了爸爸,我实在太难过了,所以……"

　　没有深究许多月话语的真假,辜遇出言安慰道:"没事就好,你爸爸都已经离开了,你也不要太难过了,否则他在天上也不安心。再说了,你还得照顾好你妈妈呢,她很需要你。"

　　辜遇一句"她很需要你",令许多月想起许仁义的那句"只要你乖乖听我的话,你就还是许家的大小姐,是你妈妈的好女儿",她咬了咬牙,没有再说话。

　　以为许多月还沉浸在悲痛之中,辜遇再次开口安慰:"其实你比季夏幸运多了,起码你还能找到自己的亲生父母。季夏和你一样是孤儿,可是她一直没能找到自己的亲生父母,所有人都不知道她从哪里来,她的亲生父母是谁。"

　　许多月无意识地点了点头,原本未多想,然而只一秒的时间,她忽然想起季夏也是笼月镇的人。

　　猛然间,许多月的心跳加快了。

　　同样是孤儿,同样在笼月镇长大,难道……

　　许多月倒吸了一口冷气,身旁的辜遇毫无察觉,还在絮叨着季夏的事。强迫自己冷静下来以后,许多月当即决定,无论如何一定要查明真相。如果季夏真的是许家长女,那她就要抹去所有的证据,完完全全地代替季夏,因为她舍不得这份亲情,舍不得她的妈妈。

　　与韩家的婚约,她不在乎,她觉得她有能力在日后令婚约无效。但季夏倘若真的是许家大小姐,她就要失去唯一的亲人了。

　　她不甘心,不甘心将失而复得的幸福拱手相让给季夏。

季冬没想到会在 H 国遇见辜遇。

隔着一条马路，季冬刚从超市出来，就远远地看见了辜遇。原本一眼扫过的她并未多注意，偏偏辜遇与一个女生并肩而行，她以为是季夏，不由自主地顿下了脚步，再一次投去目光。

她仔细一看，发现那个女生并不是季夏。

她心下微微松了一口气，转瞬又蹙起了眉头，狐疑顿生：辜遇不是季夏的男朋友吗？为什么他会在 H 国？为什么他会跟别的女生在一起，而且看起来很亲密？季夏不应该在笼月镇吗？为什么辜遇没有陪着她？

问号一个接一个，填满了季冬的大脑。

季冬不由得打量起对面马路上亲密无间的两个人，尤其女生的脸上挂着盈盈笑意，俨然一副恋爱中女孩儿的模样。

她忍不住猜测，是辜遇与季夏分手了吗？对面那个女孩子是他的现任女友？

这些本不关季冬的事，可大约是与季夏有关，她无法控制地胡思乱想起来。等她恍惚回过神来，赶忙用力地甩了甩脑袋，再看向对面时，辜遇背着那个女生已经走远了。

她脑子里忽地又闪过一个问题：季夏是被抛弃的吗？

默认是季夏遭到了报应，失去了最爱的男生，季冬的嘴角描上了冷笑，低声呢喃："活该！"

她忘不掉在那通求救电话里，辜遇的冷漠。

也忘不掉那一夜里，被季夏拉进黑名单之后的"求天天不应，求地地不灵"。

对她而言，辜遇与季夏的分手，就是对他们最好的惩罚，虽然比起巫素洁的死，这不过只是一点儿小痛小痒。

但，也足够她开心一小会儿了。

想着，提着一袋子东西的季冬转过身，慢悠悠地往前走。

因为想起了季夏，季冬也不自觉地想起她在香港时，游溪打过来的那通电话。那是一通她万万没想到的电话，在那通电话里，游溪声音森冷着问她："想不想在娱乐圈里翻红？想不想报复季夏？"

那时候，季冬刚失去了母亲，对季夏怀有深深的痛恨，她几乎想都不想地回答："想！"

既想翻红，更想报复。

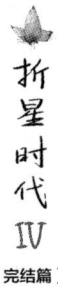

游溪很满意她的回答,笑了笑,说:"那我帮你。你去买一张新卡,给季夏发信息,无论如何,都必须让她回笼月镇。"

闻言,季冬笑了,对她来说这个简直小菜一碟。季夏那么在意自己的身世,直接说知道她亲生父母在哪儿,就可以骗到她了。

只不过,对于喜怒无常、乖张暴戾的游溪,季冬到底有所顾忌,她思考了片霎,随后问他:"你想干吗?"

对于季冬的追问,游溪显然感到不满,他沉默了一小会儿,问她:"你到底做不做?如果不做,我可以找别人,只是别人没有你那么熟悉季夏,未必能立马将她哄回去,我顶多多花些时间而已。不过,季冬,如果你做到了,我能让你重新去拍戏,而且是女二号的戏份。女一号你就别想了,我保证这个角色一定让你有所发挥,再次红起来。"

"我当然做啊,这件事对我百利无一害。"深谙游溪的脾性,生怕错失机会的季冬当下答应了下来,只是又提出了一个要求,"但我打算去H国发展,你得保证让我在H国接到戏,而且条件跟你刚刚说的一样。"

"没问题。"游溪笑道。

"那我要先签合同。"季冬又"进攻"了一步。

"行。"出乎意料地,游溪十分爽快地答应了,但是他也提醒季冬,"如果签了合同,你却做不到我的要求,我会让你身败名裂,再也不能在娱乐圈立足。"

"我知道了。"虽然觉得害怕,季冬还是咬着牙答应了。

回忆到此落幕,季冬忍不住猜想,辛遇与季夏的分开,与那个陌生女孩儿的新恋情,是不是都是因为游溪从中作梗?

直到此刻,季冬都不知道为什么游溪要她哄季夏回去,她只是猜得到,游溪因为沈思滢而痛恨季夏。在她成功将季夏骗回笼月镇以后,她就直接丢掉了那张联系过季夏的电话卡,然后开始了没有期限的等待。

她等待着关于季夏的消息,她想知道游溪是如何报复季夏的。

在季冬看来,即使游溪多么可怕,所谓的报复不过是毁掉季夏的璀璨星途,或是拆散季夏与辛遇。

她怎么也没有想到,就在前几日,一场大雨里,季夏从山谷坠落,下落不明,生死未卜。

季夏坠落山谷失踪的消息,是在某个晚上被网上所谓的知情人士爆料出来的。

@Angle 柯小杰:#季夏失踪#据可靠消息,季夏失踪了!本人的婶婶在 D 市派出所做清洁工,这两天听到一件事儿,说是季夏在与经纪人最西闻出走的时候意外失踪。救援队已经找了几天了,一直没找到季夏!虽然不是她的粉丝,但也听过她的歌,还挺喜欢的,希望她平安吧!

ID 名为"Angle 柯小杰"的这条微博,在短短的两个小时内,将"季夏失踪"四个字推向了微博热搜榜第一名,虽然这所谓的知情既没有图片和视频,也没有其他有力的证据,但季夏本身具备的流量已经足够引起关注。

在"季夏失踪"这个话题居于热搜榜第一名的一个小时后,D 市的公安机关也发出了一条微博,证实了其真实性。紧接着,HN 娱乐公司出了一则声明,简单交代了季夏回老家笼月镇却在归程发生不幸的经过。

等辜遇在微博上看到与季夏相关的消息时,已经是晚上八点多。

微博热搜榜的第一名话题是"季夏失踪",第二名则是季夏的粉丝们自行发起的话题"季夏平安",话题下全是粉丝们的祈祷。

@软糖味的林亦馨:#季夏平安#@季夏V,你一定要平平安安的啊!

@来日方长鸭小仙女:#季夏平安#一直在听你的歌,希望你能安然无恙地归来!

@黑白相间的菜鸟:#季夏平安#想当初是被好朋友拉着去参加#盛夏#组合的发布会,从此粉上了季夏。这一年来,无论季夏遭受着怎样的质疑和诽谤,我都保持沉默,是因为我相信清者自清。还记得我第一次见到她有多惊艳,那么好的一个女孩子,长得漂亮,唱歌又好听。她一定会没事的,因为她是世界上最坚强的季夏!

@隐秘在苍云中的红枫:#季夏平安#你一直都是我前进的动力,喜欢唱歌的女孩子一定会是幸运的女孩子,希望你平安!@季夏V

@轩小轩的小迷妹:#季夏平安#在我最难过的时候,是季夏的歌陪着我走过来的,希望季夏可以平平安安!

@Daisy 樱夏:#季夏平安#@季夏V你还没有完成你的梦想,怎么可以丢下我们这些粉丝呢?我们喜欢你,喜欢你的歌!你是我们前进的力量,学习很苦,可是听着

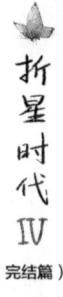

你的歌就能够甜一些，也能够有勇气去面对接下来的挑战。虽然我曾说过对你失望，曾恨铁不成钢地反驳过你，但此刻真的只希望你平安归来！"

看着粉丝们的祈祷，看着他们讲述着自己与季夏的故事，早已红了眼眶的辜遇只觉得差一些就要窒息。

撕心裂肺的痛令他想起了一年前季夏坠海的那一晚。

几乎没有犹豫，他搁下手机，颤抖着双手快速收拾好本就简单的行李，然后匆匆下楼。

许多月正陪着林秀珍，听见脚步声，抬头看去，辜遇一脸失魂落魄。

"怎么了？"见辜遇面色蜡白，许多月立即从沙发起身走向他。

"我得回A市去。"辜遇抿了抿唇，压下身体的颤抖，"季夏……季夏出事了。她失踪了，我要回去找她，她需要我！"

说着，辜遇转身往门外走去，许多月连忙拉住他。

许多月问："你现在去机场吗？票订了吗？如果你没有订票，到机场也只能干等着。"

许多月的话点醒了辜遇，辜遇立马掏出手机预订机票，然而无论他刷新多少次，页面上始终显示着无票。

他慌张无措的样子落在许多月眼里，颇有些刺目。

咬了咬唇，许多月伸手夺过辜遇的手机，一边订下第二天早上的机票，一边说："今晚没票了，就订明天早上的吧。明天最早的航班，我和你一起回去，笼月镇也是我的家乡，有我在，总比你自己盲目乱找强。"

辜遇愣了愣，最终只说了两个字："谢谢。"

的确眼下就算他再如何心急火燎，也没办法立刻飞到笼月镇，去季夏的身边。

回过神后，他想起了什么，看向一直坐在沙发上的林秀珍，问："把阿姨一个人留下可以吗？"

闻言，林秀珍莞尔轻笑，轻声道："你们去吧。在多月最艰难的时候，是你陪在她的身边，如今该换她来守着你了。"

林秀珍的话，多少有些暧昧。

在许仁和的葬礼之后，林秀珍与许多月促膝长谈过，深知女儿爱慕着辜遇，又从女儿口中得知辜遇喜欢的季夏是一个满口谎言的女生，林秀珍心中便有了主意，时时想着帮女儿一把。

对于林秀珍的话，辜遇并未深想。

心中牵挂着季夏，他哪里还有心思去深究林秀珍的话？只见他抿了抿唇，挤出一抹勉强的笑，对林秀珍鞠了一躬："谢谢阿姨。"

他其实可以不需要许多月的陪伴，但是他没有拒绝，因为许多月确实要比他更熟悉笼月镇。

他没怀疑过许多月一分，他相信，许多月是真心想帮他找到季夏的。

第五章

眷恋掌心温暖的气球

07

翌日清早，因为焦虑不安，辜遇一整夜都不得安眠，他早早就起身。当他来到楼下，却见许多月已等候在餐厅里。

许多月似乎比他更着急，辜遇一点儿也不知道，许多月只是怕他会独自一走了之。

吃过简单的早餐之后，两个人便坐着许家的私家车赶往机场。

从 H 国首都到 D 市笼月镇，极其奔波，一直到下午五点多，他们才终于抵达。

坐在出租车上，看着记忆里的大街小巷，许多月深吸了一口气。虽然笼月镇已经渐渐跟上大城市的步伐，开始有了高楼大厦，可对许多月来说，一切仿佛都还是熟悉的模样，譬如路边的树还是那样高大，譬如儿时走过的那座桥还依旧安静地架在河上。

离开四年，这是许多月第一次重返故乡，此前她从未想过，有朝一日她还会回来。

她其实不喜欢笼月镇，这里有太多不好的记忆了，除了那个叫作"小橙"的女孩子——她的好朋友。

想起小橙，许多月垂在两边的手不由自主地握紧，眼里悄悄蒙上了一层恨意。

在许多月的心里，小橙是这个世界上最好、最善良的女孩子，是小橙在她晦暗的十五年里给了她一束阳光。

可后来，阳光般的小橙却被季夏毁掉了。

念想至此，许多月眼里的恨意更是分明。

恍惚间，她忽地记起，季夏说要成为她的好朋友时的认真模样，心中忍不住冷笑起来：你不配，季夏，你永远都不配代替小橙。

胡思乱想许久，直至出租车停在了一家酒店前，许多月收起了脑子里的杂想。

跟着辜遇下了车，许多月拉着行李箱进了酒店。她并不知道他们订的这家酒店，在几个月前，辜遇曾与季夏一同住过，在五楼的那个房间，辜遇写下了那首《一墙之隔》示爱季夏。

回忆那样张狂，辜遇想起许多与季夏在这里的曾经。

到前台办理入住的时候，辜遇问工作人员能否入住五楼的 5010 房，那是他和季夏一起回笼月镇时所入住的房间，旁边的 5009 房是季夏当初入住的房间。在等待工作人员回复的短短十几秒里，时间仿若被拉长，他紧张地等待着，直到工作人员微笑着回复"可以"，他才松开了眉心。

辜遇到了房间，记忆越加狂妄，铺天盖地席卷而来，曾经在一起的一幕幕，两个人之间说过的每一句话，都历历在目。

受不了回忆的挑唆，辜遇忍不住走到窗边打开窗户，闭上眼睛，像当初从窗口偷听隔壁的季夏安睡了没有那样。

然而，他还住在当初的那个房间里，隔壁房间却没有季夏，住的人是许多月。

失望过后，眼泪模糊了视线，辜遇凝神看着窗外的红霞，只觉得那绯红是漫开在他心上的血。

没有过久停留，辜遇将行李安放好之后，就径自出了房间。

他没打算叫上许多月，但他打开房门时，发现许多月已经候在了门外，她脸上挂着盈盈笑意，俨然清楚他所有的心思。

虽然错愕，辜遇却没有说什么，只默认了她的陪同，说道："走吧，趁天还没黑，我们出去找找看。"

许多月点点头，跟上了他的步伐。

两个人拦了一辆出租车前往出事地点，到达目的地时，天已经黑了。

乡间的路很黑，连路灯都没有，只借着月光隐隐约约地能看见脚下的路，可是路面坑坑洼洼，一不小心总能崴到脚，辜遇打开了手机的手电筒，照着路，小心翼翼地走在路上，一边唤着季夏的名字。

"季夏！"

"季夏！"

一遍又一遍。

虽然他心里清楚得很，不会有季夏的回应，可他还是固执地唤着，令人错以为只要他足够虔诚，季夏的声音就会从某个方向传来。

此时的辜遇，完全没有想到，几分钟之后，命运会将他与季夏推得更远。

当他固执而认真地唤着季夏的名字时，许多月三两步越过他，往前面走去，学着他呼唤季夏的名字。她走得有点儿快，很快便踏出了手电筒照射的范围，身影渐渐被黑暗吞噬。

"季夏！"许多月大声地喊着。

"季夏！"接着是辜遇的声音。

"季夏！"

"季夏！"

两个人的呼唤交替着，在寂静的夜里，将乡间的空旷与寂寞点缀得越发分明。

忽然间，一声尖叫划破天际——

"季……啊——"

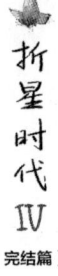

是许多月的声音。

尖叫声令辜遇的心"咯噔"一下,他立马循着尖叫声跑过去,只见许多月整个人踩空,直接从路边滑了下去。

"多月!"

辜遇飞速跑上前,手电筒的光照往斜坡照下去,只见许多月半个身子都在湖里。

幸好斜坡不深。辜遇安定下心神之后,连忙侧着身子,踩着一路长满杂草的小坡,小心翼翼地移到斜坡下。到了许多月的身边后,他蹲下身,抱着她的上半身,用力地将她拖上岸。

许多月的意识还是清醒的,只是一张脸苍白得很,双唇毫无血色,整个人止不住地哆嗦着。

见状,辜遇皱紧了眉头,担心地问:"你怎样?没事吧?"

许多月抬起头来,眼含泪光,眉心紧锁,一脸痛苦的模样。她抬手抓住辜遇的手臂,抿了抿唇,哑着声音说:"辜遇,我……我的下半身很痛很痛,刚才滚下来的时候,撞到了那块石头……"

闻言,辜遇双眸圆睁,立马将她背起来:"我带你去医院!"

此时的辜遇,怎么也没能料到,只是一场小意外,竟会令许多月在余生都可能无法站立行走。

许多月崩溃大哭的场面,令辜遇忽略了医生口中的"也许"和"很大可能"。

他只知道,许多月的瘫痪,是由他造成的。他觉得喉咙卡住了一块尖锐的石子,即使他努力张着嘴巴,却是一个字都说不出来。他想起许多年前,在笼月镇意外撞到许多月的那一幕。

第一次来到笼月镇,他就害得她毁容。

多年后再一次来到笼月镇,他又害得她下肢瘫痪。

遇见他,许多月仿佛注定在劫难逃。他止不住地双腿发软,下一秒,整个人倒坐在了一旁的椅子上。

然而他怎么也没有想到,悲伤欲绝的许多月居然会在哭过以后自责起来,她泪眼婆娑,满含歉疚地对他说:"对不起,呜呜……都是我笨。我太笨了,没有帮到你,还拖累了你……"

她该耿耿于怀的,她该满腔怒火的,但她没有。

这样的许多月,善良得令辜遇心里的愧疚越加沉重。

第六章

我在你眼前，是最遥远的距离

Zhexing Shidai Ⅳ（完结篇）

01

当晨光穿透薄雾，柔柔地拥抱住窗口的那棵仙人掌时，一阵清风也悄悄地从窗口钻了进来，吻在床上正睡熟着的女孩的脸上，也在不经意间撩起了她面上的那一小撮头发，发尾扫过鼻尖。

"阿嚏！"

睡梦中的季夏打了个喷嚏，她抬手拨开头发，再揉了揉鼻子，眼睛这才睁开。

又过去了一天。

看着停在窗口的明媚阳光，季夏在心底呢喃，这是她在花云乡住下的第七天。

花云乡与笼月镇相隔不算太远。花云乡是属于 E 市的一个偏僻小乡镇，因在两市的边缘区，所以与笼月镇倒也算得上相似。E 市只是个六线的小城市，花云乡也比笼月镇要落后许多，不单单体现在当地的一些建设上，就连通讯都不怎么好。因此大家基本不使用手机，家家户户还配着座机，年轻人都已经外出工作，村内只剩下十多户人家，大多数是上了年纪的淳朴人家。

季夏不知道，搜救队曾在她坠谷的周遭找寻过她和游溪。大概是因为花云乡系属 E 市，又与笼月镇有一定的距离，地势又不好，山谷一向鲜少人进入，底下还有一道水流湍急的河流，因而搜救队并未将范围扩大到花云乡。

就在季夏发愣的时候，"笃笃笃"的敲门声有节奏地响了起来，季夏回过神，朝着门口喊了一声："进来吧。"

她知道，推门而入的一定是那个扎着两条辫子的小姑娘范梓恕。

果不其然，门"咔嗒"一声打开，范梓恕的脑袋探了进来，她没急着入屋，只趴在门口，一双小手扣在门沿上，脸上挂着干净又灿烂的笑容："说好的，你今天要陪我唱歌呢。"

季夏笑得温婉娴静："我马上起床。"

范梓恕笑得更灿烂了："那我去给你准备早饭，今天吃面条哦。"说完，她关门离去。

凝眸看着深灰色的房门，季夏依稀能听见她"蹦蹦跳跳"的脚步声，和嘴里哼着的小曲儿。

恍惚间，季夏想起坠谷之后醒来的那一日，范梓恕一脸兴奋的模样。

当时她便觉得眼前的女生很眼熟，随后才从范梓恕口中得知，她们曾在笼月镇的医院里遇见过。正值暑假，回了家乡的范梓恕百无聊赖，特意去了季夏的家乡笼月镇游玩，没想到真的遇见了她，于是便兴奋上前，向她要了签名。听了范梓恕的回忆，季夏当下便记起了那个好听的名字——范梓恕。

经过范梓恕的叙述，季夏得知自己昏迷了两天。

范梓恕告诉她，那一日她与游溪坠落山谷后，正好遇见到山谷采药的范梓恕的父亲和叔叔，两个男人立刻将季夏与游溪背回了花云乡的家里。因为世代从医，范父和范叔检查判断季夏与游溪应是没有内伤，加之去医院得到市里，路途遥远，于是他们便在家中对季夏与游溪进行了简单的救治。

醒来后，季夏的身体一直很虚弱。范梓恕一家对她十分照顾，擅长中医的范父每天都会给她煎好中药，范梓恕这个小她几岁的姑娘更是寸步不离地陪着她，直到她的身体渐渐好起来。

只是，同样被救下的游溪却一直处于昏迷中。

想到这些，洗漱完毕的季夏对着镜子轻叹了一口气。她与范梓恕的家人们已经说好，因为游溪昏迷太久，实在不宜继续留在范家，所以今天他们会送游溪去市内的医院做检查。

对于范梓恕来说，这意味着分离，所以她前一夜可怜兮兮地问季夏能不能实现她的一个愿望，陪她一起唱歌。

季夏当然不会拒绝范梓恕。

因此早饭后，季夏就与范梓恕到不远处的竹林里唱歌，说是一起唱歌，其实是范梓恕心里打着小算盘，想要偷师。对于此，季夏也没有任何排斥，相反她很喜欢这种状态，两个同样喜欢唱歌的人聚在一起，讨论着关于唱歌的技巧，彼此互相学习。

快乐的时间总是稍纵即逝，等范梓恕的母亲来喊她们的时候，她们就知道该结束了。

然而季夏万万没想到的是，气喘吁吁的范母赶到两个人跟前，开口的第一句话竟然是："快！他醒了！"

季夏怔了怔，一时没反应过来，直到范母拉着她跑起来，她才后知后觉地明白过来。

在见到游溪之前，季夏的内心是恐惧的。

她想起坠谷之前发生的事情，还有游溪那狰狞可怕的神情，走到房门口，她费了很大的力气才终于把脚抬起，迈进了屋子里。

她的心跳很快，她很怕，怕只是抬眸看一眼床上的游溪就想要落荒而逃。

此时此刻的她怎么也没想到，在四目相对时，游溪的眼睛竟然会那么澄澈，他看着她，眼神无辜且无助。

正当季夏愕然无语之际，游溪开口说话了，他问她："你……是谁？"

游溪失忆了。

他忘记了季夏，同样忘记了生命当中所有重要的深爱着的人，以及所有不重要的甚至憎恨过的人。

02

游溪变成了小孩子,这件事让季夏难以接受。

可是更令她难接受的是,失忆后的游溪居然变成了一个极度依赖她的小孩子。

当季夏捧着碗筷一口一口地喂着游溪吃饭时,整个屋子里洋溢着和谐的气氛,这在过去,是她不敢想象的。

她不明白为什么游溪醒来后会把她当作最亲近的人,他的手紧紧地拽着她的衣角,无论旁人说什么,都不理不睬,更不愿意离开屋子上医院去,但偏偏面对季夏,他毫无防备之心。

"季夏,"一碗粥喂完,游溪拉着她的衣袖,扁着嘴说,"今天不吃药。"

"不行。"季夏还不习惯游溪这副小孩子的模样,她微微蹙眉,当下拒绝,"吃药才能快点儿好,等过些天,你还得去医院检查一下。"

"不,我不要。"游溪再一次拉了拉她的衣袖,嘴角往下扯,本就扁着的嘴像一个倒扣着的月牙,一副欲哭的模样,可怜兮兮得很,但是配着他这副大人的长相,也滑稽得很。

季夏忍不住"扑哧"一声笑了。

收敛了嘴角的笑,季夏叹息着,只得拿出哄小孩的招数:"你要是乖乖听话,好好吃药。等你好了,我就给你买巧克力吃。"

一个小时前,范梓恕给了游溪一块巧克力,尝到了美味的他便吵着要季夏给他买。

听了季夏的话,游溪凝目蹙眉,思索了好一会儿,然后抬起手,手指弯曲并拢,只留下小拇指挺直地竖着:"那我要十块!拉钩!"

尽管无法接受游溪的"可爱",季夏还是答应了:"行。"

她的小拇指扣上了游溪的小拇指,两个人做了一个"拉钩"的动作,游溪露出天真无邪的笑脸。

与游溪立下约定之后,季夏出了房间。

她正发着呆,忽然感觉身后袭来一阵风,还未等她回头,一股力量就压在了她的身上,紧接着一双手绕过她的肩膀,直直扣住她的脖子。

"梓恕!"

"啊!"

季夏惊声尖叫起来,她挣扎着想要推开身后的人,踉跄间,两个人一同摔倒在地上。

"梓恕,是我啊!你叫什么——啊?季夏?"身后的女生莫名其妙地从地上爬起来,口中的抱怨刚说到一半，一瞧见季夏的脸，她露出不可思议的神情，瞪着季夏。

"梓恕在楼上呢。"发现是对方认错人了，平静下来的季夏也站了起来，对女生伸出了手，"你好，我是季夏。"

"你……你真的是季夏！"女生一脸惊呆的模样，好半晌她才回过神来，赶紧握住了季夏的手，"我叫……叫易穗穗。啊！手热乎乎的，你是真人啊？"

"是的,我真的是季夏。"觉得易穗穗的反应太可爱了，季夏忍不住"扑哧"笑出声来。

"季……季夏姐，我……我……我很喜欢你！很喜欢你的歌呢！我……我是……我是你的忠实粉丝！"易穗穗激动得语无伦次，双手不知所措地挥动着，想要拥抱季夏却又不敢。

"谢谢。"季夏善解人意地拥抱住易穗穗。

从未想过会在好朋友的家里见到偶像，更是未曾想过会得到对方的拥抱，易穗穗待在原地，这一刻反倒是一动也不敢动，生怕这一幕只是幻觉，她一动，季夏就如烟一般消失不见。

这真像是一场梦。

易穗穗感慨着，身后忽然传来范梓恕惊喜的声音："穗穗？"

闻声，季夏松开了怀抱，笑着说了声"我先去拿药"就走开了。易穗穗如梦初醒，深吸了一口气。

范梓恕走到她跟前，拉起她的手，兴奋地笑着问她："你怎么来了？"

易穗穗是城里的孩子，也是学校里的校花，家庭环境优越的她从来不曾到过乡下，范梓恕没想过她会一个人跑到花云乡来找自己。

回过神来的易穗穗却突然拉下了脸，拧着眉质问："季夏在你这里，为什么你不跟我说？你知道季夏出事，大家有多担心吗？别人不说就算了，你连我都不说，你根本就不把我当作朋友！"

没想到会得到这一番质问，范梓恕难过地咬着牙，否认道："我没有。"

易穗穗不信，又质问道："你那么想当歌星，是不是以为把季夏留在这里，用粉丝的身份去打动她，她就会帮你进入娱乐圈啊？因为她在微博上回复过你，期待和你一起演出。"

易穗穗不知自己说了多少过分的话，在她看来，自己与范梓恕是最好的朋友，她不应该将季夏的下落瞒着自己，生气之下，说话也没了分寸。

范梓恕觉得很委屈，眼睛里已经有泪水在打转："我从来没这么想。我没有上网，根本不知道外面都在传季夏出事，我也不是有意瞒着你的，这里信号那么差，我都没

法联系你啊。再说,季夏根本不知道我的微博 ID 是紫薯饭团,我又怎么会用粉丝的身份去要求季夏做什么。我是喜欢季夏,但比起粉丝,我更想当她的好朋友,哪怕就几天的时间。"

季夏端着药回来的时候,正好将范梓恕说的话一字不漏地听进耳朵里,易穗穗与范梓恕见季夏听到了,霎时间都沉默下去,一脸尴尬。

目光扫过二人,季夏没有说什么,只是莞尔浅笑,径自进了房间。

等季夏喂完游溪药后,易穗穗已经离开了,范梓恕站在房外,一副沮丧的模样,她在等季夏。

一见季夏出来,她立马上前解释:"季夏姐,我是紫薯饭团的事情我不是故意要隐瞒你的,我也没有别的想法,我只是想和你做朋友,我觉得朋友的身份比粉丝的身份更亲近一些。"

看到范梓恕紧张得两只手紧拽着衣角,季夏轻轻地笑了:"我信你,我很开心能够和紫薯饭团见到面,还做了朋友。"

范梓恕惊喜地瞪大了眼睛,下一秒又难掩狐疑:"真的吗?"

季夏笃定地点点头:"当然,不过我现在要去找你的好朋友,你在家里等我一会儿吧。"

话落,季夏没有等范梓恕回话,直接越过范梓恕,小跑着出了门。五分钟过后,季夏终于在一棵梧桐树下找到了易穗穗,彼时的易穗穗正蹲在梧桐树下,掩住脸庞,悄悄地哭泣着。

季夏慢慢地走到易穗穗的身旁,蹲下了身子,说:"很难过吧?因为说了些自己都觉得过分的话。"

前一句是疑问句,后一句是陈述句。

易穗穗错愕地抬眼看向季夏,下意识地想说些什么,却又什么也说不出来。

季夏笑着伸手摸摸易穗穗的脑袋:"看得出来,你很在乎梓恕,也在乎你们之间的友谊。其实梓恕也很在乎你的,我很羡慕你们,这样珍贵的友情不是谁都能拥有的。"

闻言,眼泪又再一次漫出了易穗穗的眼眶,她哽咽着说:"她不是我唯一的朋友,但她是我最好的朋友。"

"真的很羡慕呢。"季夏认真地问,"那……我可以做你们的好朋友吗?"

"嗯?"易穗穗愣了两秒,旋即反应过来,拼命地点着头,如小鸡啄米一般,"当……当然可以啊!"

季夏揽住了她,手掌心轻轻地拍了拍她的肩膀,笑道:"记住了,你这一生可能只会遇见一个像梓恕这样的好朋友,如果不小心把她丢了,也许就再也找不回来了。"

说这话时,季夏想起的是沈思滢。

易穗穗的眉心微微皱了皱,眼里闪过不安,她擦了擦眼泪,问季夏:"季夏姐,你可不可以陪我去向梓恕道歉?"

第六章

我在你眼前,是最遥远的距离

03

转眼，季夏与游溪在花云乡逗留已有半个多月。

经过悉心照顾，游溪已经能走能跑，而且活泼起来不停地上蹿下跳，活脱脱一个精力旺盛的小孩儿，不是爬树就是到处捣乱。只是有一点，他依然很亲近且依赖季夏。

看着在院子里挖土挖得不亦乐乎的游溪，季夏知道，离开花云乡的时候到了。

当天晚上，季夏便向范梓恕一家道出了要离开的决定，虽然范梓恕一家人都很不舍，但谁也没有勉强她留下，范梓恕的父亲还特意嘱咐她，一定要带游溪去医院做个详细检查。

直到晚上临睡前，易穗穗敲开了季夏的房门。

易穗穗带来了自己画的画，画纸与银行卡一般大小，上面画的是她与季夏、范梓恕三个人的素描像，季夏站在中间，易穗穗和范梓恕将她拥抱住，三个女生的脸上都是明媚灿烂的笑容。

将画递给季夏之后，易穗穗笑着说："喏，我是特意将画纸裁剪成银行卡大小的，这样，这幅画就能放在你的钱包里了。以后你每次打开钱包，都会看见我和梓恕。"说到这里，易穗穗收敛起笑容，抿了抿唇，问，"季夏姐，你会不会忘了我和梓恕？"

"怎么会？我们是朋友啊。"对上易穗穗不自信的眼神，季夏笑着握住了她的手，毫不掩饰地表达出自己对这份礼物的喜欢，"谢谢你，穗穗。这幅画我很喜欢，我回去后一定把它放进我的钱包。"

见季夏珍而重之地将画收好，易穗穗这才安下心，脸上恢复了笑容。

两个人又不着边际地聊了一会儿，等季夏察觉到易穗穗在没话找话说的时候，易穗穗终于进入主题，问她："季夏姐，你能不能帮帮我和梓恕？"

季夏微微眯了眯眸子："嗯？"

虽然话已经开头，可易穗穗仍然觉得舌头像是打了结，她不自觉地低下了头，抿住唇，顿了一会儿，重新组织好语言，继续道："季夏姐，你知道我和梓恕都很喜欢唱歌，都很崇拜你。我们也有自己的梦想，可要进入娱乐圈，实现做歌手的梦是一件很难的事。季夏姐，你说过我和梓恕都有天赋，那你愿不愿意帮帮我们，推荐我们进入 HN 娱乐公司，成为你的师妹？不是 HN 也行，其他公司我们也愿意的，我们一定会努力，不会辜负你的。"

季夏的嘴角始终挂着微笑，她没有回答，而是问易穗穗："那你们的学业呢？你们马上就要高三了。"

没想到季夏会问这个问题,易穗穗登时哑然,这是一个她从没考虑过的问题。

空气一下沉默了下去,似乎并不需要易穗穗的答案,季夏拍了拍她的手臂:"好了,很晚了,你快回房间睡觉吧。"

收到逐客令,易穗穗只好笑笑,起身说了声"晚安",退出了季夏的房间。

在易穗穗看来,季夏拒绝了她的请求。

她并不知道,在她离开以后,关了灯躺到床上的季夏开始认真地去思考易穗穗的请求,不是以一个偶像的身份,而是以一个好朋友,或者更确切地说,是以一个姐姐的身份,去为她们的梦想筹谋。

第二天早上,临走之前,季夏拉着范梓恕和易穗穗到房间里。

季夏找了一张纸,在上面写下自己的手机号码,又凭着记忆,写下小糯的手机号码、朴河寅的手机号码,以及聂西闻的手机号码,随后她一个个介绍着纸上的名字,诸如"助理""经纪人"。

她把那张纸给了易穗穗:"这几个手机号码你们存一下。"

范梓恕低头看着易穗穗手中的纸,顿时蹙起眉心,问季夏:"季夏姐,你想干吗?"

嘴角微扬着的季夏没有回答,只是对她们说:"追梦的旅程一点儿都不容易,娱乐圈也不好混,你们想要进娱乐圈,除了要有实力,更要努力,还要有足够强大的承受能力。做艺人,你的每一个缺点都会被放大,每一句话都有可能被曲解,所以你们必须要有心理准备。"

听完季夏的话,范梓恕与易穗穗对视了一眼。

顿了顿,季夏又道:"还有,你们会有许多的选择要面对,第一个就是关于学业和梦想……"

"停!"这一回,范梓恕打断了季夏,抬手做了一个"暂停"的手势,她表情严肃、语气坚定地回道,"季夏姐,我想我知道你是什么意思了。穗穗昨晚找过你的事,我都知道了,你一定是因为穗穗的话,所以想推荐我们进入 HN 吧?首先谢谢姐姐,我真的没想到你会把穗穗这样的要求放在心上,并且真的去为我们筹谋。说实话,能得到季夏姐的帮助,是很多人都梦寐以求的,可是我们不需要,梦想是我们自己的,不应该假手于人,更不应该走捷径。从小我爸爸就告诉我,想要得到一样东西,就必须自己付出努力。"

"是的,梓恕说得没错。"易穗穗紧接着说,她抿了抿唇,一脸的尴尬,"很抱歉,昨天晚上向姐姐提出了这个如此无礼的要求。昨天我和梓恕聊了一整夜,是梓恕让我明白,梦想不应该依靠任何人,应该靠自己去努力。季夏姐,你昨晚问我的问题我也认真思考过了，我们马上就高三了，确实不应该在这个时候不顾学业去追逐梦想，考上一所理想的大学对我们来说也是很重要的。也正如姐姐以前在访谈里说过，梦想是要有知识去支撑的，假如我们为了梦想放弃学业，以后我们肯定会后悔，因为我们的知识不足以支撑我们的梦想，我们迟早会被梦想狠狠抛下。"

话说到这里，范梓恕拿过易穗穗手中的纸，又从桌子上拿起笔，将除了季夏以外的所有电话号码都涂掉。

来回涂抹好几遍，直至那些数字完全看不清，范梓恕才放下笔。

她笑着对季夏说："我们只需要季夏姐你的电话就可以了，不是想日后得到什么帮助，而是因为我们是朋友。等我和穗穗高考结束后，我们便会努力去追求我们的梦想，等到我们出道了，我们会给你打电话，邀请你来参加我们的出道发布会。"

季夏点点头，笑了。

眼前的范梓恕和易穗穗，身上仿佛绽放着星光。

光彩且夺目。

回到 A 市的当天,季夏做的第一件事便是去找辜遇。

她带着游溪到了辜遇的公寓门外,按了大半天的门铃,等了将近一个小时也没有等到辜遇。

最终,在游溪拉着她的衣角说"季夏,我饿了"的时候,她选择了放弃。

她知道她可以去辜遇的父母家找他,就算见不到他,也能从他父母口中得知他的下落,她还可以去公司找他,即使他不在公司,也可以通过经纪人知晓他在哪儿,但这两个地方,季夏都不想去。

看着眼前的游溪,她知道,此时的她最应该做的事情就是带游溪去医院做检查。

想着,季夏对游溪说:"走吧,我们先去吃饭,然后再去医院。"

此时的季夏怎么也没有想到,他们出了公寓楼没多久,便见到了辜遇。

与这座城市阔别一个月,A 市已经入了秋,走在街上,偶尔一阵风掠过,枯黄的树叶随风飞舞,倒有几分秋意。只是气温还居高不下,像是夏季还在恋恋不舍,目之所及,大多数的行人还穿着短袖。

就在一片枯叶扑到脸上的时候,季夏停了脚步。

叶子匆促地吻过她的眼睛,随即又带着怯意落到了地上,感觉到眼睛有一丝轻微的疼痛感,季夏抬手揉了揉。等她睁开眼时,目光不经意地扫过对面的马路,一个熟悉的身影映入了眼眸。

仅仅只是一个侧脸,令她一个月的思念猛地雀跃张狂起来。

"辜……"

就在季夏扬起笑容,迫不及待地迈开步子的时候,呼唤忽然终止了。

只见辜遇微微弯下身,对他身旁坐在轮椅上的女生伸过手去,将她垂落的头发撩到耳后,再将发卡温柔地夹在了她的头发上。

亲密而温柔的举动,令人遐想的暧昧。

季夏的心不由得一阵慌乱,仿佛看见了不该看见的东西,她深吸了一口气,再次定睛看向女生。

原来是许多月。

许许多多的疑惑拥进脑子里,心也跟着乱如麻。

站在马路边上,季夏紧紧蹙起眉,她脚下踌躇着,犹豫要不要冲过斑马线。这时,辜遇俯身下去,半蹲在地上,给许多月系起了鞋带。

午后的阳光轻轻洒在两个人身上，季夏清楚地看到许多月眼睛里几乎要溢出来的爱慕，也清楚地看见辜遇眼睛里的温柔。

霎时间，季夏眼睛里漫起了弥天大雾。

她低垂在身体两侧的手紧紧握成拳头，这一刻，她只觉得心脏好像破了一个大洞，萧瑟的秋风不停地往里面吹，冻得她浑身哆嗦，明明明媚的阳光还挟着盛夏残余的温度。

回忆在这一刻招摇过市，季夏突然想起了她离开A市的前一日，与辜遇的那场争执。

毫无防备地，她说过的那些话如同尖刀，一句一刀地将自己的心刺得鲜血淋漓。

"如果不是你瞒着我拉黑了冬儿，阿姨根本就不会死！"

"辜遇，我现在好恨你！"

她的脚不自觉地往后跟跄了一步。

尤其是当她想起坠落山谷的前一夜，许多月发给她的那些照片，以及许多月打来的那通电话里的谈话。

许多月问辜遇："你爱我吗？"

辜遇回答："爱，我爱你，我……我真的……真的很爱你……"

眼泪不受控制地滑落，季夏慌慌张张地抹着眼泪，她这才发现，尽管她与辜遇之间谁也没有说过"分手"二字，可事实上，在这段三个人的故事里，她老早就被淘汰了。

眼泪转瞬间被抹得干净，心中的悲痛却难以解开，季夏仰起头，试图将再次要滑落的眼泪逼回，这时一只骨节分明的大手拉住了她的衣袖。她扭过头看去，游溪正睁着双眸，用无辜天真的眼神看着她，说："雪糕，我要吃雪糕。"

季夏平复好心绪，带着游溪去买了两个圆筒雪糕。

季夏将自己的雪糕让给了游溪，游溪忽然道："他走了。"

一个"孩子"也看穿了她的心事。

季夏佯作满不在意地回了一个"哦"字，但仍旧没能忍住回过头去看辜遇，只见辜遇正推着轮椅上的许多月，与他们背道而驰。

季夏假装不在乎地自顾迈步，朝与辜遇相反的方向离开。

可心到底是不甘，仅仅走了两三步，她忽地又转过身来，快步地朝辜遇的方向追了过去。

距离在急促的"嗒嗒"声里渐渐缩短，季夏深吸了一口气，正要呼唤辜遇，迎面的秋风却带来了许多月的声音。

许多月说："辜遇，你对我好，仅仅是因为这双腿吗？"

因为这句话，季夏的脑子里骤然炸出了一片浓浓的白雾，她眼睛一睁，倒吸了一口冷气，抬起的脚又收了回去。

距离再次一点点拉开。

紧接着，她听见辜遇说："半个多月前，如果不是你，现在坐在轮椅上的就是我了。该是我问你，多月，你有没有恨过我？"

许多月回道："没有，像小时候那样，我一点儿也不恨你，因为那个人是你。"

一腔勇气须臾间不见了踪迹，季夏的心隐隐作痛起来，她抿紧着唇，小心翼翼地往后退了两三步，眼泪夺眶而出。

她忽然记起沈思滢曾经说过的那句话："阿遇不过是想弥补你而已。"

想要再追上去的心一再却步，最终，她选择转身离去。

她知道，在她与许多月之间，辜遇必定会选择许多月。

因为一道伤疤，从前的辜遇可以拿爱情去弥补缺爱的她，而许多月不仅仅是他从前亏欠的女生，如今还为他失去了双腿，只怕辜遇只能以余生做赔，以爱情为嫁衣，就像当初为了弥补她而选择向她告白那样。

05

两天后，在公司的安排下，季夏召开了记者会。

在季夏失踪之后的一段时间内，外界的传言很是离谱，有人说季夏与聂西闻私奔了，有人说季夏死了，甚至有人说季夏欺骗并利用了聂西闻，企图高攀游溪，最终双双坠谷殉情。面对这些谣言，公司决定召开记者会，向大众澄清。

这日下午，除了游溪以外，作为当事人的季夏与聂西闻都出席了记者会。

并肩坐在发言席的中间，季夏与聂西闻依照公司准备好的发言稿，统一口径，假说先前借着假期，聂西闻陪同季夏回家乡祭拜养父母，未料想在归途中突发意外，两车相撞，导致季夏与另一辆车的司机游溪一同坠落山谷。

二人发言落罢，就有记者提出疑问："为什么季夏你会跟聂西闻先生单独回家乡？"

当一个记者抛出足以令人遐想的问题之后，其他记者也按捺不住地提出类似的轰炸问题——

"聂西闻先生曾向你高调告白，此次你们一同回家乡，是不是代表你已经接受了他的告白？"

"请问季夏你现在和辜遇是什么关系？分手了吗？聂先生是你们之间的第三者吗？"

"你发生意外失踪之后，辜遇与你同门师妹许多月走得很近，你怎么看？"

连珠炮似的发问，几欲炸裂季夏的耳膜。她深深吸了一口气，在聂西闻开口替她挡下逼问之前，昂首挺胸地对台下的记者们说："我和辜遇已经分手了，在发生意外之前。"

整个现场顿时鸦雀无声，万万没想到季夏会如此回应，聂西闻错愕地看着她，同样错愕的还有记者。

三秒之后，现场再次聒噪起来，各种声音夹杂在一起——

"请问你们为什么会分手？"

"分手的原因是各自有了第三者吗？"

"到底是你先和聂西闻在一起，还是辜遇先与许多月在一起？"

杂乱无章的问题全部拥挤在空气里，季夏起身对记者深深鞠了一躬，在保镖的保护下沉默离去。

从记者会的现场离开后，季夏与聂西闻一同回了公司。

刚进公司，季夏就见到了等待在一旁的辜遇与许多月。

四目相对后，辜遇丢下许多月，跨步迎上前来。

两个人面对面地站着，时光似乎回到了一个月以前，回到了巫素洁去世之前。

不知怎的，季夏忽然觉得慌乱，小心翼翼地往后退了一步，又将距离再拉开了一点儿。

敏感的辜遇当即皱紧了眉头，看着季夏与聂西闻并肩而站，两个人的手臂紧挨着，心中的不悦骤起。他将这一刻的在意暂且搁置，问季夏："你什么时候回来的？我很担心你，你还好吗？为什么不来找我？为什么要公开说……"说到这里，他只觉得喉咙一下子被谁掐住了似的，好半晌过去，才艰难地吐出那两个字，"分手？"

感觉到心脏"扑通扑通"跳得特别快，季夏暗自深呼吸，面上装作冷淡道："我们确实已经分手了。"

闻言，辜遇眉间的褶皱更深了："我们什么时候说分手了？"

确实，他与她之间，从来没有说过这两个字，可季夏想起那一晚许多月说的话，他对许多月的深情告白，心里就一片荒凉。她的目光越过辜遇，看向许多月，眼里不自觉地染上了伤感。

生怕季夏说出什么，许多月推着轮椅过来，亲昵地拉住了她的手，一副喜极而泣的模样："季夏，我们真的很担心你，尤其是辜遇。本来他陪我去了H国首都，一听到你出事的消息，我们马上就回来了，直接到笼月镇寻你。不过我们运气不好，不仅没找到你，我还把自己弄伤了……"

说到这里，许多月吸了吸鼻子，抬手抹去眼角渗出的泪水。

心脏"咯噔"一颤，季夏难以置信地瞪着许多月："你的意思是，你是因为陪辜遇去找我，你……你的腿才……"

"瘫痪"两个字太难说出口，季夏张着嘴巴许久，终究没有说出来。

许多月笑着点了一下头，算是回答。她抬起手，手心从季夏的手臂上往下滑，落回到自己的双腿上，看似是安抚的动作，然而谁也没有注意到，她的手心里抓着一根头发。

不明白许多月为何突然对她做出这番亲昵的动作，季夏一脸莫名，只听许多月低着头说："没关系，没关系……"

她的声音哽咽着，说话间又吸了吸鼻子。

季夏的心一阵内疚难安，微微抬眸时，看到辜遇正低着头，目光温柔而歉疚地落在许多月的双腿上。

空气渐渐凝结，季夏不想再待下去，她对聂西闻说："我们走吧。"

话落，她故意拉着聂西闻的手臂，径自越过辜遇往前。

辜遇到底是不甘心的，见状，他急急问道："季夏，你们……现在是什么关系？"

沉默了一会儿，季夏最终没有回过头看他一眼，也没有回答他的问题。

见季夏默不作声地离开，辜遇着急地想要追上前，偏偏许多月伸手拉住了他的衣角。

没等辜遇反应过来，"嘭"的一声，许多月从轮椅上摔了下来，辜遇只好收住脚步，转过身连忙将她从地上抱起来，温柔地问道："怎样？有没有摔伤？"

彼时，已走出了一段距离的季夏回过头，正好看见了这一幕，酸涩登时堵满了胸口。

第七章

静静等待花开

01

"季夏，我们聊两句吧。"

听到聂西闻这句话时，季夏刚踏出电梯。

不等季夏转身回复，聂西闻便自顾自地拉着她的手腕，朝露天平台走去。

推开玻璃门，走进露天平台之后，季夏刚想挣脱开聂西闻的束缚，聂西闻就自觉地放开了手。

隔着一米的距离，两个人面对面地站着。

回A市三天了，两个人不是没有见过面，但也只有一次，那是季夏回来的当天晚上，得到消息的聂西闻慌慌张张地赶到医院，看见她，他高悬的心才落回地面。聂西闻气喘吁吁地问她："你没事吧？"

那是阔别半个多月后，他们唯一的对话，当时季夏没有回以任何的对白，于是聂西闻只停留了两分钟就悻悻离开了。

后来的两天，直到方才的记者会，聂西闻都没有再来找她，季夏细细地打量着眼前的聂西闻，隐约地觉得他变得不一样了。

他突然不再那么霸道，不再那么偏执，身上的棱角也似乎被磨得光滑了，整个人看上去多了一些柔软，就像他们最初相识的时候。

"季夏，"聂西闻对上了她的眸子，微笑着说，"我要回H国了，晚上八点的飞机。"

"什么？"没料到会是这样的消息，季夏惊得圆睁了眼睛。

"这可能是我们最后一次见面了。"聂西闻的眼里蒙上了一层迷离，"有些事，我想在分开之前跟你说清楚。首先是对不起，这一句话是我欠你的，为所有的一切。另外一件事就是，我脑袋里长了颗肿瘤。"

"什么？"季夏更加惊愕，她眉心紧紧地蹙起，微张着嘴巴，却一度失语。尽管她很讨厌聂西闻后来的所作所为，甚至一度憎恨过他，可她此刻希望这句话只是个玩笑。即使是恶作剧也好，报复她不爱他也好，甚至是他故意耍手段博同情都好。

见季夏眸子里掩饰不住的伤心和难过，聂西闻满足地笑了笑。

他故作无所谓的样子，指了指自己的脑袋："就在这里，有个叫作脑前叶的东西。脑前叶是掌管一个人的情绪、语言、判断力和自我控制能力的脑部组织，现在那里出现了一个肿瘤，肿瘤压住了脑前叶，所以……"他咽了咽口水，笑容有些僵硬，"所以病人在行为和情绪上会突然失控。当遇到外来刺激，普通人的情绪只有一点儿波动，而脑前叶有肿瘤的病人情绪会异常激动，甚至行为失控。就好像有好几次，我差点儿对你……动了手。"

聂西闻用"病人"称呼自己已经很为难了，在说"动了手"三个字时，声音更是沙哑得不行。

生命那样脆弱，脆弱得令人束手无策。

季夏沉默着，她不知道该说些什么，安慰的话总是苍白无力。

似乎也不需要她的安慰，聂西闻顿了顿，平复了一下心情，又接着道："这次你发生意外，让我想通了很多。我之前一直不敢去做手术，因为这个手术的存活率低于20%，我不敢去拼，所以放弃了手术。我本想趁着最后的时光与你在一起，却不曾想到自己太偏执的爱居然伤害了你。这一次我想得很清楚，爱是成全，也是放弃，所以我决定放手，回H国做手术，如果手术不成功……"

季夏再也听不下去，抬起头看着聂西闻，打断了他的话，笃定地说："一定会成功的！就算是1%，也是希望，何况还有20%呢！你……一定要活着，我们一定还会再见的！"

聂西闻比谁都清楚，季夏的这番话，这个"再见"的约定，与爱情无关，可他已经很满足。

他才发现，原来放下执念，心竟然是这么的轻松，人原来这么容易被满足。想着，他张开双臂，哽咽着问季夏："能拥抱一下吗？纯友谊。"

季夏吸了吸鼻子，微笑着张开手臂扑了过去。

下巴抵在季夏的肩膀上，聂西闻深呼吸，趁她看不见，悄悄抹了抹湿润的眼睛。他温柔地说："其实你真的很棒，我喜欢的就是你追逐梦想的那股奋勇直前、无所畏惧的劲头。你要相信自己的实力和魅力，永远地勇敢下去。"

第七章 静静等待花开

02

离开公司后,聂西闻联系了辜遇。

此时辜遇正坐在出租车上,目的地是他所租住的公寓小区。许多月出事之后,不能再站在舞台上演出,她主动与 HN 公司解约,因此无法继续在公司提供的宿舍住宿。眼见许多月无处可去,辜遇便租下了自己隔壁的那套公寓,暂时安顿下许多月,并雇了一个钟点保姆在他不在的时候照顾她。

听着辜遇给手机那端的人报上公寓的地址,许多月心中立刻起了疑惑,等辜遇挂断电话,她便试探着问:"有谁要过来吗?"

辜遇觉得没必要隐瞒,坦白说道:"是聂西闻。"

听到是聂西闻,许多月"哦"了一声,点了点头,没再追问什么。

出租车很快到达小区门口,辜遇先一步下了车,娴熟地从后车厢搬出轮椅,打开后推到一旁,再折回到车旁,将许多月从车上抱了下来。

现在他们的关系很是亲近。

她随时可以得到辜遇公主抱的待遇,也随时可以闻到他身上好闻的香味。

可是,她仍然是不知足的,这不是她想要的亲密,仅与歉疚有关,却与爱情毫无关系。

尤其是在季夏归来之后,许多月的这种不知足越来越膨胀,心也越来越不安。

她知道,只有在害怕失去时,人才会不安。

胡思乱想之际,许多月听见"叮"的一声,她已经被辜遇推进了电梯间,到达目标楼层后,电梯门打开,辜遇推着她慢慢走出电梯。

一想到聂西闻说要过来,许多月不知道会发生怎样的变故,心忑忐不安了起来。

辜遇不知道许多月的心事,将她送回了她的公寓后,他没有片刻逗留,立马回到了自己的公寓。

聂西闻没多久就按响了门铃,辜遇打开门,却没有要请他进屋的意思。

在出租车上的那通电话里,聂西闻说想和他谈谈关于季夏的事情,辜遇曾想过拒绝,但到底没能逃得过"季夏"这两个字的魔力。

对于聂西闻,辜遇始终将他视为情敌。

面对辜遇眼中的敌意,聂西闻自然理解,他无奈地笑问辜遇:"你和许多月是什么关系?"

辜遇冷着声音,刚想回他"与你无关吧",但话到嘴边变成了:"你和季夏又是什么关系?"

这是一个季夏没有正面回答他的问题。

聂西闻笑着摸了摸鼻子，打量着辜遇，说："是我先发问的。"

辜遇虽然仍冷脸，不过顿了顿之后，他妥协似的回答："朋友，我和多月是朋友。"

"友达以上？"聂西闻追问。

"你还没有回答我的问题。"辜遇不满地皱起眉，大概是"友达以上"后的那一句"恋人未满"令他在意了，于是他又补充道，"我和多月就是单纯的朋友，我照顾她是因为我曾两次对她造成过伤害，我对她于心有愧。"

辜遇不知道，许多月此时此刻就在门内，耳朵贴着大门，偷听他与聂西闻的对话。

听到辜遇如此直白地否认，许多月的心猛地一揪，隐隐作痛起来。

她难过地吸了一口气，死死咬住牙关，一只手捂住心脏，关于门外的对话，却一句话都不想错过。

这时，她听到聂西闻回答："我和季夏，从来都没有在一起过。"

许多月感觉到左胸膛里的心一下子弹到了喉咙口。

与聂西闻四目相对的辜遇一脸错愕，这是他想要的答案，只是他没想过聂西闻会给他。

见辜遇怔愣着，聂西闻又笑了笑，说："我今晚要回H国了，季夏就拜托你了。"

这句话辜遇不爱听，尤其是"拜托"两个字，总感觉聂西闻与季夏关系匪浅。他白了聂西闻一眼，回道："不懂中文就不要乱用，'拜托'可不是你能用的。"

但聂西闻并不介意辜遇的针锋相对，他脸上的笑依旧温和："你是季夏在这个世界上唯一能够依靠的人。"

这会儿辜遇才惊觉，聂西闻变了。

他还来不及研究聂西闻到底怎么了，对方就催促着他说："去找季夏吧，她真的很需要很需要你。有人说，经纪人和艺人之间才是最默契的搭档，其实不然。你们两个，一个热爱作词，一个热爱唱歌，你们才是最默契的搭档，是对方直面困难与争议的勇气。"

连情敌都开始祝福自己，他还有什么可犹豫的？

辜遇甚至都没问聂西闻，既然如此，为什么季夏还要单方面宣布与他分手。他只是深吸了一口气，鼓足勇气，当下便冲出了公寓。

当许多月打开门时，她只看到辜遇的身影闪进了电梯里，她黯然神伤的眼睛很快被愤怒填满，只见她恨恨地瞪向聂西闻，质问道："你为什么要叫辜遇去找季夏？他们已经分手了，这明明是你乘虚而入的大好机会啊！"

看着气急败坏的许多月，聂西闻眉眼之间依旧温和："确实呢。"

听着聂西闻这满不在意的语气，许多月心中的不满又多了几分，她冷哼一声，随即讽刺起来："你真是虚伪！明明不安好心，怎么这个时候偏偏就让步了？聂先生，你从前的那股进取心呢？被狗吃了吗？真是懦弱，怪不得季夏不爱你！"

　　她说起狠话句句扎心，可偏偏看开的聂西闻已经不在意了。

　　他笑盈盈地用一句话打发了她："爱是成全，不是索取，我也是现在才懂得，希望你也不要明白得太晚。"

03

季夏没有想到，在游溪的父亲将游溪领走后的第五天，游溪的继母聂嘉琪会专程到公司来找她。

面对面坐着，抬起手就能触碰到对方的距离，季夏清楚地看见了聂嘉琪隐忍在眼中的雾气。

正当她想问些什么的时候，聂嘉琪开门见山地说："季夏，你去见见阿溪吧！"

季夏的瞳孔不自觉地微张，错愕又不解："为什么？"

聂嘉琪叹了一口气，微微垂下头解释："阿溪他很需要你，也……只需要你。"最后的四个字，她说得有些艰难，仿佛连自己都没办法相信那样的事实。

想到在花云乡相处的那段时间，游溪总是依赖着她一个人，季夏并没有觉得很意外，但若是说"只需要她"，那似乎有点儿过了。

想了想，季夏问道："他是不习惯还是怎么了吗？"

"他……"聂嘉琪又叹息了一声，颇有些无奈，"他说只要你。他回家几天了，一直不吃不喝，嚷嚷着要来找你。我们实在是没办法了，又怕他饿坏了身子，就……就将他绑了起来，给他打营养剂。"

一时间，季夏不知道该说什么好了。

"所以季夏，你就去见见他吧。"见季夏沉默，聂嘉琪握住她的手，眼里满是恳求，"我知道以前阿溪对你做了很多过分的事情，伤害了你，你可能并不想见到他，可是现在的他跟以前不一样了。他是真的想你，他现在这般模样，也不过只是个孩子，是真心把你当作可依靠的姐姐的。"

顺着聂嘉琪的话，季夏想起了游溪以前对自己做过的过分的事情，那些痛苦历历在目。原来，就算他变成与她亲近的小孩儿，那些记忆也无法抹去。除此以外，季夏也记起了与聂嘉琪的第一次见面。

那一次游溪绑了她，扬言要将她扔进海里喂鲨鱼，是聂嘉琪出现并阻止了他。

她记得游溪对聂嘉琪的态度很是恶劣，每一句话都带着尖锐的刺，恨意满满。

季夏抿了抿唇，打量着聂嘉琪，开玩笑道："其实，他对您那么不尊敬，您……正好趁着他失忆，好好地管制一下他，给他吃点儿苦头，教训教训他才是。"

没想到季夏会说出这番话，聂嘉琪愣了一下，随即回道："他可是我儿子啊！"

季夏下意识地脱口而出："但他根本就没把您这个继母当作母亲，您待他再好，他也不会领情的。"

似乎是被事实提醒了，聂嘉琪整个人一僵，眼神黯淡下去，她无奈地扯了扯嘴角，低声道："我知道。"

她再次重提此行的目的："季夏，你就去见他一次吧，拜托你了！"

季夏叹了一口气，有些迟疑："阿姨，说真的，我不是很想见他。原本我们的关系就不亲近，他总有恢复记忆的一天，我很难想象到时会怎样……"

没等季夏把话说完，聂嘉琪便打断了她："你就当帮帮我这个可怜的母亲吧！"

季夏无法理解："他根本不把你当回事儿，而你只是他的继母，用得着这么为游溪操心吗？"

话一出口，季夏意识到这句话有多么伤人，她尴尬地道歉："对不起……"

对聂嘉琪而言，季夏的话她不陌生。

从前游溪对她说过无数次类似的话，游溪总是用一种痛恨的眼神瞪着她："你真以为你是我妈吗？"

在游溪心中，她不是，也不可能是他的母亲。

心中的委屈憋了太久，聂嘉琪再也忍不住，在这个她并不熟悉的女孩儿面前爆出了深藏已久的秘密："我是他的母亲，我是他的亲生母亲！我十月怀胎生下的他！"

她眼里泛着泪光，双唇微微颤抖着。

随后聂嘉琪坦诚相告，季夏才知道游溪复杂的身世。

二十年前，游溪的父亲游牧与聂嘉琪相恋在先，而聂嘉琪与后来成为游牧第一任妻子的孟岚是大学好友。孟岚初见游牧之后，对其一见钟情，她设计使得游牧与聂嘉琪产生误会分手。孟岚的家世与游牧的相当，在父母的主持下两个人很快闪婚，但孟岚没想到，婚后妇检，她竟从医生口中得知，她患有不孕症。

孟岚始终相信，如果她无法为游牧生儿育女，这段婚姻一定不会长久，于是她设局要聂嘉琪替她生子，自己则假装十月怀胎。

十个月之后，聂嘉琪终于生下一名男婴，孟岚却有计划地夺走了他。

此后，聂嘉琪再没能见到游溪。不是她不想见，而是孟岚一次次以游溪的生命要挟，威逼她保守秘密。

直到孟岚出车祸意外去世，而游溪竟以为是聂嘉琪害死了孟岚。

这时候，聂嘉琪终于不必再因为游溪的生命受威胁而死守秘密，她把真相告诉了游牧，也曾迫不及待地告诉游溪，她才是他的生母。游溪非但不信，还说如果聂嘉琪是他的生母，那他宁愿去死。聂嘉琪妥协了，怕游溪真的会寻死，所以与游牧协议不再提起这件事。

往事总令人唏嘘，聂嘉琪说完整个故事，嘴边只余下凄然的浅笑。

"阿溪真的是一个很好的孩子。他一直都温和良善，那时候我时常偷偷去看他，总看到他把好吃的分享给旁人，过马路时主动去扶老爷爷老奶奶，遇见小偷也从不退缩。是因为孟岚死了，他最爱的母亲死了，他才变了，变得乖张暴戾。"

聂嘉琪口中从前的游溪，倒与失忆之后的游溪有所相似。

季夏想着，忽然又听见聂嘉琪说："抱歉，耽误了你这么多时间听我讲些有的没的。关于这些，还请你不要告诉阿溪，就当作从来没有听说过吧。我怕他受不了刺激。"

看着聂嘉琪恳求的双眸，季夏抿了抿唇，点头答应下来。

想到自己未明的身世，想到不知身处何方的亲生父母，季夏的心泛起一阵感伤。

04

半个小时后,季夏来到游家,见到了被绑在床上的游溪。

刚进游溪家,她便听管家说游溪已经睡了许久,镇静剂的药效差不多要过了。季夏随着聂嘉琪走进游溪的房间,只见手脚都被捆住的游溪安安静静地睡着,季夏莫名有些心酸,熟睡中的游溪依旧眉头深锁着。

季夏缓步走到床边,她想起在花云乡的那段时间,游溪成日无忧无虑的,脸上总是挂着稚嫩的笑。

她正想着,床上的游溪忽地皱了皱眉,鼻子"哼哧"一声,醒了过来。

看见季夏,游溪迷离的眼睛眨了眨,仿佛在辨认什么,片刻过去,清醒过来的他眼里满是欢喜,激动地唤道:"季夏,你来啦!"

他从来不信季夏会将他丢在医院里,他一直在等着她来,将他领回去。

他想扑向季夏,忽然记起自己的手脚无法施展,都被绳子捆住了,于是一边生气地挣扎着,一边着急地说:"季夏!快带我走!快带我离开这个鬼地方!"

季夏用对付小孩儿的语气,轻声道:"你乖乖的,我给你松绑。"

游溪立马安静了下来,鼓着腮帮,嘟着嘴巴看她,俨如一个受了天大委屈的小孩儿。

季夏一边弯腰将游溪手脚上的绳子解开,一边若无其事地问他:"听说你没有好好吃饭?"

"我们去哪里吃饭?"机灵的游溪避开了话题,笑嘻嘻地反问季夏,"我能吃汉堡包吗?"

"不可以。"季夏板着脸,"阿姨——"正要将话讲下去时,后知后觉地想到了什么,顿了一秒,才接着说,"就是你妈妈,她给你准备了什么,你就吃什么,你要是不吃,我就再也不来看你了。"

"什么妈妈……"游溪皱着眉刚想吐槽,下一秒又捕捉到季夏话里的后半截,扁着嘴巴问季夏,"你不是来带我走的吗?"

面对委屈的游溪,季夏莞尔一笑,哄道:"吃完我带你去一个地方。"

游溪当即被转移了注意力:"什么地方啊?有好玩的、好吃的吗?"

季夏抬起右手食指,放在唇边,神秘道:"秘密。"

在好奇心的驱动下,游溪妥协了:"好吧。"

看着游溪狼吞虎咽地吃着自己准备的粥点,缠在聂嘉琪眉间的愁绪这才一点点卸下,她嘴上喊着"慢点儿吃",一双手还不停地给他补充食物,生怕他吃不饱。

只是，觉得宽心之余，聂嘉琪的心又隐隐作痛。

虽然她满心满眼都装着游溪，可游溪偏偏一眼都没看过她，只对季夏说话，也只对季夏笑。

即使失忆了，游溪还是很讨厌她，就连第一天她去拥抱他，他都是一脸嫌弃的模样将她推开，大喊着"不要碰我"。她忍不住想，大概这一辈子，她都不可能听到游溪叫她一声"妈妈"了吧。

如此想着，心好像更痛了。

聂嘉琪深吸了一口气，在心里暗自呢喃："没关系的，只要阿溪平安健康就好。"

注意到站在一旁的聂嘉琪的隐忍与悲痛，季夏心下了然。

再次从这对可怜的母子身上想到了自己的亲生父母，重视且渴望亲情的季夏忍不住皱起了眉头。

她很想帮一帮聂嘉琪与游溪，趁着游溪失忆，令他慢慢地习惯并接受聂嘉琪。

当一个人开始依赖另一个人的时候，再要割舍放弃，就不是那么轻易的事情了。

等游溪接受了聂嘉琪这个母亲，就算他恢复记忆，也会牢记聂嘉琪给予的母爱，也会愿意相信她是他的亲生母亲这一事实。

思来想去好一会儿，季夏问游溪："这些东西好吃吗？"

天真的游溪直言："好吃！特别好吃！"

闻言，季夏指了指聂嘉琪，说："这些好吃的都是你妈妈做的呢，你还没谢谢她呢。"

顺着季夏的手指方向，游溪对上了一脸慈爱的聂嘉琪的双眸，就在季夏期待着他与聂嘉琪的互动时，他却撇了撇嘴，不满地道："她不是好人，他们全都不是好人！他们用绳子绑住了我，不让我见你，还给我打针，可痛了呢！"

游溪满脸委屈，说话的时候还故意朝聂嘉琪瞪了一眼。

聂嘉琪尴尬又无措，只能低着头沉声道："对不起。"

"你看，你妈妈都跟你说对不起了，你就不能大方点儿，原谅她一次吗？你是坚决要做一个惹人厌的小气鬼吗？再说了，是你不听话，不好好吃饭睡觉。换我，我也会把你绑起来的。"季夏替聂嘉琪说话。

游溪努了努嘴，看了看聂嘉琪，琢磨了好一会儿，才说："谢谢。"

到底是不情不愿。

季夏暗自叹息一声，随即又问游溪："你相信我吗？"

没有半点儿犹豫，游溪笃定地点了点头，下一秒，他忽然想起了什么，又拧着眉摇了摇头："你把我丢下，我不要相信你了。"

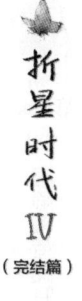

五天前，季夏将游溪送到医院做检查，随后联系了聂嘉琪，没等游溪做完检查，就一声不吭地离开了，连一句"再见"都没有。

知道游溪在耿耿于怀什么，季夏虽感觉无奈，但也耐着性子奉上了道歉。

"对不起，那件事是我不对，我不应该把你一个人丢在医院里，连声招呼都没打就走了，你现在能原谅我吗？"

游溪本想努力装作一副气呼呼的模样，但没能憋住，很快就喜笑颜开，大手一挥道："好吧，那我就原谅你一次。"

"那你现在还愿意相信我吗？"季夏再问。

"嗯，相信。"游溪笑着点点头。

"谢谢。"季夏也忍不住笑了，换了一种方式说，"那……如果我希望你在这个家里好好地生活，听爸爸妈妈的话，做个好孩子，你会听我的话吗？"

"那你呢？"闻言，游溪皱起了眉头，手下意识地抓紧了她的袖子。

"我要工作，还要读书。我很忙，照顾不了你，而且我不是你的妈妈，把你交给你的妈妈，让她照顾你是最好的。"

"我不要，我不要什么妈妈。我不认识她，我要你，我就要你，季夏。"

"你刚才还说相信我呢。"见游溪不买账，季夏立刻严肃起来，"如果你相信我，就应该相信我的安排。"

"可是……"

"没有可是。我告诉你，游溪，这个世界上谁都可能会伤害你，唯独你妈妈不会。她是世界上最爱你的人。"

游溪鼓着腮帮，抬眸看了一眼沉默却满脸哀伤的聂嘉琪，嘟哝着问："为什么？"

季夏舔了舔干燥的唇，微微拔高音量，略有些激动地道："因为她是你的——"

"季夏！"

唯恐季夏说出"亲生母亲"这四个字，聂嘉琪紧张地喊了她一声，四目相对时，季夏从她的眼神里看到了两个字——不要。

心中有些不忍，季夏暗自叹息一声，换了一种说法："因为她是你在这个世界上最亲最爱的人。一个妈妈，怎么可能会伤害自己的孩子呢？你是她珍而重之的宝贝，她对你的爱，比任何人都要多。"

第七章 静静等待花开

被季夏称为"秘密"的地方，其实就是A市城中心的游乐场。

被季夏叫上车的时候，聂嘉琪是有些惊诧的，她没想到，在与游溪的出行计划里，季夏还给她留了个位置。到了游乐园，聂嘉琪隐约明白了季夏的用意。

果不其然，当游溪兴奋不已地拉着季夏要去坐海盗船的时候，季夏推托道："我不喜欢玩这个，你让妈妈陪你吧。"

游溪不满地噘起了嘴巴。

季夏又故意说："如果我头晕了，我可能会吐你一身哦，到时你身上可就臭死了，那些什么过山车啊、云霄飞车啊，你都没得玩了。"

"咦！"游溪立马做出一个嫌弃的表情，"那我和她玩！"

"这才对嘛。"季夏满意地笑着，看向聂嘉琪，"你们快过去吧，趁着人不多，正好可以坐上这一趟，不用排很久的队。"

"走吧走吧。"游溪迫不及待地拉着聂嘉琪往前走。

"谢谢。"聂嘉琪微微一怔，被游溪拉着小跑了几步，回过头对季夏说。

虽然游溪还是没有叫她妈妈，可他落在自己手腕上的掌心很暖，感动之余，聂嘉琪眼里泛起了泪光。这是她这辈子第一次被游溪牵着手，第一次感受到他掌心的温度。

聂嘉琪有些紧张，凝神看着跑在前头的游溪的背影，心下默默祈祷着脚下的路长一点儿，再长一点儿。

一趟刺激的海盗船，直接拉近了游溪与聂嘉琪的距离。

等海盗船落回起点，游溪从船上跳下来，又拉着聂嘉琪说："我们去玩过山车吧！"

聂嘉琪笑得一脸灿烂，配合着道："好啊。"

从游溪被孟岚抱走之后，一年又一年过去，聂嘉琪错过了游溪生命当中很多个第一次，成了他生命中无关紧要的陌生人，游溪上高中之前，她没有踏进过他的生活一步。

她从来没有想过，有朝一日，会以这样的方式与游溪感受童年的乐趣。

这种失而复得的感觉，仿佛令她年轻了十岁，对游溪每一次的兴致勃勃都奉陪到底。

直到夕阳西下，这一日差不多过去了，游溪也终于累极，躺在木椅上，枕着聂嘉琪的大腿睡着了。

聂嘉琪轻抚着他的头发，眼里满是慈爱。

季夏接了一通来自公司的电话，回来时正好看见聂嘉琪满足的神情，嘴角忍不住勾起了笑容。

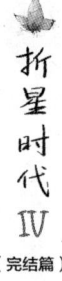

在聂嘉琪的身旁坐下,季夏说:"游溪今天很开心。"

"是啊。"聂嘉琪笑着说,她笑起来的时候,眼角也多了几条鱼尾纹。她的目光始终锁定在游溪的脸上,顿了顿,她喃喃道:"我很久没见他这么开心了,自从他妈妈去世之后,阿溪再也没有真正地开心过。"

聂嘉琪仍习惯把孟岚称作"他妈妈",这样的她,也令季夏更加心疼。

季夏忍不住说:"我觉得这个时候告诉游溪你们真正的关系最好,等他接受了……"

她话还没说完,聂嘉琪就摇头打断了:"他不可能接受的,而且,我不想他恢复记忆以后,觉得我是有心趁着他失忆的时候,故意诋毁他妈妈。"

聂嘉琪的声音太过伤感,季夏一下子说不出话来了。

沉默在空气里蔓延,远处的热闹一分不减,霞光渐渐将整个天空都染得绯红,夜在一步一步地靠近。

许久之后,聂嘉琪打破了沉默:"季夏,你知道吗?我很怕他一直都这样。"

闻言,季夏微微一怔,好几秒过去,她才反应过来,聂嘉琪的意思是不想游溪一直失忆,永远都是一副孩子的模样。

沉默了一小会儿,季夏抿了抿唇,说:"可是,我觉得这样挺好,要是他恢复记忆的话,你们之间还可能像今天这么开心吗?按照你刚刚说的,也许在他恢复记忆的那一秒钟,你们之间的关系可能会更加糟糕。"

季夏确实觉得现在的游溪挺好的,少了乖张暴戾、霸道蛮横,多了几分天真可爱。

聂嘉琪轻轻叹了一口气:"阿溪是游氏的唯一继承人,他不该这样。再说,他也要恋爱结婚啊,这个样子……"

季夏没有接话。是啊,聂嘉琪说得没错,即使游溪变成了无忧无虑的小孩子,也总有不得不去面对的现实。

这时,聂嘉琪又问季夏:"季夏,你知道阿溪喜欢的那个女孩子吗?"

没料到聂嘉琪会问沈思滢,季夏讶异地转过头,对上了聂嘉琪求助的目光。

聂嘉琪斟酌道:"那个叫作沈思滢的女孩子,阿溪很喜欢她。医生说,如果找一些他喜欢的东西,也许能够刺激他,令他恢复记忆。我试过很多方法都没有用,想了又想,也许沈思滢能够帮到阿溪。"

季夏不置可否,只看着聂嘉琪,等她把话说完。

"我没办法联系上沈思滢。我之前上网了解到你与沈思滢的关系很好,季夏,你能不能帮帮阿溪,让他见沈思滢一面?"

季夏浅浅地叹息了一声,自嘲地回道:"只是曾经很好,现在……"

第七章 静静等待花开

两日后,在聂嘉琪的拜托下,季夏领着游溪去找沈思滢。

在敲响沈思滢的病房门之前,季夏回忆起了她们上一次的见面。那时游溪对辜遇谎称沈思滢为情自杀,她便和辜遇急匆匆地赶到了医院。她记得当时沈思滢那张毫无血色的脸,以及沈思滢看见辜遇时眸中闪烁着的雀跃,也就是在那一日,季夏与沈思滢正式决裂,从此她失去了人生当中最好的朋友。

回忆在脑海里一帧一帧地闪过,最终停在了她毅然决然离开的那一幕。

深吸了一下气,季夏抬起手,手指在门上叩了两下。病房里没有任何回音,她记得护士对她说,沈思滢很少说话,就算有人敲门,也不会回话。于是等了十秒钟,她推门而入。

一进房间,季夏就看见了沈思滢背对着门侧躺着。

沈思滢住在VIP病房,偌大的房间里只有她一人,虽然整个病房的装潢看起来如同酒店,可是看着病床上那一抹单薄的背影,季夏却觉得这房间处处透着一种令人惊惧的孤独。

进病房之前,护士告诉季夏,沈思滢刚睡醒,正在打点滴。

大约以为是医护人员,又或者根本没有听到身后的动静,沈思滢始终一动不动。

季夏深呼吸一口后,才缓步上前,她绕过病床,站在沈思滢的面前,然而沈思滢始终一副呆滞的表情,眼珠子都不动一下。

这样无精打采的沈思滢,一点儿也不像曾经骄傲的大提琴公主。

季夏凝神看她,心底不由自主地漫起一阵酸涩。

沈思滢明明是那样高贵温婉的公主,如今却仿佛枝头摇摇欲坠的花朵,她不由得害怕起来,怕下一秒沈思滢就会从枝头坠落下来。

季夏抿了抿唇,咽了一口口水,哽咽地唤道:"思滢。"

沈思滢无动于衷。

这种感觉令季夏很怅然,就好似当初一语成谶,她与沈思滢再也没有任何关系了。在眼泪模糊了视线之前,她记起了护士说的话:"沈小姐患有抑郁症,不怎么说话,脸上也没有表情,会经常无视旁人,这其实都是病症的表现。"

季夏吸了吸鼻子,又唤了沈思滢一声:"思滢,我来看你了。"

沈思滢依旧没有任何反应。

就在这时,因为吃着巧克力豆而安分的游溪不小心碰落了花瓶,房内响起"砰"的一声巨响。

季夏朝着声音来源看去,与此同时,沈思滢微弱的声音划破了空气——

"游溪?"

沈思滢的声音带着疑惑,却也带着不露痕迹的惊喜。

沈思滢已经很久没有见到游溪了,一个月前,这个一直缠在她身边的家伙突然不告而别,消失得无影无踪。

游溪咽下了嘴里的最后一颗巧克力豆,嘟囔着说:"我不是故意的。"

见状,沈思滢当即蹙起眉头,看着游溪的目光中多了一分不解与陌生。

自始至终,游溪都没有看她一眼,他只是看着季夏,像一个犯错的孩子,神情窘迫:"我会去拿扫帚打扫干净的,不过,扫干净了我们就能走了吧?这里好臭,我不喜欢。"

季夏微微皱眉,瞪了游溪一眼:"不许胡说。"

两个人的对话熟稔亲昵,落在沈思滢的耳中,竟多了一分刺耳。

这不是她所认识的游溪,记忆中的游溪说起季夏,总是一副与她同仇敌忾的样子,又怎么会带着小孩子般的撒娇口吻?

想着,沈思滢转过头去看季夏,眼神复杂,只听她问:"游溪怎么了?"

游溪出门去寻扫帚后,季夏抿了抿唇,告诉沈思滢:"游溪一个月前出了意外,失忆了,智商暂时只有十岁。"

"什么?"沈思滢惊愕地坐起身来,但瘦弱无力的她差点儿整个人摔下床。

"小心!"季夏眼疾手快地用双手扶住了沈思滢的肩。

"不用你假惺惺!"重新坐回床上,心有余悸的沈思滢深吸了一口气,一只手下意识地捂住心脏,另一只手作势将季夏推开。虽然无数次想起季夏时,她都在惋惜着那段友情,可当她真的再见到季夏,心中仍是放不下恨。

令沈思滢万万没想到的是,她还来不及懊悔自己的傲慢,游溪就气冲冲地跑进了房间。

"你干吗推季夏?"游溪拔高音量朝沈思滢吼道,刚才他带着护士回到房间,正好撞见沈思滢推开季夏的一幕。质问过后,仍是不够解气,游溪又补了一句:"你这个坏女人!"

这句话如同利刃,猛地刺中了沈思滢的心脏。

沈思滢圆睁着双目,一脸的难以置信,她嘴巴微张着,想要说些什么,喉咙却发不出任何声音。

这些天,她每天在等待着游溪出现,尽管她从不问任何人游溪去哪了。

她怎么也没想到,他们再一次见面,她在游溪眼里还不如一个陌生人,更甚是——坏女人。

第八章

想成为你最需要的人

01

午后，一场雨淅淅沥沥地落下，阳光仍旧灿烂。

这是一场盛夏的太阳雨，季夏走在阳光里，纵容雨丝亲吻过肌肤。游溪与她保持着一米的距离，脸上带着天真孩童一般的笑，一边欢快地走着，一边去踩落在地上的雨滴。

他丝毫没有因为沈思滢的不快乐而不快乐，没心没肺得有一点儿讨厌。

虽然觉得他讨厌，季夏却没有喊住他，她不想阻止他享受当下的快乐。

由着游溪玩了一路，直到雨停了，季夏将他送回了游家。

因为季夏时不时来看望他，偶尔和他及聂嘉琪一起去游乐场，也会带他去练歌房，两人还互相加了微信好友，即使不在同一屋檐下也能随时联系，因此游溪渐渐习惯了在游家生活的日子。

到了游家后，聂嘉琪从游溪口中得知季夏遭到了沈思滢的冷待，当下一脸歉疚地对季夏说："抱歉，让你受委屈了，也许是我高估了阿溪对沈思滢的喜欢。"

说完，聂嘉琪看着在一旁玩积木的游溪，浅浅地叹了一口气。

她本来对沈思滢抱有很大的希望，毕竟那是游溪唯一喜欢过的女孩子，没想到期望还是落空了。

季夏和游溪离开后，沈思滢独自沉浸在悲伤中，好几个小时过去，她才恍然回神，从抽屉里拿出手机。

自从住进医院，沈思滢就没再碰过手机，以前游溪在她身边照顾她时，每天都会给她的手机充电，打开她的微博，给她读一些充满正能量的粉丝留言。游溪离开后的一个月里，是她的爸妈和护士帮她的手机充电，前者是不希望他们没有留院守候时，女儿有事却没办法联系到他们，后者则是受了游溪的托付。

沈思滢用指纹解锁手机，打开了微博。

她直接点进发布微博的页面，看着空荡荡的输入框又迟疑了好一会儿，指尖才开始轻击屏幕。

一条微博很快编辑完成，沈思滢迅速按下"发送"键。

她太需要找个地方说话了，但她又害怕迟疑的手指会把输入框里的字删除，毕竟那是一条与少女心事有关的微博。

@沈思滢V：突然之间，变了，心是空的，但又觉得你好像留下了一颗柠檬。

沈思滢发布微博的时间是晚上八点，微博发布之后，以她未曾料及的速度登上了热搜榜第一。

粉丝们都在转发评论她的微博。

时隔这么久，沈思滢终于更新微博，这让粉丝们都沸腾起来，尤其是这么令人遐想的内容。

当沈思滢再登录微博时，消息的提醒几乎令这部手机卡机了。

@桠月桑：好久不见，居然没有自拍！还有，这酸酸的感觉好像有故事？

@Folding-star：刚刚在听你的演奏曲，结果一上微博就收到了惊喜！你终于更博了啊！好久不见，真的特别想你！

@-蝶千千-：哭了！等于等到你，还好没放弃！思滢小姐姐，你一切安好吗？

@奶油桃子694：欢迎回来啊，亲爱的大提琴公主，等你好久了呢！

评论太多，她只看了一小半就退了出来，那么多的ID里，她只记住了那个点赞数一万多的"桠月桑"的评论。

"桠月桑"是她看到的评论里，唯一一个猜到她心事的人。

"桠月桑"还给她发送了一条私信。

@桠月桑：感觉你恋爱了，应该不是和辜遇复合了吧？无论怎样，我都会祝福你的，只是如果这个人挖空了你的心，还留给你无尽的酸涩和痛苦，那你就不要太过沉迷了。你是骄傲的大提琴公主，千万不要低头，不然皇冠会掉下来，砸坏了大提琴哦！

大概是真的太需要陪伴了，沈思滢回复了对方的话，更与之在私信里聊了起来。

沈思滢：我感觉难过又无助。

桠月桑：居然被本尊回复了！让我吃块巧克力冷静一下！你这么说，我更加觉得你是恋爱了。假如你信得过我，可以和我说说你的烦恼，我保证不会把聊天记录截图发出去的。

沈思滢：我有个朋友对我很好，无论发生什么事都会守在我身边，我一直都很嫌弃他。前段时间他消失了一个月，回来之后，我们之间就变了，他眼里好像再也看不见我了。换作从前，我根本不会介意，也许是我以为自己不会介意吧。总之，我现在很介意，我很介意他忘了我。今天我们再见面，他用一种看陌生人的眼光看着我，我突然觉得心里面空荡荡的，难过得很。

桠月桑：感觉你这是后知后觉的单相思。因为喜欢，才会介意。作为忠实的事业粉，我当然希望你以大提琴为重，可人总要活得快乐一些。如果那个人是不可或缺的，你何不勇敢直面真心呢？

看着"桠月桑"最后发来的私信，沈思滢抿住了唇，陷入深思。

02

当沈思滢的名字登上微博热搜榜的时候,季夏正给辜遇拨电话。

回到A市后,季夏重新买了一部手机,存入通讯录的第一个号码便是辜遇的。

她打给辜遇的这一通电话是为了沈思滢。

听着耳边的"嘟嘟"声,季夏深吸了一口气。

她试图令自己的心平静下来,可当等待音在耳边响起时,她的心还是控制不住地悬到半空中,呼吸变得急促起来。

紧张中,她想起前几天与辜遇的见面。

那天在记者会上,她表明自己与辜遇已分手,回公司时遇到了等候在大堂的辜遇。因为许多月的腿部瘫痪,她没有向辜遇解释她与聂西闻的关系。黯然离开的她以为,他们以后再也不会见面了,她没想到两个小时之后,辜遇闯进了练歌房。

看着辜遇一手撑在房门上气喘吁吁的模样,季夏故作冷漠:"你打扰我了。"

"抱歉,我有很急的事找你。"辜遇调整了一下呼吸,走到季夏跟前。

"什么事?"季夏摘下耳机,脸上的神情依旧淡漠。

"聂西闻说,你们没有在一起。"辜遇单刀直入地说。

"他去找你了?"季夏很意外。她以为向她坦承一切,以及放下执念回H国首都是聂西闻最后的温柔了,没想到他还特意去找了辜遇解释。刹那的失神过后,季夏做出一副满不在意的样子:"那又怎样?"

"既然你和聂西闻没有在一起,那我们为什么要分开?"辜遇顿了顿,又继续道,"聂西闻说你很需要我。季夏,我也很需要你,所以你能不能不要单方面结束我们的关系?先前季冬的事情是我做得不好,我承认,我向你道歉,真的很对不起。我没想到当时是那样的情况,如果再给我一次机会,我一定不会自作主张地将季冬拉黑的。"

单方面?明明是他先单方面结束两人间的感情,转投许多月的怀抱。

对辜遇的说辞感到既生气又委屈,季夏抬眸看向辜遇,很想质问他与许多月的关系,然而许多月坐在轮椅上的模样突然闪进了脑海里……她即将脱口而出的话哽在了喉咙里,许多月因为寻找她而发生意外导致双腿瘫痪,还是辜遇苦寻多年的女孩儿,她再多说又有什么用呢?

如此想着,她避开了辜遇的视线,冷淡地答:"我曾经是很需要你,但现在不需要了。"

她再一次将辜遇推离,可她明明是相反的心意……回忆到此,眼泪模糊了她的视线。

她小心翼翼地疏散着眼中的雾气,忽然间,耳边的"嘟嘟"声被切断,辜遇的声音响起。

"喂？咳……咳咳……"

招呼声落罢，紧接着是一阵剧烈的咳嗽。

他感冒了？

季夏脸上不由得起了担忧之色，她抿抿唇，却只说了声："我是季夏。"

"季夏？"辜遇无精打采的声音里立马涌上了惊喜，未等季夏肯定的回答，他又迫不及待地问，"你是不是……咳咳，你找我是……咳……咳咳……"

"我想和你谈谈思滢。"季夏直奔主题。

"思滢？"闻言，辜遇声音里的失望没能掩饰住，他随即想到方才看到的沈思滢更新的微博内容，转而道，"她又怎么了？"

一个"又"字，多少带着些不耐烦。

季夏明白，辜遇介意着沈思滢曾用"自杀"的谎言来骗他。

季夏轻叹一声："思滢得了抑郁症，已经有一段时间了。先前的巡演搁置也是因为这个病，那会儿因为我们的事，她确实想不开，做了傻事，幸好及时发现。辜遇，你和思滢青梅竹马多年，不应该就这么断绝来往的。你对她来说很重要，心病还须心药医，我希望你可以去见见她。"

见不得沈思滢那般衰颓的模样，季夏一心想要帮助她，她以为辜遇就是沈思滢唯一的良药。

听了季夏的话，辜遇沉默许久。

其实沈辜两家的关系那么好，辜遇早从父母口中听说了沈思滢的病情。父母也曾叫过他去探望沈思滢，可是因为先前沈思滢的谎言，辜遇便有了偏见，固执地不愿去医院。

这次季夏亲自开口请求，再想起他们青梅竹马的情谊，辜遇发觉自己对沈思滢做得也许太过分了。

他正犹豫着，耳边再次响起季夏劝说的声音："许多月需要你，思滢同样也需要你。"

闻言，辜遇眉心轻蹙，嘴角浮起一丝苦笑："我知道了。"

如季夏所说，这世界上只有她一个人不需要他，所以她放弃了他。

03

辜遇与季夏讲电话的过程，许多月一直安静地待在辜遇身旁。五分钟前，许多月不小心打破了一个玻璃杯，因行动不便，她把住在隔壁的辜遇叫到了自己家里，就在辜遇刚把地上的玻璃碎片清扫完时，季夏便打来了电话。

等辜遇挂断电话，已斟酌片刻的许多月佯作漫不经心地问："你说的思滢，是那个大提琴家沈思滢吗？"

"嗯？"辜遇点了点头，"嗯，是的。"

"她真的是很厉害的女孩子呢，简直是天之骄女。"许多月对沈思滢一通称赞，随即歪了歪脑袋问，"我听季夏说过，她好像是你的青梅竹马。季夏打电话过来，是沈思滢出了什么事吗？"

辜遇将手机塞进牛仔裤的口袋里："她生病了，我和季夏约好明天早上去看她。"

许多月皱眉，做出一个担心的表情："啊？怎么会这样？是什么病？严重吗？我也一起去看看她吧！呃……可以吗？"

她特意在话的最末加上一句"可以吗"，似乎在征询辜遇的意见。

她自信，面对她这样楚楚可怜的卑微态度，辜遇一定不会拒绝。

不料，辜遇蹙紧眉，语言婉转地拒绝了："还是不要了。喀喀……我也不清楚思滢的情况，贸然带你过去，可能不大好。喀……喀喀……不过我会带上你的问候的。"

出乎意料地被拒绝了，许多月握住轮椅扶手的手不自觉地用力，嘴角却浅浅上扬着，说话的语气听不出丝毫异样："也是。是我考虑不周，那你记得买点儿水果或是营养品带过去，探病可不能空手啊。"

辜遇没有接话，寻了离开的借口："喀喀……我先回去了。刚刚在写词，还没写完。"

许多月笑着点头，语气内疚地回道："那你快回去吧。对不起，是我不好，连扫地这点儿小事也做不到，还要麻烦你。"

她微微垂下脑袋，辜遇的目光随着她的动作落在了她的双腿上。

记忆迅速翻到许多月与他在笼月镇寻找季夏的那一夜，内疚很快漫过心脏，辜遇抿紧唇，方才想迈出的脚始终没有下一步动作。

是他欠了许多月的。

没由着沉默在空气中蔓延下去，辜遇深呼吸，问许多月："你还有什么需要我做的吗？"

仿若验证了什么，一抹得胜的笑意从许多月的眼里稍纵即逝。

待她抬起头来时，眼里已装上讶异与歉疚："没有了，你快回去工作吧。我保证今晚再也不打扰你。"

辜遇仍旧不敢轻易离开："无妨，你有什么需要我做的，直说就好。"

许多月笑着："真的没有，我自己可以的。我再打破杯子的话，大不了等明天再叫你收拾喽。总之，我不能耽误你工作，而且刚才我就不该叫你过来，明明我坐在轮椅上，一点玻璃碴而已，根本伤不到我。"

话里恰到好处的伤感和内疚，让辜遇一听只觉得心脏一揪，隐隐作痛。

他蹲在许多月的跟前，再一次郑重地道歉："对不起，是我害了你，一次又一次。是我毁掉了你的人生……"

他知道这种亏欠，大概会令他耿耿于怀一辈子。

四年前的那一次，面对错误，他当了逃兵；四年后的今天，他承担了，心里却依旧过不去。

他不知道，他的耿耿于怀，正是许多月想要的。

许多月装作一副不知所措的样子，抓住他的手："你……你别这样，辜遇。我都……不知道该说什么了，我没有怪你，真的，这只是个……只是个意外。虽然我也觉得难过，一直接受不了这样的自己，但是至少我还活着，你还在我身边啊。"

许多月越善解人意，辜遇就越做不到若无其事。

气氛至此，已经有些凝重，许多月见好就收，扬起了灿烂的笑容，抬手作势去推辜遇："快走吧。我也要睡觉了，今天有点儿累，想早点儿睡。"

辜遇起身去抱她："喀喀……那我抱你到床上吧。"

被辜遇小心翼翼地放到了床上，又看着他温柔地给自己盖上被子，许多月笑着说："谢谢，总是麻烦你。"

辜遇勉强扬了扬嘴角："不麻烦，都是我愿意做的。"

在离开前，辜遇关上了灯，房间被黑暗吞噬，直至辜遇的身影完全消失，许多月脸上的笑也一并消失了。

她平躺着，目光落在漆黑的天花板上，嘴上呢喃着一个名字："季夏。"

一抹冷笑滑过嘴角。

她笃定地认为，季夏是专门利用沈思滢来亲近辜遇，企图寻求复合的。

她的心里已经有了应对的计划。想起刚才辜遇神情里的内疚与不忍，她相信，在这场较量里，她一定会赢。

04

"嘭！"

听到隔壁公寓传来一声巨响，原本在换衣服的辜遇眉头一紧，他很快穿好衣服，快步出了房间。

"多月？你没事吧？"来到许多月的公寓门口，辜遇边敲门，边唤道。

"嗯，我……我没……"屋内许多月的声音支支吾吾的，接着又是"嘭"的一声，紧随其后的是一声尖叫，"啊！"

"你等我一下，喀喀……我马上进来。"辜遇当即从门口的地毯下面拿出备用钥匙，开门进去。

钥匙是许多月给他的，她说怕出门忘记带钥匙，所以把备用钥匙给他，若是她忘记了还可以向他求助。但辜遇并没拿走，他将钥匙放在了她公寓门外的地毯下。

一进门，辜遇就看见许多月狼狈地趴在地板上，旁边是侧翻的轮椅与床头柜，以及被打翻在地的保温壶和碎掉的花瓶。原本插在花瓶里的四朵黄玫瑰也都散落在地上，花瓶里的水流了一地，隐约掺着一抹殷红，许多月的手掌正在那摊水的上方。

辜遇倒吸一口冷气，连忙快步上前，将许多月从地上抱到床上："怎么弄成这样子？"

许多月一脸歉疚，声音哽咽地说："对不起，又麻烦到你了。我只是想起床洗漱，没想到不小心就摔了跤。我真的不想再麻烦你，刚才看到床头柜，我就想借力起来，没想到柜子这么不堪，整个都翻了，我的手也不小心扎到了花瓶碴。"

"别总是说麻烦，你不是麻烦。"辜遇转身拿来药箱，简单地给许多月处理了一下伤口。

"谢谢你。"许多月抿嘴浅笑，双颊泛起绯红。

等辜遇把地上收拾妥当，时间已经逼近他与季夏约好的时间。

辜遇看了手表一眼，发现该走了。他不想让季夏等太久，更何况迟到多久，就等于失去多少与季夏相处的时间。

看穿辜遇的心思，许多月连着打了好几个喷嚏，她把手心放在额头上，露出痛苦的神情："我好像发烧了……"

辜遇的注意力一下子回到了她的身上，他立即从药箱里翻出电子体温计，对着她的额头一测，体温计液晶屏显示着：39.5℃。

"可能是昨晚着凉了。"又连着打了好几个喷嚏，许多月双手环在胸前，似乎感到很冷，掌心不断摩挲着手臂，"你帮我找一下退烧药吧，我吃了药很快就会好的。"

"不能空腹吃药。"辜遇提醒。

"那……我吃点儿饼干。"

"都发高烧了，怎么能吃饼干呢？"

"那要不然，你给我煮点儿粥吧？我想喝粥。"

闻言，辜遇又看了一眼手表，说："这样吧，我通知朱阿姨来照顾一下你，顺便让朱阿姨煮点儿营养的粥带过来。你再睡一会儿，等睡醒后朱阿姨也该过来了，到时喝了粥再吃点儿药。"

"你不管我了吗？"没能得到期盼的答案，许多月脱口问他，她咬了一下唇，以退为进，"对不起，我没有资格这样问。我……我又不是你的谁，哪有什么资格要求你管我，你对我已经仁至义尽了，是我要求得太过分……"

"对不起，该说对不起的人是我。"辜遇的目光从许多月黯然神伤的脸往下，定在她的双腿上，心里再次内疚起来。

"你真的觉得对不起我的话，能不能不要丢下我？"再次抬眸时，许多月眼里已是泪光闪烁。

心头一滞，辜遇为难起来："我不是不管你，我都约了季夏要去看望沈思滢，昨晚就跟你说过的。"

许多月眨一下眼睛，泪水从眼角滑落。她默默地抬手，轻轻擦去，卑微地问道："我知道，可是，不能改成下午或者明天再过去吗？"

辜遇没有回答，答案显然是不能。

许多月心知肚明她输了，从一开始她就是输家。

但她还是不甘心，又问他："辜遇，如果我再一次向你告白，你会接受我吗？"她停顿了两秒，语气伤感地加了一句，"也许，除了你之外，我不会遇上别的很喜欢的男生了。更何况我余生都只能依靠轮椅活着，男生再也不会喜欢我了。"

她的言外之意是，她为他失去了双脚，也失去了被别人爱上的机会，辜遇应该要负责。

这样的话分明是一种逼迫，可她顾不上别的，只能孤注一掷。

认真地思考着许多月的话，辜遇沉默了一会儿，张口回话："我会照顾你，但我们只能是最好的朋友。从前我把季夏误认为是你的时候，曾觉得爱情是可以拿来弥补的物品。那时候我没爱过一个人，自然觉得无所谓，可后来我才明白，原来爱情不是一件随时可以出售的物品。如果我出于内疚，接受你的告白，改变了我们之间最合适

的关系,最终只会伤害到我们三个人。"

虽然不是硬生生的"不会",但这番话也足够伤人心。

许多月想笑,嘴角却怎么也勾不起来,她再追问:"如果在遇见季夏之前,你早一步遇见我,认出我,今天你爱上的人,会不会是我?"

从四年前笼月镇的那个意外开始,她这一生就注定要与辜遇纠缠不清。

然而,明明是属于她的爱情,却被季夏这个小偷盗走了。

季夏不仅盗走了她最好的朋友的梦想,也盗走了她无比憧憬的爱情。

这么一想,许多月眼里顿时燃起恨意,放在大腿旁边的两只手也越加用力地攥紧床单。

第九章

生命中重要的人

01

　　黑压压的乌云如同一条厚厚的棉被覆盖在天空，一阵清凉的风席卷过整座城市，刮走了滞留在空气中的燥热，也扬起一片尘土，惹哭了伤心人。

　　坐在出租车里，季夏抬手揉了揉眼睛，另一只手按动车窗启动键，汽车车窗缓缓上升，将风和灰尘都隔绝在外。

　　行驶中的出租车忽然在街边停了下来。

　　季夏正疑惑，司机便回过头来朝她道："小姐，不好意思啊，我的车子抛锚了，得叫拖车过来了。你要去的那家医院离这儿就两个路口，走路过去十几分钟。你走过去可以吗？"

　　季夏理解地点点头，从钱包里掏出车费递给司机。

　　下了车以后，她将脸上的黑色口罩戴好，又将头上的渔夫帽拉低了一些，微低下脑袋，沿着人行道往前走。

　　这条路很热闹，来往的行人很多，当有陌生人与她擦肩而过时，她总会下意识地低下脸，生怕被人认出来。她不想被有心者跟踪，以至于暴露了沈思潆的病情。

　　无论是沈思潆，还是她的父母，他们都不愿意沈思潆患上抑郁症这件事被曝光，好不容易那些谣言都消停了，若是这个时候沈思潆再被曝出患有抑郁症，记者肯定又会天天守在医院，对沈父沈母围追堵截，到时刺激到了沈思潆，只怕她的情况会越来越糟糕。

　　走到十字路口，季夏站在了人群的最后面，等着红灯时，她的手机响了起来。

　　是游溪。

　　刚接通电话，季夏还未开口说话，游溪拔高的声音就刺入了耳道里："季夏，你在哪里啊？我都等你好久了！你怎么还不过来？等下还要去游乐场呢。我不管，你快点儿啊！给你一秒……呃，三秒吧，你快快快！"

　　游溪的声音大得几乎要刺破她的耳膜，季夏皱着眉头将手机拿远了一些。

　　本来季夏今天没有打算带游溪去医院的，但是因为游溪的父亲突然犯了急性肠胃炎，聂嘉琪要照顾游溪的父亲，无法脱身，只好将嚷嚷着要去游乐场的游溪拜托给季夏，让她照看游溪一日。季夏只好让游溪家的司机将游溪送去医院与之会面。

　　等游溪把话说完，季夏正要回话，身后一股力量冷不丁地撞到了她的手，下一秒手机从手里滑落，砸落到地上。

　　那人很快说了声："对不起。"

季夏俯下身去捡手机，一无所知的游溪还在说话："还有，那个沈思滢真的是个很奇怪的女孩子耶，一直要我帮她做这个做那个，她自己不是有手有脚的吗？怎么能欺负小孩子呢？你来了必须得为我出头，教训教训她！"

充斥着不满的声音漫在空气里，季夏慌忙捡起手机，四下环顾了一周，确定无人将异样的目光聚在她身上之后，她才对电话里头的游溪轻声道："知道了，我很快就到。"

季夏挂断了电话，红灯也转为绿灯，周遭的人开始走动。

季夏随着人潮踏上斑马线，全然不知就在游溪投诉沈思滢的时候，一双眼睛已经盯紧了她。

来自记者的敏锐令那人笃定，季夏有着不可告人的秘密。

到了医院，季夏搭乘电梯，轻车熟路地来到住院部的 VIP 区。

与辜遇约定的时间已过了三分钟，在转角拐了个弯，季夏一抬头看见辜遇正倚靠在沈思滢病房外的墙上，而游溪则坐在辜遇的对面吃着棒棒糖。

两个大男生面对面，一个眼里带着打量与警惕，一个像小孩儿般天真无邪。

坐着也不安分的游溪先看到了季夏，当下从椅子上起来，一边喊着她的名字，一边朝她奔来。

"你怎么才来？你迟到了！"游溪上来就是一个熊抱，险些把季夏扑倒，他撇着嘴说道。

"对不起。"季夏下意识地推开游溪，心慌地看向辜遇，只见辜遇正凝眉瞪着游溪。她的唇齿微微张了张，想要解释什么，只是下一秒，恢复了理智的她又猛地将嘴巴紧合上，脸上抹上一层淡漠。

她故意没有向辜遇打招呼，而是吩咐游溪在门外等待，自己则推开门进了病房。

听见门把转动的声音，坐在病床上的沈思滢立刻将目光投射过去，眼里不自觉地带上了期待。当在看见季夏的刹那，她的眼睛瞬间黯淡下去，满脸失落。

沈思滢刚要收回目光，辜遇跟在季夏身后走了进来，她不由得一怔，圆睁着的眼睛里先有惊喜漫过，旋即又浮上了难过。

回忆在脑子里翻飞而过，沈思滢的脑海里都是上一次见面时，辜遇对她的指责——

"沈思滢，你什么时候变成这么不知所谓了？居然连假自杀都用上了？"

"我还以为你有多难过，良心有多不安，原来不过是我想太多了！"

"你以为你装一回死，我和季夏就会原谅你吗？简直痴心妄想！你这样只会让我更加讨厌你！"

"戏我看完了，沈思滢，你好自为之吧！"

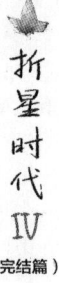

指责句句如刀,刺得她心脏鲜血淋漓,双目通红。等她发觉失态的时候,眼泪已经湿了双颊。

印象中的沈思滢永远是骄傲、乐观的公主,季夏没想到她会这么轻易地在他们面前落泪,一时间有些慌乱。她愣了好一会儿才回过神,忙从包包里翻出纸巾递了过去,嘴巴无措地张合着,笨拙得说不出一句安慰的话。

辜遇上前安慰道:"别哭了,你的粉丝们会心疼的。"

沈思滢咬咬唇,由着季夏给她擦眼泪,又哭又笑地说:"我以为,你再也不会理我了。"

辜遇如小时候一般伸手揉揉她的脑袋,抿嘴浅笑了一下,笃定地道:"怎么会?"

所有的耿耿于怀,在这一刻一笔勾销。

岁月如梭,青春既酸且涩。

重获辜遇的温柔,沈思滢又一次哭着笑了起来。

幸好,她始终是他生命中重要的人,虽然不是"最",也不是"唯一"。

02

因为答应了游溪要带他去游乐场玩,季夏只在病房里待了半个小时就匆匆离开了。

辜遇沉默着目送季夏离开,从见面的那一秒开始,两个人都默契地以沉默作为彼此的对白。辜遇知道,季夏是有意让沈思滢与他单独相处的。

顾及沈思滢的病情,辜遇并未在意季夏的自作主张。

只是,如果他知道季夏一出了医院就被两个记者拦住,他一定会跟着她一起离开。

被记者拦住去路的时候,季夏整个脑子都是空白的。猝不及防之下,她被一个记者拉住手臂,对方将一支录音笔放到她跟前,嘴上犀利地抛出问题,另一个记者则捧着一部开着摄像的手机对准她录像。

变成了小孩子的游溪还未曾见过这番阵势,直接呆住了。

只觉得耳边的声音刺耳又聒噪,季夏连忙深呼吸,稳下心神,这才听清楚对方的问题——

"季夏,你来医院做什么?"

"听说沈思滢就在这家医院,你们现在还有联系吗?"

"听说沈思滢患有抑郁症,主要原因是遭受到你和辜遇的背叛吗?"

"先前有传言说沈思滢服用违禁药品,你清楚这件事情吗?能说一下吗?沈思滢是否因为抑郁症,才染上了不良习惯与违禁药物?"

所有的问题都是针对沈思滢而来,季夏当即脑子里只剩两个字:完了!

太想要取得第一手的爆料,记者采访咄咄逼人,还将手中的录音笔不小心戳到了季夏的脖子。被猛地一戳,季夏的喉咙即刻刺痛起来,她忍不住拼命地咳嗽,游溪见状一下子撞开了记者。

记者立刻大声嚷嚷起来:"打人啊!大明星打人啊!"

现场霎时混乱一片,周遭的目光全都聚集了过来。

最后是医院的保安和游家的司机赶了过来,季夏与游溪才得以脱身,然而视频已经被记者发了出去,紧跟着发布的新闻稿中也爆料了沈思滢患有抑郁症一事。事后季夏恍然明白过来,原来记者在围堵她的时候,已经搜刮到了不少的资料,只是要她一个"现身说法"。

即使她再怎么小心翼翼,最终还是成为"泄密者"。

捧着手机坐在沙发上,季夏觉得眼睛好疼,仿佛手机里的每一个字都长着刺。

一无所知的游溪坐在地上玩着积木,被记者围堵后,季夏再没有心情带游溪去游乐园,便将游溪送回了游家,心不在焉地陪着他玩。

仅仅一个小时，网络上就充斥着各种传言，先前被淡忘的"自杀事件"和"违禁药品事件"都被重新翻了出来，沈思滢一下子霸占了微博热搜榜的前三名。季夏也没能逃得过这场风波，点进话题之后，处处可见对她的谩骂，大多数来自沈思滢的粉丝。

凝神盯着手机屏幕许久，季夏在拨打电话的界面上缓缓输入了十一个数字。

那是辜遇的手机号码，她换了手机之后，就没了沈思滢的电话号码。

她想通过辜遇了解沈思滢的现状，除了亲自去医院，这是她唯一的方法了。但她犹豫了一会儿，最终还是放弃了。

她不想再与辜遇纠缠不清了。

第二天，季夏打扮了一番，去医院探望沈思滢，她不知道，在病房里迎接她的是沈思滢父母的责骂。

以为是季夏故意出卖沈思滢用来炒作，沈父沈母言辞犀利又刻薄，自觉理亏的季夏低着头，只得一个劲儿地说"对不起"。

正当她接受沈父沈母的责骂时，游溪突然出现，成为她的护花使者。

游溪是跟着聂嘉琪过来的，游溪的父亲游牧还在医院里休养，她实在放心不下让游溪一个人待在家里，只好带着他一起过来。很偶然的，游溪一看见季夏走进一楼电梯间，就立马跟上前去，追了过来。而后，推开门就看见季夏被沈父沈母责骂的一幕，游溪当即上前，一把将季夏护在了身后。

他骂沈父沈母："你们都是坏人！不准欺负季夏！"

沈母气急败坏地指着季夏的鼻子道："是她欺负我们家思滢，你倒是看看啊，你看她把我们家思滢欺负成什么样子了！"

视线顺着沈母的手过去，游溪看到躺在病床上的沈思滢。

只见沈思滢眼皮子一动不动，眼泪却不停地溢出眼眶，痛苦又悲伤。

那一刻，不知怎的，游溪忽然迈开了步子朝沈思滢走了过去。

走近一看，游溪失忆后第一次认真打量起沈思滢的眼睛。沈思滢漆黑的瞳仁像是孤独又宁静的夜，没有一丁点儿星光的夜，没有一丝温暖的夜。

他觉得她很冷。

恍惚之间，他的心隐隐作痛。

下一秒，他抬起手，轻轻地摸了摸沈思滢的脑袋。

沈思滢的头发很软。

沈思滢凝目看着他，微微颤动的唇问了一句话："你是不是记得我了？"

游溪木然地摇摇头，回道："我只是突然很想摸摸你。"

03

沈思滢的事情没有继续发酵下去。在季夏探望过沈思滢之后,在双方公司的安排下,沈思滢接受了独家采访,一同接受采访的除了她的父母,还有季夏与辜遇。在采访的最后,季夏与辜遇严重谴责了利用不正当手段获得沈思滢的隐私病历,并且将其放到网上制造话题的记者,舆论被拨乱反正,微博也撤下了热搜榜上与沈思滢有关的热门话题。

两天的时间,一切恢复如常。

午后一场小雨初歇,彩虹横越天空,季夏坐在草地边的长木椅子上,看着不远处在吹着泡泡的游溪和沈思滢,对这场风波的结束有了一些实感。

久违地见到沈思滢的笑,季夏微微讶异过后,也由衷地跟着笑了。

没有人知道,此刻的她,心里更加笃定一个未曾说出口的念头。

胡思乱想之际,一个雪糕递到了她的眼前,不用看也知道是辜遇,季夏伸手接过雪糕,抬头微笑着道了声谢。

雪糕是游溪让辜遇去买的。为了吃到雪糕,游溪谎称是沈思滢要吃,沈思滢倒也没拆穿他蹩脚的谎言,只轻轻地点了点头,说了句"我也想吃"。辜遇不得不做了一次跑腿,去超市买了一袋子的雪糕。

雪糕买回来后,辜遇却没叫游溪过来,而是先拿了一支雪糕给季夏,又给自己拆了一支,并肩坐在季夏的身旁。

咬了一口冰凉透心的雪糕,燥热感去了不少。

见辜遇没有呼叫游溪的意思,季夏正要招呼游溪过来,辜遇却开口说话了。

只听他说:"我觉得,思滢是喜欢游溪的。"

未料到辜遇会这么说,季夏讶异了一下,但她没有说话。其实她也有所察觉,前一日游溪摸着沈思滢的脑袋,沈思滢泪眼婆娑地问他是不是记得她时,沈思滢眼里的期待季夏看得清清楚楚。

见季夏不接话,以为她是不同意自己的直觉,辜遇侧过脸看她,直白地问:"你觉得呢?"

季夏刚好咬了一口雪糕,满嘴甜腻的味道,声音含糊着说:"嗯,应该吧。"

闻言,辜遇笑着咬了一大口雪糕,招呼起游溪:"你的雪糕还要不要啊?"

听到呼叫,游溪立马丢下沈思滢,跑到辜遇面前,从袋子里抓出两支雪糕,又立马跑回原地,将其中一支雪糕递给沈思滢。空气中,传来了两个人如同孩子般的对话与欢笑。

目光在沈思滢与游溪身上转了一圈，辜遇意味深长地道："他们两个也是蛮相配的。我们应该多让他们在一起相处，互相治愈彼此。你觉得呢？"

对于辜遇而言，只有沈思滢放下了执念，季夏才不会为此耿耿于怀，总觉是自己抢走了沈思滢的爱情。三个人的关系才会回到原点。

他期盼地看着季夏，等待着她的答案。

似乎这是一个很难回答的问题，季夏思考了一分钟，只回了三个字："不知道。"

辜遇星眸一紧。

意识到自己的回答过分敷衍，季夏顿了顿，又补充道："我真心希望思滢可以拥有幸福，可是我怕……我怕游溪给不了她幸福。确实，游溪很爱她，甚至愿意为她不顾一切地做很多事情，包括伤害别人的事情。但就因为这样我才怕，美好的爱情不应该是建立在别人的痛苦之上的。它应该是令人努力向上，去成就更加完美的自己，而不是盲目牺牲。游溪那样的爱太沉重，我不确定思滢能否承受得来。"

看着忧心忡忡的季夏，辜遇直觉游溪为了沈思滢曾伤害过她，他很想问个究竟，但他不能。

她不坦白，自然有她的顾虑，虽然也可能是对他不够信任。

"不过，如果喜欢游溪这件事会让思滢更加开心，那我会祝福并且帮助他们。"

辜遇忽然将话题转移到他和季夏身上："那如果我喜欢你这件事也令我觉得开心呢，你会帮我吗？"

他的余光悄悄看向季夏，只见她咬雪糕的动作忽地顿住了。

季夏说："不会，因为喜欢你这件事不再是一件开心的事，我得自私一点儿先帮自己。"

第十章

亲爱的，我的骄傲愿为你低头

Zhexing Shidai Ⅳ（完结篇）

01

转眼八月过去了一大半。

范梓恕打来电话的时候,季夏正在超市里挑奇异果。前两天她和游溪去探望沈思滢时,沈思滢和游溪争起了奇异果。虽然知晓沈思滢只是和游溪闹着玩,想让游溪多看她几眼,和她多说几句话,但季夏看得出来,沈思滢是喜欢吃奇异果的。

接听起电话后,季夏一边拿起一个奇异果仔细查看,一边对手机那端的范梓恕打招呼:"梓恕啊,怎么了?"

她的耳边很快响起范梓恕的声音:"季夏姐,是我,你还记得我啊!"

甜美的声音令季夏立马想起了那个活泼少女的模样,她笑了笑,正要说话,范梓恕的手机就被旁边的人抢了过去。

紧接着,季夏就听见了另一道同样青春甜美的声音:"还有我,季夏姐,我是穗穗!"两个女生的声音中都透露着兴奋。

季夏笑着将手里的奇异果放进购物筐,又从货架上拿起了一个新的:"你们好啊,好久不见了。"

手机又回到了范梓恕的手里:"真的好久了,都快二十天了!"

然后又被易穗穗抢了过去:"就是!季夏姐,你都不更新微博,我们可想你了。不知道你过得怎样,前些天沈思滢那事儿在网上闹得也……哎,就是怕打扰到你,也不敢随意给你打电话。"

"没事呢,我都把电话号码给你们了,自然是不怕你们打扰啊。"季夏仍是笑盈盈的,"不过,我最近是真的很少上微博,因为比较忙。"

"很忙吗?我们还想去找你呢。过两天我们有个短假,我们学校同A大搞了一个交流学习团的活动,我和梓恕都申请到了名额。想着你是A大的学生,应该有机会见面的。"易穗穗有些失落地道。

"当然有时间见面啊。你们什么时候过来?是由学校带着你们统一住宿的吗?哪个时间可以自由活动?到时候给我打电话,我们再约个地方见面吧。"

"真的可以吗?"易穗穗的声音又兴奋起来。

"不会打扰到你吧?"范梓恕有些担心。

"不打扰。"季夏重复道,末了吩咐,"不过,你们要过来找我,得是自由活动时间。可不能不听学校老师的安排,而且必须跟老师说明白是来找我,答应了几点回去就要几点回去,不能让老师担心。"

第十章 亲爱的，我的骄傲愿为你低头

"一定的！"接到"指令"，范梓恕和易穗穗异口同声地回答。

对话到了这里，季夏正要结束，易穗穗忽然又挑起了别的话头："其实……我还有一件事想拜托季夏姐。"

"什么事？"

手机那端，季夏听见了范梓恕轻得几乎要被忽略的声音。在她看不见的那头，范梓恕轻轻扯了扯易穗穗的手，皱着眉说："都说了不要啦。"

眉心起了疑惑，季夏却没有追问，只等着易穗穗把话说完。

将范梓恕的手抓住，易穗穗纠结地看了她一眼，还是把话说出了口："季夏姐，我想问你能不能帮我们要一下辜遇的签名？"

想不到是这种拜托，季夏一时间反倒不知道怎么接话了。

她和辜遇再分手的事，作为粉丝，范梓恕和易穗穗不可能不知道的。

听到季夏沉默了，易穗穗抿了抿唇，解释起来："是这样的，我们班有一个男生是辜遇的粉丝。最近他生病了，很严重，都直接休学了，可能连明年的高考都没办法参加。我们想送他一个礼物，鼓励一下他。想来想去，觉得如果有辜遇亲笔的祝福和签名，他应该会很高兴，所以我才大着胆子向季夏姐提了这个要求。"

听到这里，季夏觉得自己没有拒绝的理由。

虽然让自己为难，但她还是爽快地答应了下来："行，我会跟辜遇说的。他应该会答应，你们放心吧。"

易穗穗长舒了一口气，说话的语气立刻轻松了下来，嘴边带着笑："谢谢季夏姐！"

想起辜遇，季夏顺手拿起旁边货架上的一盒车厘子，放进购物筐，然后来到蔬果称重的地方。

辜遇很喜欢吃车厘子。

只不过一直到抵达医院，季夏打开袋子，想拿出一个奇异果给沈思滢尝尝，目光不经意地扫过那盒暗红色的车厘子，才后知后觉地反应过来，她居然给辜遇挑了水果。

02

在辜遇敲开病房门的瞬间,季夏将那一盒车厘子藏了起来。

正在打电话的辜遇一无所知,只是目光从季夏身上匆匆掠过,接着说话的声音就低了好几度。季夏依稀听见他对手机那端的人说:"晚上给你带回去,我先忙了。"

猜到打电话的人是许多月,季夏心里有些许不快,表面却装作若无其事的样子。

辜遇挂断了电话,朝季夏和沈思滢打了声招呼,随后将带来的中式汉堡包放在床头柜上,对沈思滢道:"林叔做的。"

沈思滢错愕地看着辜遇:"你居然回学校了?"

昨天她只是在游溪吃麦当劳的汉堡包时,随口提了一句记忆中的中式汉堡,没想到辜遇特意去买了回来。

好多年前,两个人念书的学校附近有一个小摊子,是一个五十多岁的男人经营的,只卖这种中式的小汉堡。那会儿,每天下午放学回家之前,辜遇与沈思滢都会到小摊子买两个小汉堡,一人一个。在学校附近的体育馆吃完后,两个人再玩一会儿,不是他打球、她写作业,就是他看书、她拉大提琴,直到红霞将整个天空染红了才肯回家。

那是属于他们共同的记忆,捧着温热的小汉堡,沈思滢马上回想起青梅竹马的时光。

与辜遇相识十九年,漫长到占据了一小半的人生,她的童年、她的青春、她的初恋、她的梦想,全都和眼前这个男生有关。他见证了她的所有,在决裂以后,他又原谅了她所有的过错,甚至还会为了她的随口一言特意奔走。

念想至此,沈思滢不自觉地红了眼眶,眼睛里涌上一股温热。

若换作以前,她一定既惊喜又感动,还会固执地认定辜遇始终是喜欢她的,然而现在除了感动之外,不会有别的感触了,至于辜遇喜不喜欢她这件事,她已经不在乎了。

意识到这个事实,沈思滢自己都感到诧异。

她从未想过,这十多年来的执念,有一天竟这么自然而然地放下了。

见沈思滢顾着吃汉堡包,季夏低声喊了辜遇一声:"辜遇,能不能麻烦你写几句鼓励的话,签一个名,给你的一个粉丝?"

"麻烦"这两个字分外见外。

"哦?"辜遇蹙起眉,情绪意味不明地应了一声。

明知道辜遇在意她的故意疏离,季夏依旧一副若无其事的样子,将易穗穗说过的情况转述给辜遇听。

辜遇回道:"我明天带来给你吧。"

"谢谢。"季夏礼貌地一笑，顿了顿，忽然想起什么，她看了看辜遇，又看了看沈思滢，"明天我答应了游溪要带他去游乐场，不如你们也一起吧？思滢偶尔出去玩一玩，接触一下外面的世界，心情也会好一些。游溪喜欢玩那些过山车之类的刺激项目，我不大喜欢，正好你们可以陪着他。"

季夏最后一段话是说给沈思滢听的，沈思滢没有抗拒，点了点头："也好。"

沈思滢都答应了，本就想和季夏多多见面的辜遇更是没有理由拒绝，也乐得有这样的安排。一旦沈思滢和游溪沉迷玩乐，他和季夏也多了很多单独相处的机会。

第二天下午，四个人在游乐场集合。

游乐场里人山人海，即使是在暑假的最末时段，这里的热闹仍然不减半分。

一到了游乐场，游溪就嚷嚷着要去坐海盗船，大约是知道季夏不爱这种刺激项目，他直接略过了她，拉着沈思滢跑向排海盗船的队伍："我们去坐海盗船，这个特别特别好玩，你一定会喜欢的！"

沈思滢笑笑，步伐紧随着他："那你等下陪我玩碰碰车。"

看着两个人跑远，辜遇左右张望了一下，提议道："不如我们去坐摩天轮？"

望见那座十层楼高的摩天轮，辜遇忽然想起春天的那个夜晚，那是一个从三月跨进四月的深夜。

虽然游乐场不是记忆中的那个游乐场，摩天轮也不是记忆中的那个摩天轮，但伤感是一样的。

季夏也回想起了那个夜晚，虽然她没有开口说话，心却慌乱得怦怦直跳。

那个时候，季夏与南盛以恋人组合出道，是南盛名义上的女朋友。南盛写了一首DEMO（歌曲小样），为了让辜遇填词，季夏专程去拜托辜遇，当时辜遇提出了一个要求，让她用一天的时间做交换。季夏答应后，辜遇做的第一件事就是带她去坐摩天轮。

那晚，深夜零点四十七分，天空不见半点儿星光，月亮也悄悄躲了起来。

季夏与辜遇面对面坐在摩天轮里面，一共坐了五圈。他们一遍又一遍地从地表"飞上"夜空，始终保持着沉默。

回忆到此为止，季夏深谙，再继续回忆下去只会更悲伤。

深吸了一口气，她抬起头，情绪已伪装成冷漠，她拒绝了辜遇："我对摩天轮没有兴趣。"话音刚落，她的手机便响了起来，宛如抓住一根救命稻草，季夏立马接了起来。

易穗穗清甜的声音在耳畔响起，如同一股穿过炎热夏日的清风："季夏姐，你现在有空吗？我和梓恕去找你方便吗？"

"方便。"季夏想也没想地回道,"我在XX游乐场,你们现在过来吗?"

"好的,那我们现在坐车过去。"易穗穗说完,又甜甜地道了声"那等会儿见咯",然后才挂断了电话。

季夏的冷漠拒绝令辜遇心里十分难过,因此当许多月打来电话时,他没有心情应付,直接拒接了,注意力全在季夏身上,他追问季夏:"是谁要过来吗?"

季夏淡淡答:"朋友,我昨天跟你提过的。你那个生病的粉丝,他的同班同学一会儿过来,等下你把写好的祝福和签名直接交给她们吧。"

季夏刚说完,辜遇的手机再一次响了起来,铃声明明不大,季夏却听着十分刺耳。

眼见辜遇再一次想要拒绝来电,季夏不知怎的,语气里多了一分刻薄:"为什么不接许多月的电话?别忘了,你得对她负责。"

话脱口而出以后,季夏才感觉到话里的刻薄,那刻薄是因为嫉妒。

鲜少听到季夏这么说话,辜遇一时有些愕然,"负责"二字落入耳朵里,仿佛在提醒他对许多月的承诺。

迟疑间,辜遇接听起电话,那厢,许多月的语气熟稔又亲昵:"辜遇,你今晚回来吃饭吗?朱阿姨要去买菜,我让她多买一点儿,晚上我们一起吃吧。"

辜遇抬眸看了一眼季夏,语气尽量淡漠:"不了,我忙呢,先挂了。"

借着眼角余光,季夏看到辜遇很快挂断了电话。一瞬间,她的心不自禁哼起了雀跃的歌,嘴角轻轻一勾,浅浅的笑意未能藏住,低着头的辜遇完美地错过了这一幕。

没过多久,范梓恕和易穗穗就到了游乐场。

二人远远看见季夏戴着渔夫帽和口罩,穿着白色T恤和浅蓝色的背带牛仔裤,正在入口处等候她们。努力压制住想要大声呼叫的冲动,范梓恕与易穗穗一路小跑过去,从季夏的身后抱住了她,轻声唤她:"季夏姐。"

一个月没见,两个女生兴奋得不行,面对这番热情,季夏也笑得灿烂。

拥抱过后,季夏惦记着辜遇那个生病的男粉丝,对辜遇道:"快把你写好的祝福和签名给她们吧!"

说话时,光顾着高兴的季夏忘了伪装冷漠。

见季夏对他态度很好,辜遇高兴得立刻拿出前一晚就写好的祝福和签名,双手递给易穗穗。

"谢谢。"易穗穗郑重地鞠了一个躬,她看了看辜遇,又看了看季夏,"八卦"两个字俨然写在脸上,下一秒,心直口快的她问道,"你们真的分手了吗?为什么呀?分手了怎么还一起来游乐场玩?是不是复合了?"

"穗穗!"范梓恕连忙瞪了她一眼。

气氛一下子陷入了尴尬。

范梓恕干笑了两声,企图缓解气氛:"穗穗老是乱说话。季夏姐,你们别放在心上。"

说话时,范梓恕悄悄地掐了一把易穗穗的腰,后者暗叫了一声,赔着笑脸道歉:"对对对,是我胡说八道,就当我什么都没有说吧。"

季夏抿嘴浅笑,正想转移话题,身后忽然传来游溪的声音。

游溪唤她:"季夏!我们去吃雪糕吧!我饿了!"

这声呼唤刚好打破了尴尬,季夏回过头,看到游溪一路朝她小跑,沈思滢则紧跟在他的身后。

跑近了一些,游溪才注意到范梓恕和易穗穗,灿烂的笑即刻挂在脸上,开心地蹦到两个人的跟前:"你们怎么来啦?"

易穗穗和范梓恕异口同声地打趣道:"不能来吗?"

见三个人嬉闹起来,季夏扬起嘴角笑了笑,转头对沈思滢说:"思滢,我们一起去那边吃下午茶,休息一下吧!正好我的两个朋友也来了。"

"朋友吗?"沈思滢打量起范梓恕与易穗穗来,视线在她们身上扫视了一圈后,意味不明地说,"你倒是随便都能交到好朋友呢。先是一个许多月,再又是这两个小

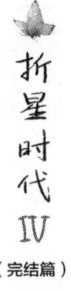

女生，我记得你说过你的人缘不怎么好，没什么朋友。看来并不是嘛。"

"呃……"未曾想到沈思滢会说出这样一番话，季夏一时语结。

"沈思滢……"脾气直的易穗穗听不得这话，刚要开口，嘴巴却被范梓恕猛地捂住了。范梓恕扬着笑脸对沈思滢说："我们也是季夏姐的粉丝，先前机缘巧合遇见，季夏姐在我老家住过一段时间。"

"是吗？"沈思滢故意做出一副满不在乎的样子，"我看你们关系很好，就像亲姐妹似的。"

刚才沈思滢远远地就看见了三个女生拥抱在一起，也看见了季夏脸上嫣然的笑意。

这一段时间，在季夏、辜遇与游溪的陪伴下，沈思滢的情况越来越好，抑郁症也在减轻，人也快乐了许多，笑容也越来越灿烂。

她时常想起与季夏最初相识的日子，想念那些单纯的、不知人间疾苦的快乐。她一直都清楚，季夏在她心里的位置，在季夏亲口说出绝交的话的时候，她就已经清楚。可她舍不得放下她的骄傲。

犹如此刻，同样舍不得放下骄傲的她，明明在意，明明妒忌，却故意刻薄着言语，说着一句又一句难听的话。

季夏不知道，沈思滢其实想听她说一句——"你是我最好的朋友，永远都是，谁也不可能排在你的前面"。

因为对于人缘很好的沈思滢来说，季夏是她心里的第一名，是不可替代的。

她希望她在季夏的心中占据着同等的位置，甚至是更高一点儿的位置。

但对于沈思滢的心思一无所知，季夏自然只会对她刻薄的话语一笑置之。

然而季夏越是表现得不在意，沈思滢就越是在意。当六个人坐在一起喝着下午茶时，她故意要和易穗穗调换位置，坐到季夏旁边；当范梓恕与季夏说悄悄话的时候，她故意问些有的没的问题，打断季夏与范梓恕的对话；明明不喜欢吃草莓味的雪糕，她故意要和季夏交换；明明点了喜欢的果汁，她却偏偏说难喝，要与季夏对换。

在季夏看来，沈思滢只是在发小孩子脾气，只默默地把一切包容。

旁观者总是清醒的。尽管年纪上比季夏与沈思滢小了几岁，但心思细腻的范梓恕一眼就看穿了沈思滢的心思，看出了她藏在骄傲面具下的对友情的渴望。于是趁着沈思滢去洗手间的空隙，范梓恕凑到了季夏的耳边，悄声告诉季夏："其实沈思滢很在乎你，她对我和穗穗有敌意，是因为她在吃醋。"

季夏是惊讶的，她没想到自己在沈思滢心里居然占据着这么重要的位置。

毕竟，沈思滢曾经那样憎恨过她，她一直以为放不下这段友谊的，只有她而已。

当浪漫的绯红色霞光染红了天空的脸,疲倦的太阳正在城市另一边的海面上昏昏欲睡。

夜的布帘还未拉上,这座城市的霓虹灯已经争先恐后地亮起,仿佛是怕下一秒世界就会被黑暗所吞噬。

陆陆续续有人离开游乐场,也陆陆续续有人进入,有人要归家休息,也有人要赶赴一场狂欢。

季夏一行人玩得意犹未尽,却还是要踏上归程。

分开在即,易穗穗、范梓恕依依不舍地与季夏拥抱了一次又一次,沈思滢看着三个亲密无间的女生,心中倍觉不快,语带讽刺地说了声:"用不用这么腻歪啊?"转身又对辜遇说道:"看不下去了,我们先走吧。"

听见沈思滢刻薄的话,易穗穗白了她一眼,目光扫过游溪时,心里忽然有了个主意。

沈思滢对游溪的在意,在这个下午,易穗穗看得清清楚楚,季夏和辜遇也分明一而再地为他们二人制造亲近的机会,俨然月老。易穗穗虽然性格大大咧咧的,但相貌好歹是校花级别,追求她的男生不少,在情感方面自然成熟一些。

想着,易穗穗嘴角勾起一抹俏皮的笑,朝游溪扑了过去,笑着说:"来来来,我要和我们的游溪小可爱拥抱一下,下次见面都不知道是什么时候了。"

易穗穗的声音成功地引起了沈思滢的注意,她当下停下脚步,回头正好看见游溪和易穗穗拥抱在一起。

沈思滢眉心紧皱,脱口而出地吼道:"松开你的手,他是有主的!"她理直气壮的样子,俨然自己就是口中的"主"。

沈思滢一脸无所畏惧的样子,似乎并不知道自己在冲动之下用了怎样令人误会的词。

在场的所有人都没有反应过来,目光愕然。

只有游溪一点儿都没察觉到气氛的怪异。

见一直端着高傲架子的沈思滢气急败坏,易穗穗心中暗爽,只想进一步报复沈思滢这一个下午的无理取闹。

她故意无视了沈思滢,抬起头来,笑眯眯地看着游溪说:"游溪啊,你知道什么是'goodbye kiss'吗?"

游溪乖巧地晃了晃脑袋:"不知道。"

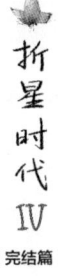

沈思滢一双眼睛紧紧地盯着易穗穗，无意识地咬住了下嘴唇。

借着眼角的余光将沈思滢的表情看进眼里，易穗穗笑得更加灿烂，随即故作一本正经地向游溪解释："'kiss'就是亲亲，'goodbye kiss'就是代表希望再见的亲亲。那是西方的一种礼仪，游溪是个有礼貌的小孩儿，也一定很想再见到我对不对？那就快给我一个'goodbye kiss'吧，这里面还有祝福的意思哦！"说到这里，她指着自己的额头，"亲这里就好。"

黄昏的霞光洒在易穗穗与游溪的身上，无疑更添一抹暧昧。

对在花云乡相处了一段时间的易穗穗，游溪毫无防备之心，顺从地听从她的"命令"，嘟着双唇就要往易穗穗的额头亲下去。

距离一点儿一点儿缩短，全世界都屏住了呼吸。

忽然之间，沈思滢朝两个人冲了过去，她猛地一把扯开易穗穗，用自己的脸颊接住了游溪的亲吻。

时间似乎在这一秒静止了，所有人的表情都被定格在这一瞬间。

依稀间，沈思滢听见自己胸膛内"怦怦"的心跳声，她不禁深吸了一口气。

喉咙很干。

沈思滢涨红了脸，正要推开游溪，不料下一秒却被游溪紧紧地揽住了。

"我想起来了……"游溪看着满脸通红的沈思滢，"我想起你了。"

"真的吗？我是谁？"沈思滢惊喜地瞪大眼睛。

"我骄傲的公主。"游溪笑着回答，"你是我生命中最重要、最忘不得的人。"

所有的等待，最终不负期待。

他终于等来了骄傲的公主的低头，她也终于等来了恢复记忆的他。

作为这场恶作剧的始作俑者，只想报复一下沈思滢的易穗穗没有想到，阴差阳错之下，她促成了一段"童话"。故事发展到这里，易穗穗反而成了这场"童话"里第一个被感动得落泪的观众。

看着易穗穗抱着范梓恕，一边哭着，一边碎碎念"太感人了！太感人了"，大家都忍不住笑了。

这时，沈思滢走到季夏的面前，一把抱住了她。

当骄傲的公主学会低头时，她不能将最好的朋友遗落。

还沉浸在感慨中的季夏来不及反应，耳边响起沈思滢的声音："季夏，对不起，请你原谅我之前做的那些错事。是我妒忌你，是我小气，是我信了季冬的挑唆。请你原谅我，你是我最好的朋友，我不想失去你。"

沈思滢说起季冬，季夏忽然想起离开 A 市前，自己对季冬的承诺。自从出了意外之后再回 A 市，因为各种忙碌，季夏不知不觉之间把季冬抛诸脑后。

念及此，季夏一阵内疚，当下决定回去之后一定要联系上季冬。但眼下的她只能默默将情绪藏好，对沈思滢抿嘴浅笑着："你从来没有失去我啊，你也依然是我最好、最好的朋友。"

原本季夏就因为范梓恕的话，一直想找机会向沈思滢正式收回先前绝交的话，没想到却被沈思滢抢先了。抢先就抢先吧，能遇见并交到这么优秀的朋友，能被如此珍而重之，是季夏的荣幸。

沈思滢松开了拥抱，抹了抹眼泪："不过我和辜遇这件事，我可没有输给你，我只是……我只是输给了游溪这个大笨蛋。"

季夏没好气地笑了："我知道。"

当天晚上，恢复记忆的游溪在微博上对沈思滢高调告白，以一句"青春无悔"配一张亲密合影，向全世界宣示了主权。而沈思滢也转发了他的微博，配以"从此不悔"作为回应。

05

沈思滢的情况越来越好,与游溪在一起之后,没过两天医生便让她出院了。

得知沈思滢的出院时间,季夏向公司请了假,当日正好没课,公司安排的行程也只是形体训练,对于季夏的请假,经纪人朴河寅答应得很爽快。

季夏抵达医院时,游溪早已经到了。

偌大的病房里,除了沈思滢和游溪,再没有其他人。仿佛心有不甘,季夏环顾了病房一圈,眼里有着不易察觉的失落。

一见到季夏,沈思滢就扑了过去,给了她一个大大的拥抱。

被拥抱着,季夏不经意地一瞥,注意到了墙边放着一个浅紫色的行李箱,以及放在行李箱上面的一个黄色双肩书包,沈思滢所有的东西都已经收拾好了,不急着离开正是为了等她来。

季夏刚要开口说话,沈思滢就在她耳边说:"辛遇不来了。"

原来沈思滢察觉到了她眼里的期盼与失落,季夏当下一慌,习惯性地否认:"关我什么事?"

沈思滢挑眉打量了她一眼:"哦?倒是我多管闲事了。"

季夏轻咳一声:"当然啊。"

"那我要不要告诉你,辛遇不来,是因为许多月发烧了,他在市医院陪她打点滴呢。"

"那也不关我的事。"

季夏说着与自己无关,眉心却偏偏微蹙了起来,沈思滢看得出来,那不是对许多月的担心,而是生气。

她很少见到季夏生气,尤其是对辛遇。

觉得这样有小情绪的、会生气的季夏有趣极了,沈思滢捂嘴轻笑,眼神玩味地看着季夏:"喏,你要是实在不想见他的话,明天晚上的庆祝宴,我就叫他不用过来了。虽然我和他是青梅竹马,但毕竟你更重要一些。"

"你……"季夏刚想反对,手机忽地响了起来,是一个座机号码,她瞄了一眼,接通了电话。

"你好,请问是季夏同学吗?"耳边响起的是一道听起来很儒雅好听的中年男人的声音。

"是的,我是。"

随后,在短短两分钟的通话里,季夏得知对方是学校宣传部的领导,之所以联系季夏，是想邀请她以优秀学姐的身份来参加学校的五十周年校庆。校方除了让她发表演讲，还希望她能现场献唱一曲，以鼓励大一的新生。

这是件十分有意义的事情，对于季夏来说，这也是大学时代的一个美好记忆，于是她想也没想就答应了。

校庆是在十天之后，季夏给朴河寅打了一通电话，说明情况，朴河寅十分赞成。

挂了电话，季夏后知后觉地发现，自从聂西闻回了H国之后，朴河寅就变得特别好说话。她不喜欢的活动，朴河寅不再强迫她参加；她不喜欢的歌，朴河寅二话不说就抽走了。季夏依稀猜到，大概是聂西闻临走之前特意拜托过朴河寅要照顾好她吧。

想起聂西闻，季夏眼里莫名多了一抹伤感。

聂西闻回H国也有一段时间了，可是一直没有与她联系，也不知道手术成功了没。季夏好几次想问朴河寅，最终仍是没有问出来，她怕对方给她的是一个坏消息。她想，没有消息大概就是最好的消息吧，尽管她明白这样有些自欺欺人。

见季夏挂断电话后眼神有些伤感，沈思滢担心起来："怎么了？"

闻言，季夏迅速地缓过神来，对沈思滢笑了笑："没什么，突然想起一个朋友。他生病了，挺严重的，前些天回H国做手术去了，也不知道手术成功没有。"

沈思滢安慰道："好人一定会平安的。"

季夏点头微笑，一旁的游溪见气氛有些凝重，连忙开口扯开了话题："走吧走吧，有话回去了再说。今天叔叔阿姨准备了好多好吃的，再不回去，怕是东西都要凉掉了。"

同沈思滢恋爱以后，游溪说话变得温柔了好多。

前头的话说完，游溪想起了什么，转过头特意对季夏说："叔叔阿姨还特意上网找资料，看你喜欢吃什么，照着做了一些。"

季夏受宠若惊："叔叔阿姨也太照顾我了吧！"

游溪嘴角轻扬："是啊，我都妒忌了。我的女朋友，我的准岳母岳父，都把你看得比我重要。"

一听游溪这话，沈思滢羞红了脸，伸手打了游溪的后背一掌："胡说什么呢？"

看着游溪拖着行李箱，手提着背包，率先出了房门，而身旁的沈思滢用撒娇的口气对他说着话，季夏的嘴角始终挂着盈盈的笑。

对于季夏与游溪短暂的过去，三人谁都没有再提起，默契地忘记，绝口不提。

06

转眼到了校庆这天。

活动安排在晚上，七点钟一到，两个主持人拿着麦克风上台，异口同声道一句"欢迎大家来到我们Ａ大五十周年庆的晚会"，拉开了活动序幕。

作为优秀学姐，季夏的演讲安排在学校领导的讲话之后。

站在舞台上，面对着全校的师生，季夏不由得紧张起来，演讲不比唱歌，当中的压力要大很多，因为肩上多了一分责任——她是学弟学妹们的榜样，言行举止都必须完美，如此才能不负学校的期望、学弟学妹们的仰望。

想着，深吸了一口气，季夏缓缓开口："各位领导，各位老师，各位学长、学姐、学弟、学妹们，大家好，我是季夏……"

演讲的内容足足有二十分钟，是一首歌的四倍时间。

等季夏鞠躬说谢谢时，场内响起了雷鸣般的掌声，她感觉自己已经筋疲力尽，好在演唱安排在后面。

下了台，季夏猛地灌了一整瓶矿泉水。

坐在她身边的沈思滢没好气地取笑她："我看得给你来一桶水了。"

季夏喝下最后一口水，拧紧瓶盖，长舒了一口气："演讲真的比唱歌累多了，精神折磨啊！"

沈思滢笑着道："你现在就这么紧张了，等下可怎么办？"

没听懂沈思滢的言外之意，以为她是在说晚些时候的演唱，季夏得意地挑了挑眉："唱歌不一样，我是内行的！"

闻言，沈思滢笑着做了个鬼脸，不再说话。

时间过得很快，一个小时后，季夏就在主持人的呼唤下再次登上舞台，进行压轴表演。

此时的她换上了另一套衣服，粉色的单肩吊带长裙衬得她青春甜美，高跟鞋配合着拉高了她的身高比例。

音乐在空气中漫起，前奏和缓。

季夏抬头挺胸，开口准确地切入了某个点，歌声宛若天籁。

"从我手中掠过，是雨的身影，

我看到它在汪洋里凝聚。

从我耳边吹过,是风的声音,
我听到它在向更远的地方去。
从我的抽屉里,看到旧日记,
上面还有残余,是过去的笔迹。
曾经也有人说过要飞到那蓝天去,
没有翅膀也要,跟着那星星转。
梦,它离我很远吗?
如果能抓住它,能不能不害怕?
是不是往前走,才不会有遗憾?
哪怕这一路上会有羁绊。
梦,它会陪着我吧?
如果只靠想象,怎么实现梦想?
决定了往前走,就没谁能阻挡。
固执的人才能看到星光耀眼。"

第十章 亲爱的,我的骄傲愿为你低头

她演唱的这首歌名为《耀眼的梦想》,是一首由去年的新晋作曲人张宇珣作曲,辜遇作词的新歌。

这首歌原本是辜遇向张宇珣讨来给季夏的,作为新专辑中的第二主打歌,后来许多月开口把这首歌要走了,再后来许多月出了意外与公司解约,兜兜转转,这首歌最后还是属于季夏的。

世界万物,都有它既定的归属。

只是季夏不知道,她感情上的归属还会不会是当初的那个人。

想起辜遇,季夏闭上眼睛,将这首歌最后的几句唱出来。因为闭上了眼睛,所以她不知道,此时此刻西装革履的辜遇正捧着一束玫瑰花,从观众席的最末端朝她一步一步走来。

观众们都看见了他,可宛若约好了一般,谁也未曾声张。

直到季夏唱完了一整首歌,这首歌的尾段音乐都缓缓消去,睁开了眼睛的季夏才看见了辜遇。

全世界都将目光凝聚在他们身上,这一刻,他们是这场戏里唯一的主角。

未曾想过这一幕,季夏不知所措地看着辜遇,后者干脆利索地单膝跪了下去,张口告白道:"季夏,你愿意再一次接受我,和我谈一场永不分手的恋爱吗?"

第十一章

拒绝也是一种成长

01

深秋的夜很凉。

暖黄色的灯光落在季夏的身上,却给不了她半点儿温暖。

双手紧紧攥着麦克风,季夏微微垂着眸,看着单膝跪地、比她矮了半个身子的辜遇,此刻的他正仰着头,一脸期待地等着她的答案,灯光照亮他澄澈的眸子,仿佛星星在黑色的瞳仁里发着光,那里藏着一丝不易察觉的紧张。

世界仍旧安静着,在辜遇说出那一句告白后,谁也没敢出声,仿佛是怕无关紧要的话会淹没了季夏的回答。

深呼吸之后,又是一个深呼吸。

在辜遇耐心等待的时候,季夏也感觉到了时间一秒一秒逝去的脚步。

终于,勇气涨满了胸腔,季夏朱唇微启,刻意冷着脸,对着麦克风道:"假如你了解我,应该知道,我不喜欢自己的爱情成为众人瞩目的焦点。我不喜欢太过高调的告白,既然你选择了这种方式,那我只好认认真真地回答你。"

季夏一开口,辜遇便懂了还未说出口的拒绝,眼里的光瞬间黯淡了下去。

明明看见了辜遇的失落,季夏却没有收住话,继续道:"我心里确实还喜欢着你,自始至终都不曾改变,可是对不起,现在的我只能拒绝你的告白。我们之间有着太多的别人,太多的阻碍,已经回不到过去了。"

观众席间响起一片唏嘘声。

辜遇失望地低下了头。

刹那间,季夏不忍起来,可是理智提醒着她要继续,于是她收敛起眼里的在意,依旧淡漠着语气对辜遇说:"对的爱情应该是令双方都变得更好。最初开始,我们也确实如此,可渐渐地,我们的缺点都越来越多,也越来越明显。我们没有变更好,反而越走越远,远到我站在你面前,却觉得我们之间好像隔了一整条银河。我觉得我们还是更适合做朋友。"

季夏的这一番话,将这一夜的浪漫击得粉碎。

看戏的人总容易为戏入迷。见季夏言语薄情,替辜遇打抱不平的声音越来越鲜明,季夏听见观众席中那一句句的明嘲暗讽——

"太过分了吧?"

"真的喜欢就不会拒绝了。"

"说着还喜欢却拒绝了告白,是故意想吊着辜遇吧?"

"我的天啊，啧啧，这不是传说中的绿茶姐吗？"

"拒绝告白还说我喜欢你？没毛病吧？对季夏的好感在这一刻清零。"

早在坦白心中所想之前，季夏便料到会得到这样的嘲讽，但她不在乎。

她借着余光扫了一眼观众席："我不想看在观众的面上，给辜遇一个违心的答案。现在的我只想好好唱歌，我站在了舞台上，我就有责任去唱好每一首歌。对我而言，爱情从来都不是青春的主打，梦想才是。除此之外，对我来说最重要的事情，就是找到我的亲生父母，与他们重聚。至于辜遇，并不在我未来的计划里。"

说完，季夏将辜遇一个人丢在了偌大的舞台上，一步步离开。

昂首挺胸的她好像一个头顶皇冠的女王，再也不是以前那个唯唯诺诺、逆来顺受的女孩儿。

然而"女王"十厘米高的高跟鞋踏在地面上，发出"噔噔噔"的脚步声，辜遇却感觉那声音像是一把锤子，"咚咚咚"地敲打在他的心上。

她说拒绝的时候，他没有很难过。

她说他们更适合做朋友的时候，他忍住了反驳。

可是，当她说她未来的计划里没有他的存在时，他的心忽然就碎了。

尽管他并未抱着必胜的希望，甚至早有预料到这失败的一幕，可他不曾想过季夏的拒绝竟会如此决绝。在这一霎，他才恍然，想象里的难过不过是现实的九牛一毛。那些告白前就对自己说过无数次的"无所谓""大不了就再准备下一次的告白"的安慰，原来并不能让难受减少一分一毫。

在青春的这一课里，季夏教会了他，两个人相互喜欢并不是他们应该在一起的理由。

第十一章

拒绝也是一种成长

02

有人的地方就有八卦。

网络的存在，让八卦传播的速度特别迅猛。

季夏在众目睽睽之下拒绝辜遇告白的视频很快被好事的学生发布在微博上，一时间引起了热议。季夏再一次成为众矢之的，尽管这不是辜遇所能预见的，但他依旧心怀歉疚，毕竟是他策划了这场自以为惊喜的告白，才会令季夏置身舆论之中。

他始终最在意季夏，哪怕她毅然决然地将他推开。

在浏览完微博上的犀利言论后，辜遇不假思索地拨了季夏的手机号码。

耳边"嘟嘟"的等待声缓慢而沉闷，辜遇等了一小会儿，电话就被接通了，电话那头的季夏先打起了招呼："有什么事吗？"

她说话的口吻云淡风轻，仿佛方才在舞台上的那一幕不过只是辜遇的幻想。

辜遇扯了扯衬衫的衣领，问："你没事吧？微博上那些议论，你不要……"

他关心的话还未说完，季夏就出声打断了，只听她语气淡然地道："我不是小孩子了，那些人说的话我不会在意的。辜遇，你也别太在意。更何况，有些人、有些事，你再如何在意也与你无关。"

她不需要他的关心和安慰，每一个字都透露出如此的讯息。

辜遇下意识地张了张唇，喉咙里却发不出任何声音，只余下沉默。他感觉到自己像是在沙漠中遇见了流沙，整个身子都陷入了细腻的沙子中，一点儿一点儿地沉下，他只能感受着细沙在致命地紧裹，挣扎只是徒然。

就在他强忍着悲伤的时候，季夏利落地挂断了电话。

辜遇的嘴角无奈一扯，自嘲的笑轻轻地勾起。

将手机搁回口袋，他抬起头，深邃的眸子里仿佛患了伤风，与他擦肩的每一阵秋风都被传染了，绕过枝头，打一个喷嚏，树叶颤抖着飘落。踩过地面上微微泛黄的叶子，他缓步走过斑马线，到便利店买了两罐啤酒，走到便利店落地窗前的桌子处，将手里的西装外套随意丢在一旁，然后就着马路上陌生人的落寞，将啤酒清空。

他的手机响了好几回，打电话的人颇有耐心，每一次都坚持到电话自动挂断。

可惜，对方的耐心注定要被辜负。

深谙一遍又一遍的来电不可能来自季夏，辜遇置若罔闻，直到喝完啤酒，走出便利店，他才从口袋里掏出手机。

未接来电显示的是许多月。

眉心微微一蹙，辜遇并没有要回拨电话的打算，然而手机再一次响起，他不小心接了起来。

"喂，辜遇？"空气中响起许多月的声音。

"嗯，我在。"辜遇只好将手机贴到耳边，清了清嗓子问，"有什么事吗？"

"呃，没有什么特别严重的事，就……就是……"许多月顿了顿，明明已准备好了一套说辞，在十几个电话都没打通之后，她心系着他的情绪，忽然忘了说辞，支支吾吾之间，胡乱找了个借口，"我就是突然想吃夜宵，你可以给我带回来吗？"

"好，你想吃什么？"

"烤串吧，必须得有羊肉串。"

轻轻道了声"好"，辜遇挂断了电话。

另一边，许多月看着平板电脑里位于辜遇求婚视频下的烤串教程视频，长出了一口气。

虽然通话时间不到一分钟，可辜遇话里的低落许多月听得清清楚楚。

越在意，才会越敏感。

心有不悦的许多月冷哼了一声，点开视频，辜遇的声音再次漫在安静的空气中。

"季夏，你愿意再一次接受我，和我谈一场永不分手的恋爱吗？"

许多月已经看了这段视频不下十次了，从第三次开始，她都是怀着幸灾乐祸的窃喜去看的。

最初看到这个视频时，她的第一反应是错愕，不仅是错愕于辜遇对这一晚行踪的欺骗，更错愕的是她怎么也没想到辜遇会准备这一场告白。她的心中燃起了无边的愤怒与嫉妒，直到最后听到季夏的答案，她的心立即又被窃喜填满了。

将季夏的回答反反复复听了好些遍，尤其回忆起刚才电话里辜遇说话的语气，许多月笃定辜遇这一回是死心了。

许多月决定在这个时候请求辜遇和她一同返回 H 国。

人在感情上受到挫败的时候，第一反应就是逃避，只要辜遇逃离 A 市，远离季夏，那么再炽热、再美好的曾经也终将过去。

她还没有将告白奉上，辜遇便已了然她的意图，他直白道："我想我知道你要说什么，只是很抱歉，多月，我的答案一如从前。哪怕季夏拒绝了我，我仍然不愿意死心，她的未来没我，可我的未来从来都有她的位置。"

辜遇一点儿情面都不给她，这段时间里，他对她不离不弃的温柔，在这一刻显得讽刺极了。

许多月愤怒地质问道:"难道要等季夏死了,你才会爱我吗?"

话落的刹那,许多月才反应过来自己说了什么,她慌乱地道起歉来:"对不起,我……我不是那个意思……"

辜遇无所谓地笑了笑,打断了她的话:"该说对不起的人是我。"

他避过了她那个尖锐的问题。

辜遇的逃避仿佛是在默认若不是季夏插足在先,令辜遇将季夏错认为她,如今留在辜遇身边的就会是她。

念想至此,许多月不自觉地在心中咒骂了一句:季夏,你真该死!

那一句咒骂包含着太多的怨与恨。

许多月后知后觉地回过神,心中一颤,对脑子里一闪而过的念头感到害怕。

什么时候,她变得这么可怕了?

03

　　第二天早上，在练歌房里睡得迷迷糊糊的季夏是被小糯叫醒的。

　　前一晚离开学校后，季夏就回了公司的练歌房。心情低落的她选了几首情感丰沛的歌练习起来，很快就投入到音乐的世界里。也许是长大了，她越来越不喜欢把时间浪费在伤春悲秋之上，越是难过，就越要高歌。她清楚在难过里沉沦挣扎，心里的痛也不会减轻一分，只会万劫不复。在练歌房里待了一整夜，最后唱到口干舌燥的季夏终于停了下来，耗尽了力气的她实在太疲倦，便蜷在沙发上休憩起来。

　　揉着眼睛，季夏从边上的背包里摸出手机一看，沈思滢给她打了好几个电话。

　　一旁的小糯念叨了她几句，季夏也没在意听，随即小糯拿过她的背包，将她从沙发上拉了起来，一边推着她走出练歌房，一边道："你快去洗漱一下，一会儿还有个杂志拍摄呢。你只有四十分钟的时间准备，还得空出时间化妆、做造型呢。"

　　季夏心不在焉地应了一声，手指按亮手机屏幕，给沈思滢回拨了电话。

　　沈思滢给她打的最后一通来电是凌晨时分，沈思滢很少会在这个时间给她打电话。思疑间，季夏不禁蹙起了眉头。自从巫素洁去世之后，她便害怕错过在乎人的来电，生怕会出现另一个遗憾。

　　电话很快接通了，季夏抢着打招呼："喂，思滢，你找我吗？"

　　"你在哪儿啊？昨晚给你打了好几通电话你都没接，我差点儿就要报警了呢。"季夏接过小糯递过来的洗漱用品，脑海中想象出沈思滢皱起眉头扁着嘴巴的模样，那一刻她感觉她与沈思滢回到了亲密无间的从前。

　　"差点儿就是没有去报警喽？那你也不是很紧张嘛。"季夏一边打趣着沈思滢，一边将手机夹在耳朵和肩膀之间，将牙膏挤到牙刷上面，"你那么晚还打电话找我是有什么事吗？"

　　"哦，我就是想问你为什么要拒绝阿遇。"沈思滢直白地道。

　　"你找我就为这事啊？"漱口杯中放满了水，季夏浅笑。

　　"不然你以为呢？季夏，我都把阿遇让给你了，你怎么还拒绝他呀？哎，你是嫌弃他的告白还不够浪漫吗？"沈思滢半开玩笑地说，虽然她没有出席前一晚的校庆活动，但在微博上看到了当晚的告白视频。

　　"我不是说得很清楚吗？"

　　猜到季夏会是这样的回答，沈思滢翻了一个白眼："我看你就不把我当朋友。"

　　闻言，季夏一顿，表情严肃地说："你一直都是我的朋友，最好的朋友，一直都是。"

明知沈思滢是在开玩笑，她还是郑重其事地肯定了沈思滢在她心目中的位置。

突如其来的沉默蔓延。

沈思滢没有想到季夏会这么看重一句玩笑，心中一暖，嘴角勾起，眼里却起了氤氲。隔了好半晌，她才哽咽着回道："你也是。"

曾相知过，曾憎恨过，也曾妒忌过，更曾互相伤害过。对她们来说，最幸运的，是最后她们仍然陪在彼此身边。

这是青春里最好的礼物。

两个人从不自觉的微笑到放肆的哈哈大笑，温馨的一幕被小糯忽然的敲门声打破了。

只听门外的小糯敲着门喊："季夏，你在干吗啊？快点儿，化妆师、造型师都到了，就等你呢。"

季夏只好收敛起笑声，对沈思滢说："不跟你说了，我还有拍摄任务。"

沈思滢也收起笑容，一边抹着眼角渗出的眼泪，一边说："我也要出去了，游溪说要带我去见他妈妈。"

"他妈妈？"季夏第一个想起的是聂嘉琪。

"嗯，他妈妈去世很久了，他说要带我过去让她看看。"沈思滢的声音里透着藏不住的娇羞。

"哦。"季夏轻轻应了一声，欲言又止一番后，最终没再说什么。

就在沈思滢与季夏通电话时,刚踏出家门的游溪被聂嘉琪一把拉住了。猝不及防之际,游溪刚从口袋里掏出的手机一下子脱了手,砸落在地上。游溪低下头一看,只见手机屏幕被摔裂开来,边角的地方多了一块网状的裂纹。

"对不起,我……我不是故意的。"没等皱起眉头的游溪发脾气,聂嘉琪连忙俯身捡起手机擦了擦,递回给游溪。

"烦……"游溪接过手机,不耐烦的话刚要脱口而出,视线不经意与聂嘉琪撞上,喉咙登时被堵住了。

经历过失忆之后,他再也没有办法以从前的态度对待聂嘉琪了。

因为他清楚地记得,在失去过往记忆的那段日子里,聂嘉琪是如何真心实意、无微不至地照顾着他。

聂嘉琪的温柔,聂嘉琪的爱护,聂嘉琪的每一个温暖慈爱的笑容,都清楚地烙印在他的记忆里。

他记得,只要他前一天晚上随口说一句想要吃什么,第二天就能在餐桌上看到一盘盘的美味;他记得,每天晚上聂嘉琪都会陪在他的床前,用温柔的声音唱着摇篮曲,给他讲睡前故事。

那段日子里,他好像真的是聂嘉琪的宝贝儿子,甚至聂嘉琪比他记忆里的生母更像一位母亲。

荒唐的念头在脑子里闪现,游溪的心顿时一慌,脸色青白起来。

见游溪脸色不对,聂嘉琪以为他还在生气,又连忙解释道:"对不起,我看你还没吃早餐就急着出门,怕你饿着,想让你带上牛奶和鸡蛋……"

没等聂嘉琪把话说完,游溪便蛮横地夺走了她手上拎着的环保袋。以为游溪还愿意接受她的好,聂嘉琪的嘴角刚不自觉地往上扬,就见游溪下一秒将环保袋丢进了一旁的垃圾桶。

完了,游溪还不忘讽刺:"你不是我妈。"

游溪的话如同穿心的箭,聂嘉琪倒吸了一口冷气,紧抿着嘴沉默。

明明早有预料,也早就告诫过自己不许存有侥幸的期盼,可到底还是会受伤失落。

游溪无视掉聂嘉琪流露出的难过,转身往外走去,他忘不掉当年孟岚在医院的病床上濒死时对聂嘉琪的控诉。

他清楚地记得孟岚离世前说的那句话:"聂……聂嘉琪,是她……"

　　他坚信导致孟岚失去生命的那场车祸，是聂嘉琪的阴谋，虽然后来他调查了许久，也没能查出任何相关的线索。

　　念想至此，游溪的眼神犀利了起来。

　　一个深呼吸落下，他仰起头，大步走向等候在门外的私家车，开门上车的动作一气呵成。

　　把聂嘉琪丢在了原地，就好像把所有不应该的贪恋也都丢在了那里。

与沈思滢一同到了墓园，游溪一手牵着沈思滢，一手捧着一束花，轻车熟路地来到孟岚的墓碑前。

花束带着清香，起风时尤其浓烈。游溪微微低头，素白的菊花簇拥着几朵淡黄的百合，看起来雅致又大方，捧在怀里，清香钻入鼻腔，在心上盛开出一整个春天。百合花是孟岚最喜欢的花，她生前总会在家里的客厅以及卧室里摆上一束新鲜的百合花。

想着，游溪将花束放在墓碑前，神情严肃地鞠了一躬。

一旁的沈思滢见状，也恭恭敬敬地鞠了一躬。

游溪朝着墓碑上的黑白照片笑了笑，说："妈，我来看您了。"说完，他一把揽住沈思滢的肩膀，介绍道："这是思滢，我给你找的儿媳妇，未来的游夫人。"

闻言，沈思滢的脸"唰"地一下红了，半是娇嗔地打了他两下："什么儿媳妇、游夫人啊？胡说八道！"

游溪笑着，望着沈思滢的眼里满是宠溺。

沈思滢忽然有些害羞，回避似的移开了视线，目光落到墓碑的照片上。

这是沈思滢第一次见到孟岚。照片上的女人长相端庄，沈思滢仔细端详，觉得对方颇有气魄，尤其眉宇间自带着的英气，更有一种不可冒犯的距离感。与游溪那位温柔娴静的继母聂嘉琪相比，照片里的孟岚像是一个刚毅果断、傲世轻物的女强人。

沈思滢好奇道："你好像从来没有跟我说过你的母亲。"

游溪浅浅一笑，抬手摸了摸沈思滢的脑袋，眼里不自觉地多了一抹伤感，说话的口吻却故作调侃："还好意思控诉我呢，你都没给过我机会让你了解我。"

沈思滢眯了眯眼睛，笑着说："那我现在给你机会啊。"

游溪没有立马回话，隔了好一会儿才说："我妈妈是个很好的母亲，也是一个很好的妻子。她很爱我爸，事事以我爸为先。她也很有本事，不仅把家里的事打理得井井有条，在我的学习和生活上也付出了许多。她是公司的副总裁，和我爸一起管理公司，虽然那时候我还小，但我经常看见他们一起讨论公司的事务。我时常有一种感觉，觉得我妈比我爸还要厉害，这是连我爸都认同的，他总是笑着对我说：'阿溪啊，还是你妈厉害。'"

说起孟岚，游溪漫着伤感的双眸里闪烁着骄傲的光。他说话的语速很慢，一边说，一边回忆着从前孟岚在世时的快乐，声音里满载着思念。母亲这个话题对于他来说有些沉重，孟岚去世之后，他没有可以倾诉的对象，所有的想念都只能装进心里。

与至亲死别的痛，沈思滢没有经历过，无法感同身受。

她只能抬头看着游溪的侧脸，对十三岁便承受如此难过的游溪感到心痛。

游溪又停顿了好一会儿，才接着说："我一直以为她会陪我很久很久，看着我上大学，看着我出国留学，看着我继承她和爸爸的公司，再看着我结婚生子，可是她突然就……"

游溪很想云淡风轻地叙述这一切，但还是哽咽了，他满脑子都是孟岚沾着血的脸。

沈思滢不知道该说什么来安慰游溪，正不知所措时，身后忽然传来了由远及近的脚步声。

安静的墓园里，高跟鞋踩在地面的声音特别清晰，一下子便割破了空气中的压抑。

游溪下意识地回头去，下一秒，他与聂嘉琪四目相对。

那一刻，聂嘉琪也惊在原地，她偶尔会过来墓园与孟岚说说话，她事先并不知道游溪也来了墓园。

确实，她恨过孟岚，但在孟岚去世以后，所有的恩怨情仇也都一笔勾销了。聂嘉琪从心底知道，能让游溪那么依赖、在意的孟岚，一定是一个好妈妈。虽然孟岚曾无数次用游溪的生命安全威胁过她，却从未真正地伤害过游溪，哪怕一个耳光都不曾有过，就凭这一点，她确信孟岚是爱着游溪的，以一个母亲的身份。

沉默的刹那，膨胀在心脏中的名为悲伤的气球触到愤怒的火光，游溪当即朝聂嘉琪大吼道："你来干什么？"

站在原地的聂嘉琪抿了抿唇，说："我来看看你妈妈。"

聂嘉琪说得明明很真诚，心中存有偏见的游溪却偏偏看不见，只见他三步并作两步过去，夺掉聂嘉琪怀里的那一束小雏菊，狠狠将其砸到地上，接着又踩上几脚，直到将无辜的小雏菊踩得稀烂后，心中的气才消减了几分。

他瞪着聂嘉琪说："你没资格拜祭我妈！"

聂嘉琪没有争辩，垂眸看了一眼地上的小雏菊，转身离开了。

目送聂嘉琪的身影消失，沈思滢上前捏了捏游溪的衣袖，柔声问："你还好吗？"

游溪深吸了一口气，缓缓道："我妈妈是在我十三岁那年发生车祸去世的。我从未相信那是一个意外，只是我没有证据。那时候我就知道了这个女人的存在，妈妈说过，那个女人想要成为游家的女主人。在临死之前，她嘴里喊着的仍旧是那个女人的名字。如果不是她害死了我妈，我妈怎么会在最后都喊着她的名字呢。"

听着游溪喃喃的诉说，沈思滢顿时哑然，她想象不到聂嘉琪会是一个狠毒的人。

她下意识地问他："会不会是个误会？"

沈思滢的话令游溪忽然记起前段时间聂嘉琪对他的照顾，心动摇起来。他没任由那股不安发酵，拼命地摇头，用笃定的口吻说："不可能，绝对是她害死了我妈！"

第十二章

她的秘密

01

接到沈思滢的电话时,季夏在回公寓的路上,忙碌了一日的她刚眯上眼睛,手机就响了起来。

电话里,沈思滢用求救的口吻说:"季夏,怎么办?游溪不见了!"

季夏的心"咯噔"了一下,她眉心紧锁,登时坐直,睡意顿时全无:"怎么了?"

"游溪不见了,我怎么也找不到他。他的电话也打不通,我去了好几个地方都没找到他,我真的想不出他会去哪里……"后知后觉地察觉到自己对游溪的了解并不如想象中的那般多,沈思滢着急的语气中不自觉地带上了哭腔。

最彷徨无助时,沈思滢第一时间想到的是向她最好的朋友——季夏求助。

她甚至忘了除了游溪失忆那段时间对季夏有过一阵子的依赖,其他时间游溪和季夏一点儿也不熟。

听着耳边沈思滢哽咽的哭腔,季夏连忙安慰:"你先别着急。你现在人在哪儿?我过去找你。"

沈思滢吸了吸鼻子:"我在后花园酒吧,第一次见到游溪的地方。"

后花园酒吧就在 A 大附近,距离季夏现在的位置不远,十几分钟的车程。

"刘叔,麻烦送我到 A 大附近的后花园酒吧。"季夏朝司机刘叔道,坐在她身旁的小糯一脸疑惑,她转而继续问沈思滢:"你们到底怎么了?是发生什么不愉快的事了吗?"

"倒不是我和他怎么了,是……"沈思滢叹了一口气,娓娓道来,"下午游溪的爸爸打电话给我,叫我和游溪一同回去吃晚饭,我答应了,后来和游溪一起去了他家。吃晚饭的时候,用人捧着一个碎花瓶过来,问聂阿姨该怎么处理,聂阿姨说扔了,游溪当场摔了筷子。后来我才知道那个花瓶是游溪妈妈生前买的。游溪跟聂阿姨起了争执,无意中将聂阿姨推倒,导致聂阿姨的手臂不小心被花瓶碎片划了一道口子。游叔叔气急之下打了游溪一个耳光,游溪气得当时就拽着我走,我那时候哪能走啊?聂阿姨都受伤了。等我和游叔叔一起把聂阿姨送到医院,处理好聂阿姨的伤口以后,再打游溪手机时,他便已经关机了。"

静静地听完沈思滢的讲述,想象着游溪与父母争执的一幕,季夏不禁叹气道:"他都恢复记忆了,怎么还像个小孩子啊。"

沈思滢默了默,忍不住替游溪辩解:"他只是太爱他妈妈了,那花瓶是他妈妈生前留下的,他舍不得丢掉也是正常的。再加上……他跟我说过,他妈妈的死跟聂阿姨有关，所以……"

季夏抿抿唇："其实他……啊！"

她的话还未说完，汽车突然一个急刹车，她整个人随着惯性向前，手机也瞬间滑出手心，掉在了座椅下。

刘叔的声音从前面传来："抱歉啊，刚刚一只狗冲了出来。"

季夏心有余悸，她轻抚着左心房，回过神时，小糯已经替她捡起手机，递给了她。

她接过电话，沈思滢担心的声音响起："季夏，你怎么了？没事吧？"

"没事呢，我快到了，见面再说。"季夏回道。

两分钟后，汽车停在了后花园酒吧的外面，眼见季夏下车去找沈思滢，小糯连忙拉住她："让有心人把你出现在酒吧的照片放到网上，不知道又会有什么流言蜚语了，还是我下车把沈思滢带过来吧。"

说完，小糯开门下了车，没过一会儿，她便将沈思滢领进了车里。

一见到季夏，沈思滢瞬间红了眼眶："我找到游溪了，他的一个朋友刚才打电话给我，说游溪在安平路那边的银桂KTV，听说一直在喝咖啡消愁。"

季夏立即朝司机道："刘叔，去安平路银桂KTV。"

等一行人匆匆赶到KTV时，沈思滢又接到游溪朋友的电话，对方担忧地说游溪跑上了天台。

银桂KTV所在的大楼一共有十五层，等季夏和沈思滢乘坐电梯来到天台时，游溪正坐在一米高的围栏边缘，双脚悬在外边。远远看见游溪的背影，沈思滢只觉脚下一软，她突然想起当初季夏意外坠楼悬在外墙的那一幕，想起自己见死不救的行为，她下意识地拉住走在前头的季夏，生怕记忆里的那一幕会重演。

未能读懂沈思滢此刻的心思，以为她在害怕，季夏回握住她的手，轻声安慰："没事的。"

季夏的安慰使得沈思滢更加于心有愧。

一无所知的季夏推开沈思滢的手，独自走上前，朝游溪喊道："游溪，你在干吗呢？"

游溪没有回话，仿佛没有听到身后的声响，他一动不动，背对着沈思滢与季夏，目光呆滞地望着天空。

季夏走到游溪身旁，伸出手，用力地抓住游溪的手臂，这时她才感觉高悬的心缓缓落了地。

刚才她生怕游溪一个不小心滑落出去，走过来的短短十几步，她的双脚一直在微微颤抖，只是没人发现。

定下心神，季夏找了一个话题，试图转移游溪的注意力："你喝那么多的咖啡，肠胃不会不舒服吗？"

她没想得到游溪的回答，赶紧在脑子里组织着下一句对白，想着如何才能把游溪骗下来。

没想到游溪居然回她了。

他幽幽地说："我想清醒一点儿，恨得清楚一点儿。"

自从恢复记忆之后，游溪对聂嘉琪的憎恨开始变得不彻底，可是亲近的话，又抵不过心中对母亲的负罪感。

在花瓶碎片划伤聂嘉琪手臂的瞬间，游溪第一个起身，他本能地想去找医药箱，给聂嘉琪包扎伤口。

没有人知道他内心的矛盾与挣扎。

除了季夏。

季夏抬眸看向游溪，虽然只能看到游溪的侧脸，但她能感觉到藏在他眼睛里的阴郁和悲伤。她忽然想起前两天她到游家时偶然见到的那一幕，当时一个花盆忽然从楼上掉落下来，砸向站在下面的聂嘉琪，游溪第一个注意到，猛地扑上前推开了聂嘉琪。那时他的眼睛里盛满了关心与在意，可偏偏一转头，却又装上了冷漠。

念想至此，季夏不想再对游溪隐瞒下去，即使她向聂嘉琪保证过不会再提此事。

如果有一天游溪知道，他一直深恶痛绝且不肯去爱的人，其实是他最应该去保护的人，他一定会痛苦万分的。

第十二章 她的秘密

"游溪，我知道你妈妈出事的真相。"季夏低下头，目光顺着游溪的双脚往下眺望了一眼，心有余悸地说，"如果你想知道的话，你就下来，我们到一边说去。"

"什么？"游溪回头，眉心紧锁地瞪着她。他完全没有想过季夏会知道他母亲车祸的真相，莫名不解的同时，看着季夏的眼神中带着半信半疑。

同样不明所以的还有沈思滢。

似乎是在思考季夏言语的真实性，游溪沉默了半响，最终从围栏上走下来。

游溪反抓住季夏的双臂，焦急地追问："你说你知道真相？这到底是什么意思？你知道什么？你认识我妈妈吗？当年的车祸到底是人为的还是意外？你快告诉我！"

游溪的问题连珠炮似的抛出，抓着季夏手臂的手也不自觉地使了劲儿，季夏疼得微微皱眉，却没有说什么。

倒是旁边的沈思滢注意到了季夏脸上的表情，连忙上前拉了拉游溪。

季夏抬眸看向沈思滢，相视间浅然一笑，示意自己没关系，随后又看向游溪。

对于游溪的鲁莽，季夏没有在意，她有些紧张，藏在心上许久的那句话一个字一个字地排在喉咙里，等待着她张嘴的那一霎逸出。她看到游溪眸子里自己的影子，她的双唇正在微颤着。

深吸一口气，她抿了抿唇，开口道："其实，聂阿姨才是你的亲生母亲。"

闻言，游溪的表情僵了一瞬，随即勾起一抹冷笑，眼里多了一分愠色。

只听他说："季夏，别跟我开玩笑，我不喜欢这种恶心的玩笑。"

话里的警告很是鲜明。

心脏暗暗地往上一提，季夏感觉到心里的不安在加重，但既然已经打算坦白，就不能再退却，她见不得两个至亲的人明明就陪在彼此身旁，却因误会而落得疏离憎恨的下场。沉默了一瞬，她重新开口，将聂嘉琪告诉她的一切娓娓道出，也目睹着游溪的神情从震惊错愕到难以置信再到最终的崩溃。

游溪好久没有说话，安静得令人心慌意乱，季夏可以感觉得到游溪抓着她的手在隐隐颤抖。

是害怕，是不安，亦是不知所措。

最终，他一把推开了季夏，不知是因为用力过度，还是因为一下子没了支撑，在季夏踉跄后退几步时，他自己也一并向后踉跄了两步。愤怒与抗拒正侵蚀着他眼里的彷徨无措。

"我不信，我不信！"游溪咬牙切齿地摇着头。

"我没有开玩笑。"季夏强调道。

"那就是你被骗了！"游溪急急反驳。

"如果你不信的话……"

"够了！"

"可以选择做亲子鉴定，我相信聂阿姨绝对不会拿这件事骗我们的。"

"我说够了！闭嘴！"

游溪气急败坏地扑上前，抓住季夏胸前的衣领。四目相对时，季夏清楚地看到游溪眼底的愤怒宛如熊熊烈火。

沈思滢连忙上前掰开游溪的手，将季夏护在身后，吼道："游溪，你冷静一点儿可以吗？"

游溪的双手紧握成拳，目光冷冷地盯着季夏，一字一字地重申道："我宁愿去死，也不会信你们的谎言！"

那晚之后,季夏没有再见到游溪。

沈思滢时不时会给季夏打来电话,皱着眉叹着气说起游溪又和他父母闹矛盾的事情。譬如这个午后,季夏刚开完会,沈思滢的电话就打了进来,她开口的第一句话是:"季夏,我和游溪吵架了。"

季夏疑惑道:"怎么了?"

不满地"哼"了一声,沈思滢愤愤然地说:"我不过跟他提了一句明天是聂阿姨的生日,要不一起去给她挑个礼物、买个生日蛋糕,他就给我脸色看了,板着脸说不关他事,还让我别管闲事。"

闻言,季夏立马想象到游溪那一副故作不耐烦的模样,叹了一口气。

走在她身后的辜遇听到叹息,迈步上前问她:"怎么了?"

这天两个人一同开会,好几天未有联系,走在后面的辜遇正愁寻不到搭话的机会,这会儿迫不及待地凑了上来,将关心奉上。

季夏微笑着摇了摇头,嘴角微翘的弧度透着礼貌与疏远,脚下的步子没有片霎停顿,接着对电话里的沈思滢说:"你在哪儿?我过去找你。"

沈思滢报上地址时,季夏踏入了电梯,按下关门键,企图将辜遇留在外面。然而辜遇反应极快,在察觉到季夏的企图后,眼疾手快地闪身钻进了电梯。

电梯门合上,季夏与沈思滢的通话正好结束,空气霎时安静下去。

季夏捧着手机低下头,手指漫无目的地滑动着手机屏幕,分明是在逃避这一刻的单独相处。

与季夏的逃避截然不同的是,辜遇并不想错过这仅仅两三分钟的时间。只见他突然从背包里掏出一个小本子,递给季夏:"我作了一首新的词,你要不要帮我看看?"

本子递到了季夏的跟前,横在季夏与手机之间。

心蠢蠢欲动,叫嚣着要她去接下本子,季夏暗自深呼吸,强行按压下怦怦乱撞的心脏,然后抬起头,看着电梯门液晶屏上正在递减着的数字,语气淡漠地回答:"不好意思,我没兴趣,也没空。"

季夏不敢看辜遇,只恨不得红色的数字能在眨眼的瞬间停在"1"上面。

辜遇也不收回本子,微笑地固执道:"看看吧,我很需要你的意见。"

他希望季夏能懂得,他这句话四舍五入的意思是,我很需要你。可惜季夏故意装聋卖傻,不仅不再回话,连看都不看他一眼。

电梯很快到达一楼，本子还执拗地横在季夏的眼前，季夏抿抿唇，抬手推开辜遇的手，径自踏出了电梯。

直到上了出租车，季夏也没听见辜遇的呼唤。

淅淅沥沥的雨在心里敲出阴郁的节奏，意识到失落时，季夏才恍然，原来她心上还存有希望。

深深吸了一口气，不打算向沈思滢倾诉心事的季夏将伤感藏好，待下车时扬起了微笑。

果然，沈思滢对于残留在季夏眼里的惆怅毫无察觉，只笑着上前挽住了她，嘴上念叨着要去哪家服装店里看最新到货的新款衣服。有了季夏的陪伴，沈思滢将所有的不愉快都抛诸脑后，两个人在商场里足足逛了三个小时。

等到天彻底黑下去，二人终于有了倦意，这时，沈思滢接到了游溪父亲游牧的电话。

沈思滢当即接了电话，耳边传来一个儒雅又略微沧桑的男声："思滢，游溪有跟你在一起吗？"

沈思滢摇了摇头："没有。"

追问之下，沈思滢得知，原来游溪又和聂嘉琪起了冲突，起因是他以为聂嘉琪故意弄丢了一幅他送给孟岚的画，于是对聂嘉琪大发雷霆。聂嘉琪没有辩解，冒着大雨出门去小区垃圾箱翻找画，却意外出了车祸。待聂嘉琪出门之后，游牧发现是家里的用人不小心丢弃了游溪的画，因为怕游溪怪罪，所以嫁祸给聂嘉琪。

挂断电话后，沈思滢连连深呼吸，勉强止住了发颤的身子，她给游溪拨去电话，没想到游溪关机了。

见沈思滢脸色惨白，季夏连忙问她："发生什么事了？你的脸色怎么这么差？"

沈思滢咬了咬唇，将游牧刚才说的话详细复述了一番，她抓住季夏的手，焦虑不安地道："怎么办？季夏，我们该怎么办？万一聂阿姨有什么事……万一游溪……"

万一聂嘉琪熬不过这一次，游溪是不是连她最后一面都见不到？

季夏回握住沈思滢的手，连声安慰后，提醒道："上次给你打电话说游溪在KTV的那个男生你还记得吗？他的号码你有存下吗？"

后知后觉的沈思滢立马翻起了通话记录："在这里！"

找到了该男生的电话号码，沈思滢当即将电话拨了过去，虽然电话接通了，但男生说游溪并没有和他在一起。闻言，沈思滢失落无措，季夏见状接过手机，拜托男生帮忙找一下游溪后，又拉着沈思滢出了商场，直奔医院。

等游溪来到医院时，时间已经过去一个小时，聂嘉琪还在手术室里抢救。

第十二章 她的秘密

游溪是被游牧的秘书找到并押着过来的,一与游牧见面,游溪便充满敌意地冷笑着说:"她还没死吗?"

季夏比游牧更加生气,她咬着牙上前,抬手便打了游溪一个耳光,怒斥道:"如果聂阿姨死了,你就真的没有妈妈了!你一定会后悔一辈子的!"

不知道是不是季夏的那一巴掌太过用力,游溪觉得自己浑身都在发颤。

一路上好不容易堆砌起来的冷漠,在这一刻全然倒塌。

脸上火辣辣的痛,不及心脏的痛的万分之一。

游溪呆呆地抬起眼,目光凝固在手术室外那刺目的红色灯上面,只觉得心慌意乱,一如他十三岁那年,孟岚躺在手术室里抢救的那个午后。而他也仿佛穿梭了时光,变成当初那个彷徨无措、惊惧不安的小孩儿。

只是他很清楚,此刻手术室里的人是聂嘉琪。

在这一刻,他发现,其实他并不是那么抗拒聂嘉琪是他的亲生母亲这件事。

回想起他失忆的那段时间,聂嘉琪对他无微不至的照料,母子间的温馨时刻,游溪的鼻腔中忽然涌上一阵酸涩。他终于醒悟,想要好好珍惜,只是这一切是否太迟……

幸好,命运待他不差。

当红色的灯灭下,医生从手术室里出来,游溪看着父亲脚步踉跄地走上前,只觉得自己的双脚仿佛被从地里长出的藤蔓捆绑住,不能动弹。

他只能竖起耳朵,确保不错过医生口中的任何一个字。

"病人手术很成功,目前已脱离生命危险……"

悬在半空中的心缓缓地落了地,游溪长出了一口气,眼里终于有了一丝生气。失而复得,是世界上最值得庆贺的一件事了。

04

一夜的暴雨之后，天空终于放晴了。

可是许多月的心没有放晴，看着窗外的天空，她给辜遇打了一通电话。前一晚，她给他打了很多电话，他都没接，她去到隔壁敲门，也始终得不到任何回应。她潜意识里觉得，辜遇正与季夏待在一起。

等了好一会儿，辜遇的电话终于打通了，许多月率先打招呼："喂，辜遇，是我。"

那厢，辜遇打了一个哈欠，声音懒洋洋地问她："有事吗？"

"你在家里吗？"许多月语气故作迟疑，话落，她轻咳了几声，接着说，"是这样的，我……我有点儿不舒服，估计是发烧了，你能不能过来一下？咳……咳咳……"说完，她又刻意咳嗽了几声。

"哦。"辜遇没有拒绝，顿了好半晌才说，"我现在不在家，晚点儿我再回去。"

"好，那我等你。"许多月只当他是答应了，语气里透着轻快的欢喜。

挂断电话后，许多月就开始了等待，怕辜遇到来时看穿她的戏码，她躺回到床上，数着时间，几乎每过去一分钟就看一眼手机屏幕。

时间犹如一只慢吞吞的蜗牛，每走一步都慢得好似过了一个世纪。

终于门外传来了"笃笃笃"的敲门声，许多月的心一下子雀跃了起来。

辜遇知道她家的备用门钥匙搁在哪里，知道她生病，一般情况下，他会直接开门而入。因此许多月不由得竖起耳朵，仔细听着门锁的响动，一声轻微的"咔嗒"响起，许多月莞尔一笑，忙将被子往脸上拉了拉。

下一秒，门被打开，一个人影缓缓走进许多月期待的视线，可是，这人的身影比辜遇要矮胖得多。

期待瞬间落空，许多月皱起了眉头。

此时，拎着菜篮子进了屋内的朱阿姨操着粗犷的嗓音说："小许啊，你还好吗？小辜说你发烧了，让我赶紧过来，我连忙到菜市场给你买了猪尾骨，等会儿给你熬粥。啊，对了，小辜说不知道你家里还有没有感冒药和退烧药，我都一并买了。你等一下啊，我拿体温计给你测一下体温，等你喝完粥后再吃药。"

朱阿姨是个热心肠的人，做事也认真尽责，许多月在这个家政阿姨身上挑不出毛病，只是一想到辜遇不顾生病的她，只顾着讨好季夏，满腔的失落被愤怒代替，她失态地吼了起来："行了，我不用你管！你给我出去！"

被许多月这么一吼，朱阿姨吓得半天没说话，好不容易缓过神来，刚喊了一声"小许"，又被许多月打断了。

许多月强调地喊："走啊！我不需要你！"

皱着眉的朱阿姨一边想着是不是自己说错了什么，一边仍放心不下许多月："可小辜说你发着烧呢……"

许多月突然抓起床头柜上的闹钟，猛地砸到了地上，朱阿姨再不敢多说，只好放下食材和药品转身离开了。

看着朱阿姨离开的身影，许多月咬着牙把被子往上一拉，盖过脑袋，然后大声叫喊了起来。

"啊——"

厚实的棉被盖不住她悲伤的怒吼。

嘶吼过后刺痛的喉咙，也分担不了她心上的痛。

连连深呼吸后，许多月终于勉强平复下心情，她从被子里钻出来，拿起手机，正要给辜遇再一次拨去电话，这时又响起了敲门声。

以为是朱阿姨去而复返，她蹙起眉头，没有说话。

"你好，快递。"门外响起一道男声。

闻声，许多月忙对门外喊："好的，请等一下。"

说完，她慢吞吞地从床上坐起来，赤脚踩在冰凉的地板上，走了两步，她忽然记起了什么，随即折身走到轮椅前坐下，然后推着轮椅到房门口。

她没有瘫痪这件事，是个秘密，辜遇并不知道。

当初随着辜遇赶到季夏与聂西闻出事的地方时，熟悉感紧随而至，许多月记起那是她小时候去过的地方。尽管天很黑，她却清楚地知道，只要往前再走十多米，在拐弯的地方有一个小小的斜坡，不同于季夏坠落的山谷，斜坡很浅，下面是一个小湖，她可以制造类似于季夏坠谷的意外，让辜遇心中的愧疚更深几分。

她这么计划着，也这么做了，成功地骗过辜遇。

许多月打开门，只见门外站着一个穿着邮政工作服的小哥，对方微笑着递上一个文件袋和一支笔，道："这是您的快递，请签收一下。"

许多月接过文件袋，拿笔在签收栏上签好名字，道了声谢谢，随即关了门。

进屋之后，她才低头去看手中的文件袋，只见上面写着"×××基因鉴定中心"，心脏不由得一紧，心跳的速度也加快了许多。她紧张地抓紧文件袋，捂住心脏，深深地吸了一口气。

这个结果，她已经等了近半个月。

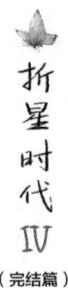

半个月说长不长,说短不短,但等待的每一日都是煎熬的。尤其是许多月总梦见季夏,梦见季夏把她推倒,气急败坏地指责她盗走了自己的父母、自己的家。

她一定要证明,是季夏对不起她,而她从未盗走季夏的任何东西。

想着,她捏住文件袋的边角,用力一撕,只听"刺啦"一声,文件袋被撕开了一道口子。

里面放着几页A4纸,许多月再一次深呼吸,然后把手伸进文件袋里,将所有的纸都拿了出来。

几页纸拿在手里,明明很轻薄,许多月却莫名觉得很沉重,连翻开的动作都有些力不从心,差一些就将纸撒在地上。就在一张一张翻过去之后,许多月终于翻到了最后的结果。

只见上面写着——

鉴定结果:经我中心鉴定,季夏与许仁和……

心脏仿佛挣脱了胸腔的束缚,逃脱出来后卡在了喉咙里,许多月的目光从那一行字上慢慢扫过,只看了一半,屏息凝神的她便觉得透不过气,下意识地闭上了眼睛。

这么几秒的工夫,她的心俨如破了一个小口子的气球,里头的勇气骤然泄得一干二净。

如果……是不想要的结果,她该怎么办?

只是想着,许多月的身体便止不住颤抖起来,她还没有想好处理最坏结果的对策,可是倘若季夏真的是许家的孩子,那她一定是要死守这个秘密的。因为她不想失去她的母亲、她的家,她不想再回到过去那段孤苦无依的时光。

不论结果如何,她都必须是许家唯一的大小姐。

心意笃定之后,许多月再次睁开眼睛,接着未看完的那行字,目光向右扫去——

季夏与许仁和存在亲生血缘关系。

第十三章

冬天的第一场雪

01

午后的阳光将深秋的叶子染得金黄，一阵秋风掠过，树上几片摇摇欲坠的叶子被风摘落，宛如旋转在空中的芭蕾舞者，路过辜遇的视线，安静地落地。其中一片半黄不绿的叶子掉了队，正正落在他的手机上，遮住了屏幕中央。

屏幕里是许多月发过来的短信，她说——

如果我死了，你会难过吗？会有多难过呢？

辜遇拿掉树叶，黑色的字体再次映入眸中，已经过去了一个小时，字里行间的绝望与悲伤不减半分，却让辜遇眼里的彷徨和无措更加浓郁了。

许多月给他打电话时，他正在母亲连芷那边，因为前一晚母亲身体不适，恰巧父亲辜商恨又出差到外地开研讨会，母亲便向他打电话求助。他急忙赶了过去，之后一直忙着照顾母亲，也没有时间回公寓。接到许多月电话后，他当即嘱咐朱阿姨过去照顾许多月，可过去不到一个小时，朱阿姨又打来电话说许多月气鼓鼓地将她赶了出去。辜遇正忙着给母亲熬粥，便宽慰了朱阿姨几句，并没有把许多月的大发雷霆当回事儿。但他怎么也没想到，许多月会因此给他发来这样一条短信。

辜遇抬起手，发愁地按住眉心揉了两下。

刚才他给许多月打去电话，但对方一直处于关机状态。

此时此刻，他就站在公寓楼下，脚下踌躇着没有方向，他才发现自己对许多月的了解实在少之又少。

他想了一圈许多月能去找的朋友，脑子里却浮现出了季夏的身影。

原来除了季夏，在这座偌大的城市里，许多月能依靠的人只有他。

念及此，辜遇心中越发内疚和不安，仿佛熊熊燃烧的烈火，炙烤着焦灼的心。

他只能试着打给季夏问问许多月的下落。

"有事吗？"电话那头传来季夏清浅的声音。

"没……没……"辜遇慌了，他突然意识到他不应该打电话给季夏问许多月，这个举动会让季夏多想吗？怀着这样的忐忑，他话也说得不利索，"啊，有……有的。是这样，我想问多月有没有找过你。"

"多月？"季夏下意识地蹙起眉心，坦白道，"没有，我们很久没联系了。"

"哦。"辜遇吞了下口水，还没想好下一句的对白，季夏就语气淡漠地说："如果你没有其他事情的话，我挂了。"

说完这句话，季夏又等了两三秒钟，见辜遇不再说话，她当即挂断了电话。

她不知道，辜遇的沉默是因为忙着在脑子里搜索着新话题，等他终于想到要问她是否要去练歌房练习时，耳边早已剩下茫然的"嘟嘟"声，轻快得像是在幸灾乐祸。

挂断电话后，季夏一脸闷闷不乐。

小糯拿着季夏的保温壶过来，见她突然一脸不快，疑惑地问："怎么了？"

季夏摇摇头，回了声"没事"，接过保温壶喝了一口温水，问："练歌房可以用了吗？"

"可以了。"小糯点点头，说完忽然记起了什么，问季夏，"对了，聂医生有联系你吗？"

"没有。"

小糯叹了一口气，嘟囔道："也不知聂医生怎样了。刚刚我遇见 Heinz 哥在讲电话，好像是打给医院的。我好奇地问了他两句，他说是在问聂医生的消息，但医院那边也没聂医生的消息。他还说如果聂医生有什么消息，应该会第一个联系你的。"

季夏沉默地听完，并没有接话。

沉默间，手机振动了一下，季夏低头一看，是沈思滢发过来的微信消息。她一边起身走出化妆间，一边点开信息，是一个短视频。视频里，游溪守在病床边握着聂嘉琪的手，两个人相顾无言，彼此脸上带着微笑，眼里携着名为亲情的爱。

看着视频里这对失去了太多时光的母子，季夏不觉莞尔一笑，她相信余生那么长，这对母子得到的总会比失去的多。

第十三章　冬天的第一场雪

02

三天时间如白驹过隙，坐在出租车上，望着车窗外熟悉的街景，许多月连打了三个喷嚏。深秋的 H 国首都要比 A 市冷得多，就算车窗关得紧实，穿着毛衣和长裤，她仍然冻得哆嗦。她揉了揉鼻子，张嘴朝并拢的双手哈了一口气，这时手机铃声在静寂的车厢里欢快地跳跃起来。

许多月立马从包里摸出一部手机，按了一下主键后，发现手机依然是黑屏的关机状态，这才反应过来，又从包里摸出了另一部手机。

出租车从一盏烧坏了的路灯下路过，黑暗里，许多月的忐忑不安藏得刚好，不露痕迹。

三天前，她给辜遇发去一条暗示想要寻死的短信之后，便将手机关机，独自回了笼月镇。

她从来都没有寻死的心，只不过想借着那条短信吓唬吓唬辜遇，以此来证明自己在辜遇的生命里不可或缺的重要性。可是，每当拿起手机想要开机时，她又害怕没有任何来自辜遇的来电和短信。

许多月的手指划过手机屏幕，接通了母亲林秀珍的来电。

自从父亲去世以后，她便时不时给林秀珍打个电话，毕竟她不在林秀珍身边，担心林秀珍一个人在家里胡思乱想。虽然与林秀珍分隔两地，但林秀珍格外关注她的消息，所以当初假装瘫痪后，怕林秀珍担心的她第一时间向叔叔许仁义报备，由许仁义出面阻断消息传至 H 国。加上她原本就不出名，国内对她瘫痪后与 HN 解约一事报道也不多，所以林秀珍一直不知情。

"喂，妈妈……"电话接通，许多月先开口打招呼。

"多月啊，你现在在哪儿呀？你叔叔说你回来了，我算了下时间，你现在已经到机场了吧？哎，你好不容易回来一趟,怎么都不跟妈妈说呢？别跟我说要给我一个惊喜，我啥都没准备，手忙脚乱的，刚刚赶紧让阿姨去买了点儿你喜欢的菜回来。你现在在哪儿？我让司机去接你。"林秀珍连珠炮似的说了一大段，语气中似乎是埋怨，又有藏不住的欢喜。

林秀珍絮叨的声音响在耳边，许多月的眉心却不自觉地蹙起。

她原本没有回 H 国首都的打算，但在离开笼月镇时接到了许仁义的电话，许仁义让她回 H 国首都与之前他提过的韩家二少爷见一面，她当即拒绝了。许仁义一听，便威胁她，说他手里握着她的秘密，哪怕她能抹去所有的证据，到底换不掉骨子里的血缘。

许多月只能妥协，因此她没有提前告诉林秀珍她回H国首都的事，想着顺便当作给林秀珍的一个惊喜。可是许仁义终究信不过她，怕她失信于他，故意将她的行踪透露给林秀珍，既是在逼迫她，也是在警告她。

念想至此，许多月无奈地摇摇头，嘴边露着一抹自嘲的笑。她语气尽量轻快、温柔，对母亲道："叔叔可真是过分呢，居然出卖我。唉，惊喜失败了，太不好玩了。妈妈，你不用太折腾了，我已经吃过晚饭，不饿呢。我快到家里了，回去再跟你好好说哦。"

半开玩笑的语气，令人察觉不出她的不快。

林秀珍又唠叨了两句，尽管觉得不尽兴，但也挂了电话。

不多时，许多月就到了家。她一进家门，林秀珍就拉住她，对她仔仔细细地好一阵端详，一会儿抓抓她的手臂，一会儿捏捏她的腰板，嘴巴念叨着："你怎么瘦了这么多？"

大概在每个母亲眼里，孩子一旦离开自己身边，就会吃苦变瘦吧。

许多月拍了拍自己的双颊，笑道："哪有，明明胖了好多呢！你看。"

母女俩说笑着，家里的阿姨跑了过来，一个接过许多月的行李，一个关门道："夫人，小姐，你们都别站在门口了，快快到餐厅里吧！燕窝粥都准备好了。夫人你吃完粥，还得吃药呢。"

听到"吃药"两个字，许多月皱起眉头，看向林秀珍："妈妈，你生病了？"

林秀珍瞪了一眼站在许多月身后的阿姨，转瞬朝许多月扬起笑容，拉着她往餐厅走，轻描淡写地答："也就是感冒，已经好得差不多了，只不过晚上睡觉还会咳嗽。"说着，她的手轻轻地拍了拍许多月的手臂，"其实啊，只要我的宝贝女儿回来，我就全好了。"

对上林秀珍慈爱满满的双眸，许多月想起了季夏。她的心瞬间慌乱起来，抿着唇，一时语结，只余下嘴角有些僵硬的笑容。

对许多月的情绪毫无察觉，林秀珍嘴上还在嘀咕："你这次回来不走了吧？听你叔叔说，你和辜遇处得不大愉快，如果真的不行，就不要勉强了。你叔叔还说，有个男孩子不错，你这次回来就是去见见他的，我想着也好，这样你就可以留在家里了。唉，你丢失了的那些年，都还没补回来呢。这两年你又时常不在家里，以前你爸爸还在，妈妈倒没觉得孤独，现在你爸爸走了，你也不在家，我一个人总觉得孤零零的。"

说话间，林秀珍的语气多了几分失落与孤单，许多月悄悄抬眸看向她，见她眼里像是沾染了雾气，湿湿的。

许多月知道，母亲是真的觉得孤独，也真的需要自己这个女儿。

可是慈爱也好，想念也好，需要也好，这些终究是属于季夏的。

第十三章 冬天的第一场雪

季夏那张脸再次浮现在眼前，仿佛与母亲的脸叠合在了一起。这次她回笼月镇，本来是想抹去所有能证明季夏身份的证据的，但在那里她听到了许多关于季夏的事情。当她越了解到别人眼中的季夏，心就越是被季夏的坚强、善良所折服。

此刻的她觉得自己就像一个小偷，不知廉耻地偷走了属于季夏的一切。

意识到自己的心再一次摇摆不定，许多月深吸了一口气，生生抹去了脑海里的胡思乱想，一把抱住林秀珍，语气笃定地道："妈妈，我不能失去你。"

以为许多月只是在撒娇，林秀珍笑呵呵地回抱住她，一只手轻轻抚着她的后脑勺，笑道："都多大了，还这么爱撒娇。"

从盛夏到深秋，季冬到H国首都也有几个月时间了，可是她仍然不喜欢这里的一切，总觉得与A市和笼月镇相比，H国首都要冷漠好多。即使是在阳光炙热的盛夏时，她也常觉得好似有冷风刮过心脏。

她叹了一口气，抬头看向湛蓝的天空。

天气是真的不错，在深秋十分难得，只是她刚刚因为不小心把热水洒到南盛母亲的脚上，与南盛吵了一架，心情怎么也没法晴朗起来。

到H国首都后，她一直在努力习惯这里的生活，努力想要重新开始自己的人生，但是她太天真了。她本以为与游溪立下交易就能够凭着一个电视剧女二号的角色在H国翻红，却不想该电视剧因为编审不过关，直接被搁浅。现在，她跟在南盛屁股后面，成了一个被HN雪藏的男歌手的小助理，还得帮忙照顾南盛生病的母亲。

她开始怀疑，当初跟着南盛到H国首都的决定是错误的，尤其是受了委屈后，在这个陌生的国度里，她连一个可以依偎、倾诉的对象都没有。这时候的她，不仅是孤独的，更是可怜的。

越想越委屈，季冬从包里掏出手机，下意识地在拨号键上输下一串号码。

那是季夏的手机号码，即使换了手机，这一串号码她还是记得清清楚楚。

季冬忽然反应过来，心里既错愕又生气，更加瞧不起这一刻的自己。她后知后觉地发现，原来她再怎么恨着季夏，心里始终是依赖着季夏的。在这个世界上，季夏是她唯一的亲人，也是她唯一可以依赖的人。

咬着牙盯着那一串数字许久，季冬最终还是退出了拨号界面，把手机锁屏，重新丢回包里。

接着她抬起头，连连几个深呼吸，随即认命般地站了起来。

她想，去给南盛的母亲买点儿吃的好了，当作是为她的不小心道歉。虽然与南盛吵架后心情很糟糕，但她也知道，事实上就是她的错，如同南盛所说的，不小心也是错。

季冬没想到，当她拎着一袋辣炒年糕回医院时，居然看见了许多月。

其实，季冬与许多月并没有任何交集，偶然一次见过，还是因为她当时看到幸遇背着许多月。那远远的一面后，季冬好奇地在微博里搜索了季夏与幸遇的话题，也因此得知许多月是季夏的同门师妹。

不过……

季冬的视线往下移，打量起许多月的腿来。

关于许多月出意外导致双脚瘫痪，余生须依靠轮椅度过的事，她是偶然间在国内的小站新闻上看到的。

此刻见许多月双腿健全，完全就是一个正常人，季冬不由得多了个心眼，悄悄跟上前。

她看到许多月跟在一个身着黑色西装、五十多岁的男人身后，两个人神情凝重地走到走廊的尽头，许多月喊那个男人为"叔叔"。

两个人是用中文交谈的。

男人严肃地说："我说过，我会处理的吧？"

"我不放心。"许多月回道。

男人耐着性子说："你总觉得是偷来的东西，这样你永远都不会心安理得的。"

许多月无视了他的话，问："叔叔，你当初为什么选中我？"

"因为你太想要一个家，我只是帮你一把而已。"

"可是……我占用了季夏的身份，季夏才是许家的大小姐。"

听到这里，季冬震惊地愣在原地，她一双凤眼瞪得大大的，里面充满了不可思议。

季冬逼着自己赶快镇定下来，见许多月与西装男子的谈话接近尾声，她静悄悄地离开了。季冬的心情好半天都没能平复下来，忐忑不安之际，她拿出电话，下意识地就要给季夏打去电话，告诉季夏这件事。

然而按下拨号键的下一秒，她立马挂断了电话。

她冷静了下来，大脑飞速运转，许多月之所以能够霸占季夏的身份，肯定跟她那位叔叔脱不了干系，她贸然将这件事告诉季夏，对季夏来说，不知是福还是祸。再说了，看男人与许多月的穿着打扮、举止谈吐，应该是有着很丰厚的家底，南盛正在为他母亲的手术费犯难，许多月也许能够帮到他们。

念想至此，季冬将手机丢进背包里，昂起头来往前走。

她在心里说服着自己：不是我对不住季夏，我只是刚好不小心知道这个秘密而已。我没有要对季夏知无不言的义务，她找不到自己的家人，本来就跟我没有半点儿关系。更何况，当初我的妈妈出事，她也见死不救过，这回我又不是看着她去死而见死不救。我是为了救南盛的妈妈，比起她犯下的罪过，我的隐瞒根本不值一提。

此时的许多月还不知道，她苦心隐瞒的最大秘密已经被发现了，还不仅是季冬一个人。

做完手术没几天的聂西闻就在这个医院里休养，方才医生过来看他，他正好从敞开的房门口看见了许多月，只是匆匆的一眼，他便认出了她，随即想到他在A市见到许多月坐在轮椅上的模样，心中若有所思。

04

从深秋到初冬,仿佛就是一场雪的事情。

当第一场雪纷纷扬扬地落下时,季夏正在酒店里跑步。酒店配置的跑步机放在客厅里,与阳台只隔着一扇玻璃门。屋子里的暖气开得十足,季夏穿着背心式的运动装,头发梳成丸子状,耳朵里塞着蓝牙耳机,一边跑着步,一边想着新专辑与演唱会的事情。

季夏是来 P 市录制一个节目的,已经在这里待了三天,明天就会回 A 市。

下午,朴河寅打电话来,告诉她新专辑确定要在圣诞节发行,届时会办一场新闻发布会,上一次会议上策划部提出让她在明年五月份开演唱会的事情,已经确定下来。虽然演唱会有半年的时间筹备,但季夏仍觉得很紧迫。

耳机里,一首歌刚落入尾声,换歌的间隙,小糯的声音在房间里兴奋地响起。

"季夏!季夏!你看,下雪啦!"

"哗啦——"

接着是玻璃门被推开的声音,一股冷风扑面而来,一身汗水的季夏受不住这初冬夜风的拥抱,连连打起了喷嚏。

小糯赶紧把玻璃门关上,抱歉地看着季夏:"对不起啊,我……一时太兴奋了。"

知道小糯很喜欢下雪天,季夏摆了摆手,用手揉了揉鼻子,说:"没事。"

她按停跑步机,目光穿过玻璃门,看向夜空。

雪一片一片地从天上飘落,在橘黄色的灯光下,俨然多了几分暖色。

在与辜遇认识不久后的那个圣诞夜,她曾与辜遇一起看过一场人工雪。那晚,辜遇突然心血来潮,拉着她一起唱歌,唱的是那首《今天你要嫁给我》。

回忆飘然来袭,耳边似乎也响起了辜遇的歌声:

"春暖的花开带走冬天的感伤,微风吹来浪漫的气息,每一首情歌忽然充满意义,我就在此刻突然见到你……"

温暖得像春日的暖阳。

她朱唇微启,情不自禁地哼起歌来,手机铃声忽然响起,打断了她。

季夏抿抿唇,清空了脑子里的回忆,折身走到茶几旁拿起手机,是一个陌生的号码,看前缀是来自 H 国的长途电话。

当下想到聂西闻,季夏深吸了一口气,接通了电话。

"喂,季夏,是我。"是熟悉的声音,带着不易察觉的哆嗦,却不是聂西闻。

"冬……冬儿?是……你吗?"季夏吃了一惊,虽然心里是确定的,但语气仍然

挟着疑惑,她眉头深锁,下意识地屏住了呼吸。

她以为,季冬这一生都不会再联系她了,想着,她的眼眶忍不住红了,心也不禁小心翼翼地雀跃起来。

没有回答季夏的问题,季冬单刀直入地说:"我明天回 A 市,你有空吗?我想见你。"

季夏错愣了一下,点点头:"有空,我明天回 A 市,你住哪个酒店?我直接去找你吧。"

她的激动没有任何修饰。

季冬一怔,顿了顿,才接着道:"我加你微信,给你发酒店信息。"

挂断电话后,季夏迫不及待地点开微信的界面,等待着季冬发来的验证消息。

与此同时,站在雪地里的季冬哆嗦着,一边跺脚,一边在微信添加好友的界面里输入季夏的手机号码,给她发去了好友申请。做完这一连串的动作,季冬抬起头,眯着眼望向头顶的那一盏路灯,长出了一口气。微醺的夜色,呵气如同烟雾,缭绕在她的脸畔,十分好看。

站在楼上的南盛看着路灯下的季冬,他不知道季冬躲着他做什么,但心里隐约觉得有些伤感。

像是这雪很悲凉。

似乎这冬天终将会把他和她分开。

他不住地深呼吸,玻璃上多了一团白雾,很快就散了,似是不曾存在过。

第二天。

晚上六点,季夏从公司出来,拦了一辆出租车,直奔季冬住的酒店。

与季冬约好的时间是七点,算上路上的用时,她会比约定的时间早到二十分钟,但她一点儿也不介意等待。季夏十分期待着这次见面,甚至准备好了家中的备用钥匙,若季冬想到她那儿住下,她无条件欢迎。

入冬后,天就黑得格外快,路灯照亮了整座城市,却没能照亮漆黑的夜空。这一整日的天色都不大好,黑压压的乌云在天上盘踞,像是在酝酿着什么。

正值下班高峰期,路上有些堵车,当出租车终于停在酒店的门口,只比约定的时间早了十分钟。

下了车,季夏一边走进酒店,一边给季冬打电话,手机听筒里的"嘟嘟"声很快被切断,她正张口要唤季冬,却听见机械女声道:"您好,您所拨打的号码已关机……"

季夏微蹙起眉,重拨了一遍季冬的号码。

"您好,您所拨打的号码已关机……"依然是机械女声。

眉心拥挤着疑惑,季夏拿着手机的手垂了下去,走进电梯里,直接上了十二楼,季冬前一天给她发过自己的房间号。

站在季冬的房门外,季夏按了好久的门铃,季冬始终没有来开门。

再打电话过去,手机依旧是关机的状态。

猜想着也许是季冬出门去买东西了,季夏不敢走开,她不停地拨着季冬的手机号码。

直到一个小时之后,季冬的电话终于拨通了,季夏长出了一口气,没等季冬说话,焦急地问:"冬儿,你去哪里了?可担心死我了,你的手机怎么一直关机?我现在在你房间门外呢,你什么时候回来?"

手机里一片寂静。

心忽然"咯噔"一下,季夏隐约察觉到不对劲,眉心蹙紧,唤了声:"冬儿?"

她的声音落下好一会儿,那边终于有了回应,季冬慌乱害怕地喊道:"季夏,救我!"

季冬只说了一句话,又不再吭声了,季夏只能依稀听见类似"呜呜"的挣扎声,好像是季冬的嘴巴被人捂住了。

"冬儿!"季夏冷不丁地倒吸了一口冷气,浑身止不住颤抖起来。

"听着——"电话那厢忽然传来一道使用了变声器的声音,分不清是男是女,"我要一百万,否则明天你妹妹暴尸街头就会成为头条新闻。现在给你两个小时的时间,

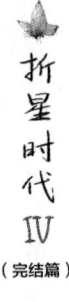

十点钟,郊外的黑云山公园,如果你没有带着一百万过来,后果自负。"

"你……你是谁?"季夏害怕地紧紧攥住手机问。

"不要报警,否则后果自负。"对方没有回答她的问题,只冷冷地丢下一句警告,就挂断了电话。

听到季冬陷入危险之中,季夏方寸大乱,她刚要拿着手机拨打110,突然间又想起绑匪的警告。她不禁吓得一个哆嗦,手机从手中滑了出去,掉在了地上。

季夏颤颤巍巍地捡起手机,手不听使唤地发抖,她干脆蹲在地上,连连几个深呼吸。过了一分钟,她终于稍稍冷静了一些。想到一百万赎金,她立马登录手机银行,查看完余额,眉头的褶皱更深了——银行卡里只有几十万。

怎么办?

慌乱无措之际,她想到了辜遇,一通电话打过去,但辜遇没有接。

这个时间银行已经下班,现金是取不出来了,看样子只能把银行卡和密码直接给绑匪,这么想着,季夏匆匆忙忙地离开了酒店,在路边拦了一辆出租车。等她坐上出租车,再给辜遇打去电话时,电话这才被接通。不等辜遇说话,季夏直入主题:"辜遇,能借我点儿钱吗?有多少借多少,最好能有六十万。"

闻言,辜遇一脸错愕,他皱起眉头追问:"发生什么事了?你为什么要那么多钱?"

季夏来不及解释,语速很快地说:"我有急用,你直接转到我的银行卡上可以吗?多少都行,我给你发卡号。"

话落,她向司机报上目的地,然后挂了电话。

正当她给辜遇发去自己的银行卡账号时,司机说:"小姐,你还是下车吧,黑云山那地儿我可不敢去。"

季夏不知道关于黑云山的传言,不明白司机为何拒载,只焦急道:"司机,拜托了!你帮帮忙,送我过去吧!要加钱也可以的!"

好不容易说服了司机,出租车总算往黑云山公园驶去。

坐在出租车的后座上,忐忑不安的季夏只觉得如坐针毡,等了好一会儿她都没有收到辜遇的转账消息,估计是辜遇身上也没有那么多钱,于是她又分别给沈思滢和游溪打去了电话求助。

另一边,本想给季夏回拨电话的辜遇犹豫了一会儿,穿上鞋子,出了门。

听到电话里季夏向司机报上的目的地,辜遇的心总觉得不安。

黑云山公园他是略有耳闻的,那里地处偏僻,有许多不好的传言,即便是白天也很少人会去那里。

全然不知辜遇正往黑云山公园赶来，季夏在公园门口下了车，司机绝尘而去，她站在仅有的一盏路灯下，看着周遭寂静幽深的一片，心里不由得惶然。她强压下心中的害怕，拨打了季冬的手机号码。

对方很快接起电话，开口就问："钱准备好了吗？"

季夏没有否认，也没有承认，只含糊地"嗯"了一声，说："我现在就在公园门口，你们在哪儿？"

第十三章

冬天的第一场雪

06

按照绑匪的指示，季夏很快来到黑云山后山的树林里。

凛冽的寒风呼啸着穿过林子，声音阴森可怖，风的尾巴甩过树枝，拍打着枝叶，偶尔有零星落叶掉下来，擦过季夏的脸颊，粗糙的冰冷感令她浑身一颤，鸡皮疙瘩顿起。

手机手电筒的光随着手的动作在林子里晃动，季夏一边喊着季冬的名字，一边小心翼翼地往前走。走了不多时，季夏不小心踩中一根枯枝，只听见"啪"的一声，正好耗尽电量的手机关机了，瞬间，视线里仅有的光被黑暗吞噬。

周遭只余狂妄的风在呼啸，似乎是在嘲笑她的胆小。

季夏咬了咬牙，深呼吸一口气，再一次唤了起来："冬儿，冬儿！"

"呜……呜……"

"冬儿？"

忽然听到细微的响动，季夏激动地往前跑去，因为周围太黑，她没跑几步就被脚下的石子给绊倒在地上，掌心落地，火辣辣的刺痛感立刻麻痹了双手。季夏咬着牙，转以手肘撑地，手攥成拳头时，她感到一股黏糊糊的触感，一股淡淡的血腥味弥漫在空气中。

空气中再次传来了挣扎的声音："呜……呜……"

季夏费力爬起来，仔细辨别着声音的方向，摸着黑寻过去，终于在不远处找到了被绑在树干上的季冬。

高悬的心终于落地，季夏跑上前去，手忙脚乱地为季冬解身上的麻绳："你没事吧？有没有受伤？"

绑在季冬嘴上的布条被解开，季冬的第一句话就是："钱呢？"

季夏一边帮季冬解绑，一边压低声音道："我没带，我只带了银行卡，卡里的钱也不够，但不管了，我必须先把你救了。大不了换我当人质，让他打电话去给我经纪人，公司总不能看着我死吧。"

听季夏这么一说，季冬登时哑口无言了。

全然没有察觉到季冬沉默里的不妥，季夏只顾着拉住她的手："快走吧，这里太危险了！"

感觉到自己被季夏握住的掌心黏糊糊的，季冬下意识地皱起眉头，问季夏："你流血了？"

季夏笑了笑："不小心摔了一跤而已，我没事的。"

季冬愧疚地抿了抿唇:"是我不……"

"嘭!"

"啊!"

季冬的话还未说完,突然从季夏的身后蹿出来一个人,那人高举着玻璃瓶往季夏的后脑勺狠狠砸去。季夏发出一声痛呼,整个人踉跄了几步,差一点儿摔倒在地上。幸好季冬眼疾手快,立马将她扶住。扶住季夏后,季冬也在抬头的瞬间,凭着一道劈开夜空的闪电,看见了偷袭季夏的人。

季冬吃惊地喊出声:"许多月?"

脸色惨白的许多月听见季冬喊她,当即慌慌张张地扔掉了手中的玻璃瓶。

季冬质问起来:"你怎么能动手呢?不是说好只是给她一点点教训吗?"

闻言,原本痛得几欲昏厥的季夏一下子清醒了过来,她难以置信地瞪着两人,心中忽然明白这只是一个局。

时间拨回几天前。当季冬偷听到许多月与许仁义的对话,得知季夏真实的身世,为了帮南盛的母亲凑齐手术费,她没有第一时间告诉季夏,而是先联系许多月,想要以此为要挟,要许多月给她钱。慌张的许多月本想答应季冬提出的要求,但许仁义得知此事,告诉许多月,季冬才是害陆星橙声带受损的罪魁祸首。愤怒之下,许多月没有去深究许仁义是怎么知道伤害陆星橙的罪魁祸首是季冬的,她受到许仁义的怂恿,最终假意与季冬达成交易,布下了这个局。许多月假意哄骗季冬,声称以绑架之名拿到的赎金,最终都会归季冬所有。

许多月发出一声冷笑:"你们害死了小橙,还真以为没有报应吗?"

季冬与季夏异口同声地问:"谁是小橙?"

许多月狠狠盯着两人,一字一顿道:"陆星橙。"

听到"陆星橙"的名字,季夏与季冬都慌了。

谁都不曾想到,许多月与陆星橙竟然是相识多年的好朋友。

季夏终于明白那一晚,许多月为什么会端给她一碗掺了玻璃碴的糖水。记起那一晚的恐惧,季夏倒吸了一口冷气,只觉得刚才被砸伤的后脑勺疼得更厉害了。

话说到这里已经足够了,许多月抬手,"啪啪"拍了两下手掌。

旋即,两个大男人从边上蹿了出来,一个人抓住季夏,一个人抓住季冬。见状,姐妹两个人慌张地挣扎起来,季冬大喊:"你们要干什么?许多月,你到底想干什么?"

许多月只是冷笑着,神情冷漠得像是这冬夜里的寒风:"你们就不该在这个世界上活着。"她吓唬两个人道。

季冬当了真，拼命地挣扎起来："许多月，害……害人是要坐牢的！"

宛若是听见了格外好笑的笑话，许多月哈哈大笑了两声，反问道："那你怎么逍遥法外了那么久？"

话落，她手一挥，再没废话，径自转身离开。

没人察觉到，她的身子在微微发着颤。

她知道，季夏与季冬都会被扔上一辆货车，送去很偏远的城市，从此都困在一个陌生的地方。她们的一生也许会比死亡更加折磨，连结束生命这件事都由不得自己做主。

季冬必须为自己曾经犯下的错赎罪。

至于季夏，许多月是心中有愧的，毕竟她很清楚，不是季夏对不起她，而是她偷走了季夏的东西。

胡思乱想之际，许多月坐上私家车，车子启动，消失在黑暗中，一场暴风雨终于姗姗来迟。

第十四章

你是我的终身梦想

01

货车里一片漆黑。

无尽的恐慌如一头野兽，张牙舞爪着，随时准备将人一口吞噬。

车外，声势浩大的暴雨伴着狂风来袭，"噼里啪啦"地砸在车子上，雨声如同无数只手在拍打，为黑暗中的车内平添了几分恐怖气氛。

季夏与季冬的手脚都被捆住了，嘴巴也被胶布封住，无法发出求救声，两个人害怕又慌乱地挣扎着。过了好一会儿，在车子不断的颠簸晃动中，季夏渐渐恢复理智，她强迫自己快速冷静下来。

被砸伤的脑袋仍旧胀痛着，但在这一刻，越痛越让季夏清醒。

也许是对方的疏忽，冷静下来后，季夏忽然发现她的双手是被捆在身前的，她其实可以自己扯下封住嘴巴的胶布。想着，她立马抬手，一把扯下嘴上的胶布。顾不上嘴巴的刺痛，季夏又立马朝季冬伸出手，在季冬的耳边低声说："冬儿，别怕，我给你解开绳子。"

听到季夏的声音，原本惊慌失措的季冬当即安静下来，没有再动弹。

季夏抓着季冬的手臂，凭着触觉一路往下摸，直到摸到季冬手腕上的绳子。绳子系得很牢，车内一点儿光都没有，季夏费了好大劲儿才解开。

双手终于被解放，季冬第一时间便撕开自己嘴巴上的胶布，又赶紧解开了自己脚上的绳子。

脑袋上的伤口阵痛起来，季夏感到一阵无法抑制的晕眩，她咬着牙拼命深呼吸，努力压住这阵晕眩，她低声提醒季冬："冬儿，你帮我也解一下绳子。"

季冬这才想起来季夏还被绑着，尴尬地回道："好……"

她摸着黑给季夏解起绳子。她的动作不如季夏利索，解了半天才解开季夏手脚上的绳子。还来不及庆贺，车子忽然剧烈地一抖，两个人被一同甩向车厢的一端。剧烈的撞击再次袭上脑袋，季夏忍不住发出一声痛苦的呻吟。

季夏努力地坐起身来，她发现再没有颠簸前行的感觉，她意识到车子可能翻了。

黑暗中，雨声越来越大，季夏艰难地将手靠近车门，用力向旁一推，车门被推开了。一道紫蓝色的闪电从天际划过，照亮车外的雨幕，也将激烈的雨水带进了车内。

季夏惊喜地回头去拉季冬："冬儿！快！我们快走！"

两个人跌跌撞撞地爬出车，冰冷的雨幕迅速吞噬了她们。

趁着车头里的两个男人正昏迷不醒，季夏拉着季冬一路沿着公路狂奔。

还没跑多远,季夏只觉得眼前一黑,整个人登时摔倒在地,雨水冲刷着脑袋上的伤口,仿佛有一把火在灼烧着。她艰难地抬起头:"冬儿……"

"季夏!"季冬焦急地扑上前去,想要将季夏从地上拉起来,她的手无意间摸到季夏的后脑勺,感觉到那里有一阵温暖的液体在往外流。

"你……快走吧,别……管我了……"喧嚣的雨声里,季夏的声音低得几乎听不见。

意识到那液体是什么,季冬害怕得发起抖来,滚烫的泪水混合着冰冷的雨水在脸颊上交替着,她哭着大喊:"不,我不能丢下你,你是我的姐姐啊!"

回忆在眼前闪现,季冬忽然意识到,季夏过去对她有多好,她不仅不知道感恩,还总认为是季夏在害她……她号啕大哭:"对不起,都是我的错,我不应该和许多月合谋把你骗来。季夏,对不起!我发誓我以后都听你的话,再也不做伤害你的事情了。你别死,好不好?你死了,我在这个世上一个亲人都没有了……"

"冬儿,别哭……我没事……"季夏努力安慰她。

闪电划过天际,照亮季夏那张毫无血色的脸。恍惚间,季冬记起几年前,因为一时妒忌,她将季夏推进溪水里,季夏当场昏厥过去,脸色也是这样苍白。只是记忆中的那张脸,很快就被血色染红了。

想起自己曾经做过那么多伤害季夏的事情,季冬的心越发难安,她喃喃地又说了声:"季夏,对不起。"

说完,她背过身,艰难地背起季夏。

季夏的意识逐渐模糊,她耳边断断续续地传来季冬从未对她说过的话——

"季夏,你千万别睡啊,这一回,我来保护你。

"我真的很妒忌你,可是,我又真的很喜欢你,很想成为你。

"你记得吗?你送给我的第一个礼物,就是作为见面礼的那个娃娃,其实我一直留着。我是故意当着你的面丢掉的,后来我偷偷地拿回来了。

"我知道我特别不好,这个世界上只有你一直宠着我……

"对陆星橙造成的伤害,我一直很痛苦内疚,可我不知道该怎么办才好。季夏,你别睡,你告诉我,我该怎么办好……

"啊——"

失去意识之前,季夏听见季冬发出一声惊叫。

她不知道,季冬的脚滑了一下,两个人一起狼狈地摔在了地上。

她也不知道,就在这时,辛遇终于开着车抵达,距她们仅有三十米的距离。车头

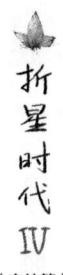

的灯光照在她们身上，也明亮了季冬的世界。季冬激动地喊着："季夏，我们得救了！我们得救了！"

谁也不曾料到，山体忽然发出"轰"的一声，瞬间崩塌的泥石流朝着她们冲了下去。辜遇还未来得及从车上下来，只见两个人已经被泥土淹没。

02

电视里正在播报新闻,红色暴雨警告挂在屏幕的右上角。

许多月站在饮水机前,一杯水灌下,心中的烦闷依然无处排解,她又灌下一杯水。

心中忐忑难安,许多月只好给许仁义打去电话,电话刚被接听,未等对方开口便问:"叔叔,都没问题吧?"

那厢,许仁义"呵呵"笑了两声:"有什么问题啊?你都亲自出手了。何况只是把她们丢到一个很偏远的小山村而已。多月,这个时候再害怕退缩可晚了,你难道想把你现在所拥有的一切都还给她吗?"

许多月抿紧了唇,没有说话。

她的确害怕了。

回到家后,她才后知后觉地意识到,自己做了一件越过道德底线的事情。当时的她太恨太怒,一时间失去理智,不管对错,在许仁义的怂恿下,参与了这次许仁义主导的事情。

许多月觉得心冷得令她发抖,挂断电话后,她又连喝了两杯热水,然而哪怕是滚烫的热水,也无法慰藉她那颗惶恐的心。

手机突然响了起来,"丁零零"的铃声一下子惊到了许多月,她手一松,玻璃杯摔到地上,四分五裂。

顾不上管一地碎片,她赶紧拿起手机,接通了来电。

下一秒,手机里传来一道沙哑的声音:"小姐,对不起,她们跑掉了……"

闻言的瞬间,许多月只感到自己的心跌入了无尽的深渊,她已经预见到自己的秘密被曝光,以及一无所有的画面。她张着嘴,双唇哆嗦了半天,始终没能说出一句话来。

她下意识地想给许仁义打去电话,可手指落在绿色的拨号键上又迟疑了。

许仁义并不能帮她,他从来都不是她的亲叔叔。

确切地说,就算她真的是许家大小姐,是他的亲侄女,在这个时候他也不见得会为她着想。

许仁义想要的从来都是许家庞大的家产,她自始至终都只是他的一颗棋子。他甚至想利用她与韩家家族联姻,获取更多的好处,这是个眼里只有钱的可怕男人。

许仁义不能给她答案,她又该向谁求助,又该向谁求得原谅呢……

就在许多月害怕无助的时候,季夏与季冬被救护车一同送进了医院里。

季夏当即被送进手术室进行手术。季冬只是受了一些轻伤,泥石流滑坡时,恢复了些许意识的季夏将她护在了身下。辜遇第一时间报警叫了救援队，又赶紧去救姐妹俩，两个人这才幸免于难。

季夏的情况不太好，由于她原本后脑勺就受了伤，又遭受了泥石流的冲击，生死攸关。手术持续整整五个小时，医生才从手术室里出来。

见状，辜遇和季冬两个人第一时间扑向前去，一人抓住医生一只手臂，异口同声地问："医生，季夏怎样？"

医生摘下口罩，声音里听不出起伏："手术很成功，但病人还未脱离生命危险，需要送去 ICU 病房观察 72 小时。即使脱离了危险，也有可能变成植物人，你们要做好一定的心理准备。"

闻言，辜遇与季冬同时觉得脚下一软。

一阵晕眩感袭来，视线里，辜遇感到整个医院的走廊都在旋转。

曾经历过的惶恐不安，再一次铺天盖地地袭来。

心痛又愤怒的辜遇终于没能忍住，一把将季冬推倒在地，恶狠狠地咆哮起来："季冬，你到底要害季夏到什么时候？为什么躺在里面的人不是你？"

季冬低下头，双手捂住脸颊，痛哭起来："对不起……"

看着这样的季冬，辜遇只觉得心中更加狂怒："现在才来说对不起，你早做什么去了？你知道她有多在乎你吗？为了你，她可以放弃我！可是你呢，你又是怎么回报她的？你除了会怨恨她、伤害她，将她待你的好视如粪土，你还会做什么！"

季冬哭得更凶了，她无话可辩驳。

"你不配在这里，请你马上滚！"

辜遇的一句"不配"刺激到了季冬，季冬咬牙站了起来，抹一把眼泪，抬起头逼视着辜遇，冷冷地说："你以为你就配吗？你心知肚明，季夏放弃你是因为你三心二意！别以为我不知道你和许多月的烂事！如果说我不配做季夏的妹妹，那么你也一样，不配喜欢她！"

季冬的话一针见血，辜遇登时语结，好半晌说不出话。

季冬说得没错……

他配不上季夏的爱。

第二天,季夏出事的消息便传遍了娱乐圈。得知消息后,许多月思量了一番,决定装作若无其事,以一个无关者的身份给辜遇打去了电话,提出要去探望季夏。探望季夏并不是真正的目的,只不过是许仁义在收到消息的第一时间就给许多月打去电话,吩咐她千万要封住季冬的嘴。

在许多月眼里,要让季冬闭嘴是一件很容易的事情,因为季冬是一个愚蠢又贪婪的人,连姐妹都可以出卖。

尽管因为陆星橙的事,她憎恨着季冬,但在这时候,她不得不主动向季冬低头示好。

临出门时,许仁义告诉许多月,他已经联系上南盛,同意帮南盛出他母亲那笔高额的手术费,倘若即使这样,季冬还是不愿意接受和解,那么他会动用一切力量阻碍这场手术,到那时,找遍H国,也不会有一个医生敢给南盛的母亲做手术。

许多月长出了一口气,把银行卡放进了包里,里面有许仁义准备好的足够令季冬心动的金额。

威逼加上利诱,季冬不可能会拒绝,也没有拒绝的理由。

可是,许多月到底是失算了。

明明季冬已经收下了银行卡,却还是当着辜遇的面,将许多月的所作所为抖搂出来。她指着许多月的鼻子,对辜遇说:"许多月一直都在骗你,她根本没有瘫痪!还有,季夏一直在找的亲生父母,就是许多月现在的养父养母,是她顶替季夏的身份,抢了季夏的家!"

没想到会被反将一军,许多月气急败坏,差点儿从轮椅上跳起来。

好在她反应足够迅速,当即冷静下来,双手死死地抓住轮椅的扶手,露出楚楚可怜的受伤眼神:"季冬,你自己把季夏害成这样,现在又要来诬陷我吗?辜遇,我也希望自己从来没有瘫痪过。我才十九岁,人生那么长,你当真以为我一点儿也不介意在轮椅上度过一生吗?如果你觉得我欺骗了你,你大可以把热水倒在我的双脚上,试试我有没有反应!"

她故意这么说,是因为她确信,心软的辜遇不可能拿热水来测试她。

但是季冬可不吃许多月那套,她猜到许多月不会这么甘心地承认,拿着一次性纸杯从饮水机处接了一杯开水,快步走回来,冷笑着说:"好啊,那让我来试试!"

知道季冬不是在开玩笑,辜遇眼疾手快地夺走了她手中的纸杯,随即挡在许多月身前,朝季冬呵斥道:"你疯了吗?"

一直以来，辜遇只见过季冬对季夏的种种伤害，比起季冬，他更愿意相信许多月。

季冬嘲弄地直视着辜遇："看，我说了吧，你不配喜欢季夏。"

话落，季冬从包里掏出那张五分钟前许多月给她的银行卡，狠狠扔在许多月的脸上："还给你！这种肮脏的钱我不要！我答应过季夏，我不会再伤害她，我会保护她。"

在生死关头，季夏仍然以命相护，季冬终于明白，季夏是她真正的亲人。从前，她自私、敏感、善妒，一次次伤害季夏，季夏却仍然不计前嫌地保护她。这个世界上再也找不出第二个肯这样对待她的人了。尽管许多月拿同样重要的南盛来要挟她，但是她不能再伤害季夏。她接受了季夏这么多的好，现在该是她回报的时候了。

对不起，南盛……季冬在心里默念。

这次，她一定要替季夏讨回公道，让季夏拿回自己的身份，揭穿许多月的假面。

季冬的话让辜遇有了一丝动摇。虽然知道季冬是个很自私的人，但是不至于撒谎。他眼中带了一丝探究，下意识地看了一眼许多月。

许多月故作平静，心里其实一直在打鼓，她第一时间接收到辜遇眼中的怀疑，得知今天这场戏不演足，她可能真的就在辜遇心里撇不干净了。

许多月暗中一咬牙，伸手就去夺辜遇手中的纸杯，眼里瞬间蓄上盈盈的泪水："辜遇，我知道你肯定也在怀疑。我现在就证明给你看，到底是谁在撒谎。"

没料到许多月会夺纸杯，辜遇闪躲的动作慢了一步，争执间，纸杯里的水洒了一地。季冬冷笑着看许多月演戏。

"这出好戏我已经听了好半天。"

这时，一个人从走廊的一端走来，三人循声望去，竟然是许久不见的聂西闻，他穿着一身休闲西装，儒雅而绅士。他似乎已经来了有一会儿，只是三个人光顾着对峙，谁也没注意到他的存在。

见到聂西闻，辜遇立马想起上一次两个人的见面，聂西闻当时对他说的话犹在耳边，他慌了一下神，朝聂西闻微微一笑："你是来看季夏的吗？"

聂西闻点点头，将手中的文件袋递给辜遇："本来我昨晚就该到A市的，但因为暴雨，航班取消，只能今天坐最早的航班过来。文件袋里的这些照片，应该可以帮你看清楚真相。"

微微蹙了蹙眉，辜遇打开文件袋。

文件袋里是十几张许多月的照片，照片上印着的拍摄时间正是许多月音信全无的那段时间。

辜遇难以置信地瞪大了双眼，如季冬所说，许多月的双脚并没有瘫痪！

当初有多内疚，这一刻就有多愤怒，辜遇顿时觉得自己像一个被戏耍的小丑，任许多月玩弄在股掌之间。他愤怒地把照片甩到许多月的身上："你为什么要这么做？"

他一直以为许多月是最可怜的人，却怎么也没有想到她一直都在利用他的怜悯。

照片撒了一地，许多月再也无法保持淡然，她慌张地望着照片，嘴张了好半天想要解释什么，然而证据确凿，再无可辩驳。

事情已经无可挽回……

意识到这一点，许多月终于放弃了抵抗。

"没错，我骗了你。"话脱口的瞬间，许多月忽然感觉到始终高悬紧绷的心落回了地面。

许多月缓缓从轮椅上站起来，凄凉地笑了起来："但是季夏先盗走我的爱情的，我做错什么了吗？如果没有她，你爱上的人就会是我。明明是我们先遇见的，当初你伤害的人是我，后来你该爱上、该弥补的人，也是我才对啊！我不过是正当地夺回本该属于我的那份而已！"

听着许多月的控诉，辜遇面无表情地回道："你错了。就算我先遇见你，就算我一开始没有认错人，我也不会爱上你。"

许多月大吼："你撒谎！"

辜遇扭头望向 ICU 病房的玻璃窗，缓缓地说："我喜欢季夏，是因为她从来都是善良的、坚强的。她有梦想、有渴望，但她不会自私地去伤害别人。这世界给了她好多恶意，她却从不曾责怪过谁。她努力想要成为一个善良勇敢、内心强大的女生，事实上，她也的确做到了。"

他喜欢的，就是这样的季夏。一个用爱包容所有的女孩儿，她如同一颗比太阳柔软、比月亮温暖的星星。她是一颗用普通的纸条一圈一圈折起来的纸星星，她从来都不是站在天上，而是靠着自己的努力，迎难而上，乘风攀爬。

可惜的是，每一次她从云端坠落，他都没能够保护好她。

04

"我还给你带了一个惊喜。"聂西闻忽然说道,他话里没有指名道姓,但目光落在了许多月身上,微微上扬的嘴角看不出是不是嘲讽。

感觉到聂西闻的凝视,许多月抬起头来,与之四目相对。

聂西闻对远处喊了一声:"过来吧。"

话音落下,一个女生从走廊的拐角处走出来,许多月看过去,抢眼的橙色毛呢外套率先映入了眼帘,鲜艳的颜色为医院里的压抑沉闷平添了一抹活泼。随之是一张她无比熟悉的女孩儿的脸,她不可思议地眨了眨眼睛,猛地瞪大了。

陆星橙缓缓走过来,满含热泪地扬嘴微笑。

怎么会……

许多月倒吸一口气,难以置信地抬起手又揉了揉眼睛。

陆星橙正目不转睛地望着她。

许多月上前走了一步,手小心翼翼地伸出,碰到陆星橙的手的瞬间,温暖干燥的触感袭来。如此真实,鲜活。

不是幻觉。

真的是陆星橙。

许多月眼里的泪水再没能忍住,顿时溢出眼眶,湿了脸庞,她一把抱住陆星橙。

"真的是你吗,小橙?"拥抱不自觉地更加用力,许多月仍然不敢相信,"我不是在做梦吧?"

"是我呢,多月。"陆星橙也用力拥着许多月,下巴抵在她的肩上,声音比从前多了一分沙哑,"好久不见,我好想你。"

"我也好想你,好想好想!我以为你死了,我哭了好久。为了给你报仇,我放弃了最喜欢的模特,转行唱歌,故意接近季夏,做了好多我从前想都没想过的事情。我也变得越来越贪心,迷失了自己……"许多月号啕大哭,见到陆星橙的这一刻,她才发现自己有多愚蠢。

"对不起,多月,是我不好……"陆星橙也哭了起来。

随后,陆星橙告诉许多月,自己当初患上很严重的抑郁症,自寻短见后被家人及时发现送医,经过抢救侥幸捡回了一条命。但那时她寻短见的消息已经在网络上疯传,父母为了让她从此远离是非,并没有对外界解释,而是谎称她去世,带她去了加拿大生活。

经过很长时间的治疗，陆星橙的精神渐渐好转，虽然声线没能恢复到从前，但平时说话没问题。另外，在心理医生的帮助下，陆星橙不仅治好了抑郁症，也找到了新的兴趣爱好——画画。

陆星橙本打算等到完全康复后再联系许多月，但聂西闻先一步找到她，将许多月为她所做的一切都告诉了她。她感到非常震惊，她完全没有想到许多月会因为她的死，放弃自己的梦想，为她复仇。

"虽然我没有机会再站在舞台上唱歌，但是现在我也很开心。"陆星橙宽慰许多月。

"我恨过季夏，也恨过季冬，最后才发现，恨只会让我更加难过。所幸我遇见了一位很好的心理医生，他教会我放下，也教会我珍惜。"

陆星橙目光灼灼地望着许多月："幸福有一万种方式，我属于因祸得福的那种，因为现在我和我的爸爸妈妈比从前更加相亲相爱，也更加了解彼此。而且我长大了，成熟了，也坚强了。虽然做不成歌手是我永远的遗憾，但当我放下这个执念后，我才明白，我完全可以拥有新的梦想。我现在的梦想，是成为一名可以改变世界的画家。"

说话时，陆星橙眼里有星光闪烁，弯弯的眼睛里多了几分柔软。

陆星橙不一样了，变得更好了。

许多月看着陆星橙，回想起这段时间所经历的一切，突然觉得毫无意义，尤其是想到为了自己的幸福快乐，不惜假装瘫痪欺骗辜遇，更为了抢夺季夏的身份，害得季夏如今昏迷不醒。

她心中更难以安宁，不需要陆星橙再劝说什么，心里已经有了决定。

不属于自己的一切，都应该交还出来。

她不会一无所有，陆星橙的出现告诉她，即使她没有了妈妈，没有了家，也还有陆星橙和她的超模梦想。

05

在许多月离开A市的这天,季冬独自去了公安局自首。

前一天,季冬亲自向陆星橙道了歉,陆星橙没有说原谅,只说自己已经放下。如今季冬明白,不是所有的错都能得到原谅,她能做的只有两件事,一是道歉,二是承担责任。

自首之前,季冬来医院探望季夏,季夏仍然没有醒来。她拜托辜遇好好照顾季夏后,给南盛拨去了电话,向南盛道歉,说自己本来有机会救他的妈妈,但是她不想再昧着良心,选择放弃这个机会。季冬知道,这件事之后她不可能再以坦然的心态面对南盛,也不知道自己将会面临多久的刑罚,道歉过后,她提出了分手。在电话里,南盛没有挽留季冬,只是哽咽着告诉她,他的妈妈刚刚去世了。

季冬清楚南盛没有责怪她的意思,只是这个噩耗令彼此都很难过。

最后,季冬说了一句"节哀顺变",然后挂断电话,毅然走进了公安局。

季冬将当年害陆星橙喝下掺有某些刺激成分的糖水,导致陆星橙声带受损一事,原原本本地都向警察交代了。等待着她的,将是故意伤害罪的起诉,她提前查过刑法,对自己将要面临的未来有了心理准备。刑法里规定:"故意伤害他人身体的,处三年以下有期徒刑、拘役或者管制。"

每个人都要为自己的错误买单,她应该为自己犯的错承担代价。

坦白一切后的那一瞬,季冬恍惚有一种参加完成人礼的感觉,原来真正的长大不仅是敢爱敢恨,更是敢作敢当、知错能改。

她知道,从这一天开始,她再也不会做噩梦,再也不会梦见陆星橙狰狞地朝她扑过来,掐住她的脖子,质问她了。

而在季冬完成自我救赎的时候,许多月也踏上了归家的路途。

忐忑不安的一路,总觉得时间过得特别的慢,直到站在家门口,许多月忽然又觉得时间过得太快。她在脑子里准备好的措辞,突然在一瞬间全部消失不见,她的脚不由得往后怯了怯。

陆星橙轻轻地握住许多月的手,给了她一个微笑,无声地鼓励着她。

许多月深吸一口气,不再拖延,推门进了屋子里,在见到林秀珍的刹那,她"咚"的一声跪在了地上。

趁着勇气还未消失,许多月一口气将所有的事情娓娓道出,说话时,她始终低着头,不敢去看林秀珍。

第十四章 你是我的终身梦想

她已做好最坏的准备，哪怕林秀珍动手打她，她都不会回避，但她万万没想到，林秀珍竟然轻易地原谅了她。

"她现在在哪儿？"这是林秀珍的第一句话。

"在 A 市医院的 ICU 病房。"许多月抹了抹眼角的泪，"我已经帮您买好了机票，我们现在就可以出发。"

"那现在就走吧，你带我去见她！"失散多年的女儿原来另有其人，林秀珍迫不及待地想要见到季夏。对她而言，只要女儿活着，就值得她欢喜雀跃，只是，她转瞬又觉得内疚，心中耿耿于怀没能早些找到季夏，以致让季夏与许仁和这对父女俩错过了最后一面。

"我……我还是不去了吧。"许多月低声说，她清楚林秀珍的耿耿于怀。

闻言，林秀珍的目光落在许多月身上，她叹了一口气，拉住许多月的手："多月，我都养了你几年了，你现在不想对我这个妈妈负责了吗？你骗了我，我自然是生气的，但是这几年来，我们都付出了真心，早已经是一家人。季夏是我的女儿，你也依然是我的女儿。"

许多月吃惊地抬起头。

原来，所有的害怕、恐慌都是杞人忧天。

她没有失去她的妈妈、她的家，相反，她还拥有了一个姐妹。

许多月满怀感激地抱住林秀珍，眼泪湿了双颊，心里想说的话有很多很多，到嘴边最后只剩下两个字："谢谢。"

06

72个小时，辜遇几乎是数秒过来的，他不眠不休地守了整整三日，身体终于吃不消，疲惫不堪的他昏昏沉沉地倒在病房外的长椅上睡去。

他做了一个梦，梦见季夏，梦见他们一起经历过的美好时光，所有的不快乐都被抹去，余下的每一帧画面都是甜蜜的。

美梦总令人舍不得醒来，也是因为太疲累，辜遇足足昏睡了七个多小时。

辜遇醒来时，已是下午两点，窗外的阳光似乎温暖了冷漠的冬天，辜遇怔怔地望着窗外好半响，才反应过来自己身在何处。他从床上弹坐起来，因为动作太大，右手手背上猛地一阵刺痛。他龇着牙低头看去，只见手背上插着针头，视线顺着针管往上，他看见了一瓶几欲见底的药液。

原来他不是昏睡过去，而是累到昏厥过去，被医生送到病房里来养病输液。

忽然想起季夏还在ICU病房生死未明，辜遇粗鲁地拔掉手背上的针头，顾不得从针口渗出的血珠，掀开被子，跟跟跄跄地冲出了病房。

ICU病房，季夏的床位是空着的。

辜遇猛地倒吸了一口冷气，心跳快得似乎要蹦出他的嗓子眼，他拉住一个路过的护士，焦急地询问："护士你好，请问这间病房里的病人季夏去哪儿了？"

护士茫然地摇摇头："我不知道，先生你别拽着我，我赶着给病人换药呢。"

辜遇不肯松手，又追问："你是护士，你怎么会不知道？她就住在这间病房里的！你告诉我，季夏到底去哪里了？"

就在辜遇跟护士纠缠不清时，沈思滢的呼唤从两人的身后传来："阿遇！"

听到沈思滢的声音，辜遇眼中燃起一丝希望，他松开护士的胳膊，转身快步走到沈思滢的跟前，焦急地问："季夏呢？"

季夏出事住院以后，沈思滢和游溪也会在白天来看护季夏。

听到辜遇的问题，沈思滢忽然皱起眉头，嘴巴支支吾吾的，似乎有什么难言之隐："季夏她……"

敏感地察觉到什么，辜遇感觉自己的心不断地往深渊坠去，浑身变得冰凉。

不……

不可能的……

经历了那么多的苦难和挫折，季夏都好好地活着，怎么会因为这次小小的意外就……

他不相信！

辜遇深吸了一口气，强压住从心底里翻涌上来的悲伤："你说，季夏怎么了？"

沈思滢低下头，不敢直视他，她捂住面颊，发出低声的哀泣。

辜遇双手急不可耐地抓住沈思滢的肩膀，用力晃动起来，激动得声音中带着颤抖："到底发生什么事了？你快说！季夏……季夏到底在哪里？"

沈思滢抿了抿唇，抬手指向辜遇身后，示意他往走廊尽头的拐角处去。

辜遇疯了一般奔跑过去，然而拐角只是上下楼梯的连接处而已，游溪正脸色凝重地站在那里，他抬手指向楼上："你去见季夏……最后一面吧。"

游溪的话，如同一道晴天霹雳，猛地劈进了辜遇的脑子里。紧接着"轰隆"一声，辜遇听见了世界崩塌的声音，眼里蓄着的泪水终于在这一刻决了堤。

"不可能……不可能……"他痛苦地呢喃着。

"就在楼上靠走廊的第一间病房，你自己去看吧。"游溪脸色凝重地说。

辜遇死死咬住牙齿，拼命强撑着自己发软的双脚，一步一步往楼上走去。

等他走到病房外时，已经过去五分钟，短短几米的距离，仿佛隔了一个银河那般遥远。深吸了一口气后，他鼓足勇气将手放在门把上，"啪嗒"一声，门被打开了。

与此同时，一道清灵且熟悉的歌声流淌进他的耳朵里——

秋天，

漫长得没有边疆。

思念，

把回忆当作狂欢。

辜遇猛地抬起头，只见穿着病号服的季夏站在房间里，沈思滢、小糯陪在她的身体两侧，搀扶着她。

辜遇愣了好一会儿，才反应过来此刻是什么情况，他大笑起来，笑得泪流满面。

太好了……

季夏没事……

高悬的心放下后，辜遇终于注意到季夏还在唱着歌，那熟悉的旋律，分明就是上一次在电梯里，他想分享给季夏的最新作品——《终身梦想》。

他曾守在她的身边，喃喃地给她唱过一遍。

原来，他跟她说的话，给她唱的歌，她全都能听见。

辜遇没有说话，目光定定落在季夏身上，静静地听着她把歌唱完。看着她仿佛披着满身的星光，一步一步地朝他走来。

第十四章 你是我的终身梦想

215

唱到最后一句时,季夏走到了辜遇的跟前。

接着,季夏摊开掌心,掌心中放着一枚银戒指。

辜遇一脸错愕。

季夏笑意盈盈地望着他:"一直都是你在向我告白,这一路走来,你向我走了九千九百九十九步,现在这最后一步,该是我向你走来。辜遇,谢谢你带我走向梦想的舞台,陪我走过一路荆棘,始终不离不弃。你说我是你的终身梦想,我很荣幸。我想说,巧得很,你也是我的终身梦想。"

说完,她将戒指递给辜遇:"喏,还不帮我戴上吗?"

在辜遇昏过去没多久后,季夏终于苏醒过来。沈思滢来医院看望季夏,看见辜遇不小心将自制的银戒指掉在地上,便捡起来交给了季夏。

看着躺在病床上陷入昏睡的辜遇,季夏心血来潮,设计出这一场惊喜。

望着眼前笑得灿烂的季夏,辜遇接过戒指,缓缓地给季夏戴上,深情地说:"季夏,也谢谢你教会了我成长,让我看清楚自己身上的每一个缺点。余生漫长,还请多多指教。"

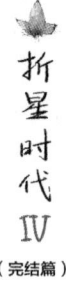

冬去春来，时间一晃到了五月。

周日这晚，A市的虹馆，季夏正在举行演唱会，辜遇、沈思滢、季冬、聂西闻、南盛、小糯、许多月、陆星橙、林秀珍以及范梓恕、易穗穗都坐在观众席上。

演唱会进行到尾声，季夏有些意犹未尽，她穿着一袭白色的连衣裙，追光打在她身上，衬得她如一颗耀眼的星。她望着台下的林秀珍，缓缓说："我要唱的最后一首歌，是《世上只有妈妈好》，献给我最亲爱的妈妈。虽然我们错过了许多年，但这一生还很漫长，我们还有足够的时间陪伴彼此，相亲相爱。"

话落，她轻轻唱了起来——

世上只有妈妈好，

有妈的孩子像块宝。

投进妈妈的怀抱，

幸福享不了。

在季夏手术后醒来的第二天，林秀珍赶到了医院。

季夏永远都忘不掉，林秀珍紧紧抱住她时，她感受到了对方清晰有力的心跳。

她终于找到了她的亲人。

与季夏相认之后，林秀珍从H国搬到了A市，与季夏生活在一起，为了弥补失去的那十多年，林秀珍无微不至地照顾着季夏。

而许家的家业早就被许仁义败没了，许多月亲自到公安局报案后，才被警察调查发现的。

原来几个月前，许仁义擅自动用许家的家产做投资，结果以血本无归告终，还欠下巨额债务。这件事被许仁和知道后，兄弟俩发生激烈争执，许仁和一时间怒火攻心，心肌梗死离世。许仁义被捕判刑之后，许家的风光也从此不复存在。

但季夏和林秀珍并不在乎，现在对于她们而言，最重要的是守住这份亲情。

一首《世上只有妈妈好》唱罢，季夏朝台下深深鞠了一个躬。

回到后台，所有朋友都在等着她，范梓恕和易穗穗首先冲上前来，她们是特意赶过来看季夏的演唱会，晚些时候就要赶高铁回去。一番寒暄后，易穗穗告诉季夏："前些天有星探想签下我们，作为组合出道，可我们拒绝了。"

季夏笑问："为什么？"

范梓恕与易穗穗异口同声地答："学业更重要！"

每个人的梦想之路都不一样，看着季夏、季冬、陆星橙与沈思滢等人走过来的一路，范梓恕与易穗穗明白，她们也有自己的路要走。比起出道、出名，她们眼下更希望自己能够专注在六月份的高考上，考上理想的大学，扎扎实实地学好文化，做好一切准备再出道。

尾 声

关于梦想，没有早与晚，如果太重名利，便会落入迷局，像早些时候的季冬与陆星橙。

看着身边的好友，季夏想，下一场演唱会结束的时候，她一定要告诉她的歌迷，比追逐梦想更重要的，是追逐更好的自己。

——全文完——

爆款锁定 三套封神
元宝儿高口碑古风大戏等你来赏！

《凤九卿》自从上市以来，受到了广泛关注，女中诸葛和腹黑帝王的恩怨纠葛让很多读者意犹未尽，频频追问黑阙王朝的后续故事。

于是，从不辜负大家期待的元宝儿同学笔耕不辍，连开新篇，利用她"带火女主"的特殊体质屡显威力，堪称"爆品制造机"！想知道她笔下有哪些叫好又叫座的作品吗？带你们一览亮点和看点！

"高能女主"篇：
她有七窍玲珑心，凤雨中一再扭转定局

《凤九卿》系列
一部以她为名的宫闱变乱史
即便风云突变、险象环生，她依然无所畏惧、一往无前！

"平民女主"篇：
小孤女转型皇后，逆境崛起，华丽绽放

《千凰令》系列
无忧无虑的小孤女，转型成肩负重任的皇后，
踏上荆棘密布的奋斗之路！

"弃女女主"篇：
继《凤九卿》和《千凰令》后圈粉无数，
元宝儿续写黑阙皇朝后人的传奇燃作

《二两皇妃千千岁》系列
"凤九卿"的遗物再现江湖，
看侯门弃女慕紫苏携"弃子军团"搅动风云！